岩 波 文 庫

37-519-3

サ ラ ゴ サ 手 稿

（下）

ヤン・ポトツキ作
畑 浩 一 郎訳

岩 波 書 店

Jean Potocki

MANUSCRIT TROUVÉ À SARAGOSSE
(version de 1810)

目　次

主要登場人物

アルフォンソ・バン・ウォルデン　ワロン人衛兵隊長拝命のため、マドリードへ向かう途中、シエラ・モレナ山中にある旅籠ベンタ・ケマダで不思議な体験をする。
ジプシーの族長　本名ホアン・アバドロ。ジプシーの一行を率いて、シエラ・モレナ山脈で密輸を行なう。
ペードレ・デ・ウセダ　ユダヤ人のカバラ学者。
レベッカ　カバラ学者ウセダの美しい妹。
エミナとジベデ　チュニス出身の姉妹。ゴメレス一族の血を引く。
トレドの騎士　アバドロの親友。マルタ騎士団員。
トレス・ロベラス侯爵　かつてのロンセト。
リカルディ猊下　ローマ教皇庁内赦院判事。

パドゥリ侯爵夫人　リカルディの親戚とされる寡婦。
シルヴィア　パドゥリ侯爵夫人の侍女。
チェコ・ボスコーネ　ジェノヴァの貧しいオレンジ売りであるラウラの幼馴染。ラウラに熱烈に恋をしている。

トラスカラ・デ・モンテスマ侯爵夫人　新大陸メキシコの王家モンテスマ家の家名を継ぐ最後の女性。誇り高い性格。

ペドロ・ベラスケス　あらゆる事柄を幾何学を用いて説明しようとする人物。ぼんやりしたところがある。
エンリケ・ベラスケス　ペドロの父親。きまじめな性格で、学問に打ち込む。
カルロス・ベラスケス　エンリケの弟。軽薄な性格で、フランスかぶれ。
サンチョ・ベラスケス　ベラスケス本家の当主。父を亡くした分家のエンリケとカルロスを引き取る。ブランカの父親。
ブランカ・ベラスケス　エンリケと結婚する予定だったが、カルロスに心を移す。
フォランクール侯爵　フランス人の自称貴族。幼いペドロに舞踏と行儀作法を教える。

アントニア・デ・ポネラス　ペドロの祖父カダンサ氏の再婚相手の娘。ペドロを誘惑する。
マリカ　アントニアの小間使い。
アビラ女公爵　誇り高い性格で結婚を忌避するが、アバドロの誠意を受け入れるに至る。
オンディーナ　アバドロとアビラ女公爵の娘。本名は母親と同じベアトリス。
カール大公　神聖ローマ皇帝レオポルト一世の子でスペイン王位をブルボン家のフィリップと争う。後にカール六世として神聖ローマ皇帝に即位。アバドロを庇護する。
マスード　ゴメレス一族の大シャイフ。
マムーン　ユダヤ人の占星術師。フェリックス・ウセダと名乗り、オンディーナの成長を見守る。

中巻のあらすじ

第三デカメロン

アバドロが墓場から担架に乗って運ばれた先は、シドニア公爵夫人の家の地下室だった。夫人は乳母ラ・ヒローナの息子エルモシトとともに育てられたが、長じて、父の親友シドニア公爵と結婚する。だが召使いラ・メンシアの策略によって夫の怒りを買い、幼馴染エルモシトは殺されてしまう。復讐に燃えるラ・ヒローナはシドニア公爵を毒殺する。アバドロは地下室から抜け出すと、マドリードに赴き、改悛期間が終わるまで物乞いとして暮らすことにする。そんななかトレドの騎士と出会う。その友人アギラールは決闘で倒れ、煉獄から呼びかけてくる。アバドロは、重傷を負ったカディスの商人の息子ロペ・ソアレスの看護を引き受ける。ロペは父から銀行家モロ一族とは関わりをもってはならないと言い渡されていたが、モロ一族の娘イネスに恋をしてしまう。だがイネスは父親によってナポリの貴族と結婚させられる予定であった。ここで、覗き見を何よりも好み、常に他人の事柄に口を出すブスケロスが現れ、ソアレスの恋路は何度も阻まれる。だが最後にはブスケロスの機転によって、ソアレスとイネスは結ばれる。

第四デカメロン

妻フラスケタの不貞を疑うカブロネスは、刺客に頼んで、その恋人を暗殺させるが、その晩から、血まみれの生首の幻影に悩まされる。カブロネスは教会で巡礼者に出会う。彼はブラス・エルバスと名乗り、その父、神に見棄てられた大学者ディエゴの物語を語る。若くして豊かな学識を備えたディエゴは、あるとき人類が持つあらゆる知識について百巻からなる著作を執筆するという野望を抱く。苦労の末、完成した書物はしかしネズミたちにかじられてしまい、それを修復する試みも虚しく、絶望したディエゴは自死を遂げる。その死の床に見知らぬ男が現れ、ディエゴの息子ブラスに財布を与える。ブラスはサンタレス夫人とその娘たちと幸せな日々を送るが、最後に謎の男はブラスの前に真の姿を現す。アバドロの父親は、白い腕をしたシミェント嬢と結婚するものの、騒々しい生活に耐えられず命を落とす。アバドロは誇り高いアビラ女公爵に恋をする。だが女公爵はそれを受けつけず、代わりに妹レオノールの監視を命じる。レオノールが亡くなると、白い幽霊が姿を現すようになる。すべてはトレドの騎士たちが仕組んだ策略で、アバドロは無事に女公爵と結ばれる。

サラゴサ手稿　（下）

第五デカメロン

ポトツキ画

第四十一日

朝早く目が覚め、早朝のさわやかさを楽しもうとテントを出た。カバラ学者とその妹も同じように考えたのか外に出ていた。私たちは、旅人の姿が見えないかと街道の方へ向かった。両側を切り立つ岩に挟まれた谷底の道まで来ると、腰を下ろすことにした。やがて山間《やまあい》の隘路《あいろ》にキャラバンが入ってきて、私たちのいる岩場から五十ピエ（一ピエは約三十二センチメートル）ほどのところを通るのが見えた。一団が近づくにつれ、興味をかき立てられた。行列の先頭を行くのは、四人のアメリカ人（アメリカ新大陸出身の人々）だった。身につけているのは、レース飾りのついた丈の長いシャツだけだった。頭には、色とりどりの羽根で飾られた麦わら帽子をかぶり、長銃で武装している。次に来るのは、ビクーニャ（アンデス山脈産のラクダの一種）の群れで、その一頭一頭に猿が乗っている。その次にやってきたのは黒人の一団で、皆、良い馬に乗り、しっかり武器を携えている。それからふたりの老貴族が続いた。美しいアンダルシアの馬に乗り、カラトラバ騎士団（中巻第四デカメロン注50参照）の十字架が刺繍された青いビロードの外套に身を包んでいる。次に、モルッカ諸島[1]出身の男たち八人が担ぐ中国の駕籠がやってきた。中にはスペイン風の豪華な衣装をまとった若い女性の姿が見え、駕籠の扉のそばでは、若い男が、優雅に馬を乗り回している。

次にかなり若い男の乗る輿《こし》がやってきたが、男は手にした手帳をまじまじと覗き込んでいる。男の近くには、ラバに乗った聖ドミニコ会の修道士がいて、祈りを唱えながら、ときおり輿と中の男に聖水を振りかけていた。

それから男たちの長い行列がやってきた。黒檀のように真っ黒な肌をした者から、オリーブ色がかった褐色の者まで、さまざま肌の色が見られたが、褐色より明るい色の肌を持つ男はいなかった。

一団が次々と進む間、私たちは、この連中がいったい何者なのか尋ねようとは思わなかった。だが最後の男が通り過ぎると、レベッカは言った。

「いったいどんな人たちなのか、聞いてみるべきだったわ」。

レベッカがこう言っているとき、一団の男がひとり、後方に取り残されているのが目に入った。私は思い切って岩場の間を下りていき、置いていかれた男の後を走って追いかけた。男はひざまずくと、心底怯えきった様子でこう言った。

「盗賊さま、どうかお慈悲を。私は貴族で、金鉱で生まれたのですが、今は一文無しなのです(2)」。

私は、自分は盗賊ではない、ただ先ほど通るのを見かけた立派な貴族たちの名前を知りたいだけなのだと答えた。

「そういうことでしたら」新大陸のアメリカ人はうれしそうに身を起こしながら言った。「ご希望を叶えて差し上げましょう。もしよろしければ、あの岩に上りませんか。あそこからなら、谷間を行くキャラバンをそっくり見渡せます。まずは行列の先頭を進む、あの奇妙な服を着た男たちをご覧ください。クスコ(ペルーの地名)とキト(エクアドルの地名)の山間に住む者です。見事なビクーニャの世話を仰せつかっていますが、あれは、わが主人からスペイン・インド国王陛下への献上品です。黒人たちは皆、わが主人の奴隷です。いや、奴隷でした。というのもスペインの地では、奴隷制度は異端と同じく、認められていないからです(3)。この尊い地に着いて以来、黒人たちは、あなたや私と同様、自由の身となっています。右側に見えるあの老貴族は、ペンナ・ベレス伯爵さまです。同名の名高い副王(第十六―第十九日参照)の甥御その人であり、第一級の貴族であられます。

もうひとりの老貴族は、ドン・アロンソ殿、つまりトレス・ロベラス侯爵さま(かつてのロンセト)です。トレス侯爵のご子息で、ロベラス家を相続する女性(かつてのエルビラ)の夫君に当たります。このおふたりの貴族は、これまでたいそう親密な関係を結んでこられましたが、そのご関係は、ペンナ・ベレスさまのご子息と、トレス・ロベラスさまのご令嬢が結婚なさることで、さらに緊密になるでしょう。ほら、ここから素敵なおふたりの姿が見えますよ。前脚で地面を蹴り上げている、あの見事な馬に乗っておられるのが、若い婿君です。いいなずけの方は金色の駕籠に乗っておられます。ボルネオ[4]王が今は亡きペンナ・ベレス副王に献上した品です。最後に、輿に乗って、手帳をじっと見ている男ですが、ペンナ・ベレスさまによれば、彼は幾何学者とのことです。ただ私どもの司祭さまは、あれは悪魔つきだと言っておられますし、愚考するところ、あれは変わり者ですな。彼の物語をざっと申しましょうか。あらゆる悪魔の集会場だというゾト兄弟の絞首台の噂は私たちも聞いておりますが、夜になると悪魔たちがやってきて、ふたつの死体を縄から下ろし、それに取り憑くそうです。街道を来るあいだ、そうした話をずっと聞かされました。夜明けに、あの呪われた絞首台が私たちの視界に入りました。ペンナ・ベレスの若伯爵さまは、絞首刑者たちが吊るされていないのを目にされ、好奇心から、死体がきちんと徒刑場の中にあるかどうか見にいこうとされました。私はお供をしました。ふたつの死体は地面に転がっていましたが、その間にはさまれて例の男が横たわっていたのです。私は水を探しにいき、顔にかけてやり、男を立ち上がらせてやりました。彼は目を開き、意識を取り戻しましたが、私たちにはまるで注意を払わず、ポケットから手帳を取り出すとそればかり見ているのです。ともかくも、私たちの腕に支えられて、男は歩きました。キャラバンに戻ると、西インド出身の修道司祭さまが、彼の手帳をちらりとご覧になり、あれは魔術書であり、男は魔術師か悪魔つきであると言われるのです。もし悪魔つきであるなら、悪魔祓いをする必要があるし、魔術師なら、火あぶりにしなければならないと言われます。若伯爵さまは、手帳に書かれている文字は、代……、代……、代数学とかいう学問に使われるものだと言い張られます。見知らぬ男を輿に乗せたのですが、そこでも手帳に何やら書き込み始めました。司祭さまは、前言を撤回なさろうとはせず、ラバに乗って輿の後をついていき、悪魔を祓うべく、聖水を振りかけておられるのです。この変わり者についてお伝えできるのは以上です。輿の後に続くあの貴族は、ドン・マッサゴルドさまです。伯爵さまの料理長、いや主厨長とでも申しましょうか。そのそばに見えますのは、菓子職人のレマド、それから砂糖菓子作りのレチョ……」。

「おやおや！」私は彼に言った。「そこまで知る必要はないよ」。

「最後に」彼はつけ加えた。「行列のしんがりを務め、光栄にもご説明申し上げたのは、ドン・ゴンザルベス・デ・イエロ・サングレでございます。ピサロ家（フランシスコ・ピサロ、一四七五―一五四一。ペルーを征服した）とアルマグロ家（ディエゴ・デ・アルマグロ、一四六四―一五三八。チリへ遠征するが失敗した）の血を引くペルーの貴族で、両家の武勇を受け継ぐ者にございます」。

私は立派なペルー人に礼を言うと、仲間のふたりのところに戻って、今知った事実を伝えた。私たちは野営地に戻り、ジプシーの族長に向かって、ちびのロンセトと、エルビラ嬢の娘を見かけたと言った。かつて族長が、副王の前で身代わりを務めたあの女性の娘のことだ。族長が答えて言うには、ずっと以前からあのふたりはアメリカ新大陸を去る計画を立てていたのだという。ようやく先月カディスに到着し、先週にはそこを発ち、グアダルキビール川のほとり、ゾトの弟たちの絞首台の近くでふた晩過ごした。そこで、絞首刑者たちの死体の間に横たわっているひとりの若者を見つけたのだという。それから私の方を向いて、族長はこう言った。

「大尉殿、その若者は、あなたの親戚と言ってもよいのだ」。

んわね」。

「では」レベッカは言った。「あの一行を何日か、ここに足止めしなければなりませ

「そのことはすでに考えてある」族長は続けた。「食事をしている間に、彼らのビクーニャの半分を盗ませるつもりだ」。

あの外国人たちを引き留めるのに、こうした方法を取るのは奇妙に思われた。そう言ってやろうとしたが、族長は背を向け、野営を撤収するようにと命じた。今回は、銃の射程いくつか分しか移動しなかった。到着した先には岩があり、地震か何かで裂け目ができているようだった。そこで食事を取ると、皆は自分のテントに戻った。

夕方、ジプシーの族長のテントに行ってみると、何やら騒ぎが起こっていた。例のピサロ一族の末裔がふたりのアメリカ人とともにやってきており、たいそう横柄にビクーニャを返せと言っているのだった。ジプシーの族長はじっと話を聴いていた。それをいいことに、イエロ・サングレ殿はますます調子づき、さらに声を張り上げ、ペテン師だの、追い剥ぎだのと遠慮なく言い放つのだった。やがて族長は鋭くぴっ、ぴっと口笛を吹き始めた。すると次第にテントの中は武器を持ったジプシーたちでいっぱいになっていく。次々に姿を現すジプシーを目にして、イエロ・サングレ殿の横柄

さも次第に影をひそめていき、しまいにはぶるぶると震えて、何を言っているのかも分からなくなってしまった。男が静かになったのを見て取ると、族長は親しげに手を差し出し、こう言った。

「許してくだされ、勇敢なペルーのお方。見たところ、非はこちらにあるし、お怒りも当然であろう。だがトレス・ロベラス侯爵のもとに行って、ダラノサ夫人を覚えておられるか聞いてみていただけないか。この夫人の甥はかつて、純粋なる好意から、ロベラス嬢の身代わりとしてメキシコ副王の妃になるのを引き受けたのだ。もし彼が覚えておられるようだったら、私たちに会いにきてもらいたいのだが」。

ドン・ゴンザルベス・デ・イエロ・サングレ殿は、どうなるものやらと恐れていた事態が穏やかに収まったことを、喜んでいるようだった。伝言を伝えようと約束してくれた。彼が行ってしまうと、族長は私に言った。

「あのトレス・ロベラス侯爵というのは、昔は小説に目がない男だった。侯爵が気にいるような場所にお迎えせねばならぬな」。

私たちは、うっそうとした藪が影を落とす、岩の裂け目に入った。驚いたことに、突然、今までとはまるで異なる景色が開けた。濃緑色の水をたたえた湖があり、透き通った水の先には湖底が見える。湖のまわりは切り立った岩場になっていて、ところどころに楽しげな砂州もある。砂州には花の咲いた小灌木がたくさん植えられていて、その配置は左右対称ではないものの、味わい深いものだった。岩が波で洗われているところはどこでも道が刻まれていて、それを通って砂州から砂州へとたどることができる。洞窟がいくつもあって、中に湖水が流れ込んでいる。まるでカリュプソーの洞窟(5)のようにしつらえられてあり、涼しさを楽しんだり、水浴すらできる隠れ処《が》といった趣きだった。あたりはしんと静まり返り、人知れぬ場所だと分かった。

「ここはな」族長は私に言った。「私の小さな王国の一部だ。ここで数年を過ごしたこともある。おそらく人生でも最も幸せだった日々、少なくとも一番穏やかだった時代だ。だがあのふたりのアメリカ人がやってくるだろう。どこか気持ちのいい静かな場所でも探して、到着を待つとしよう」。

私たちは一番美しい洞窟のひとつに入った。レベッカと兄も合流した。しばらくすると、ふたりの老人が到着するのが見えた。

「こんなことがあろうか」老人のひとりが言った。「これほど長い年月を経た後に、子供の頃の大恩人にめぐり会うなんて。あなたの消息をたびたび尋ねさせたものだ。

私の近況をお伝えしたこともある。あなたがトレドの騎士のもとにいた頃だ。だがその後……」。

「さよう」族長は言った。「その後、私の居所を知るのは難しくなったであろう。だがこうして再会できたのだから、この隠れ処でどうか数日過ごしてもらいたい。旅の疲れがたまっていようし、休まれるとよい」。

「でも」侯爵は言った。「ここはまったく魔法の土地だな」。

「そうした噂もある」族長は答えた。「アラブ人が支配していたころ、ここはアフリット・ハマミと呼ばれていた。「悪魔たちの浴場」という意味だ。今では、ラ・フリータと呼ばれている。シエラ・モレナの住民たちは近づいてはこない。ここでは奇妙なことが起こると夜な夜な噂をしている。そう信じさせておこう。どうかお連れの方の大部分は、谷の外の野営が敷いてある場所にとどまってもらいたい」。

「古い友よ」侯爵は言った。「私の娘と、将来の娘婿だけはここに来るのを許してほしい。それからロス・エルマノスの絞首台の下で見つけたあの変わり者もな。私の司祭によれば、彼は悪魔つきらしいので、悪魔たちの浴場に来るのも悪くはなかろう」。

ジプシーの族長は、数人の従僕をつけて、三人を呼びにいくよう命じた。

ペンナ・ベレスの若伯爵が、いいなずけとともにやってきた。ふたりのすぐ後ろに、あの見知らぬ男が、手に手帳を持ってついてくる。男は驚いたようにあたりを見回すと、石をひとつ拾い上げ、注意深く観察して、こう言った。

「これはガラス工場の火だけでも燃えますよ。何も加えなくてもね。私たちが今いるのは、古い火山の噴火口の中ですね。さかさになった円錐の勾配から、深さを知ることもできます。そして、この円錐を穿った膨張力も計算できます。この問題は考えてみる価値がありそうです」。

このように言うと、見知らぬ男は、ポケットから覚書帳をいくつか出して、計算し始めた。軽食が出された。果物と、レモネードと、ドライフルーツだった。最初、見知らぬ男は全く手をつけなかった。それから自分が持っているのは鉛筆ではなくペンだと勘違いして、自分のレモネードのコップに浸した。インク壺と間違えたのだ。皆は、好きなようにさせておいた。計算が終わると、男は覚書帳をポケットにしまい、こう言った。

「父は、火山について実に正しい考えを持っていました。父によれば、火山の中心で拡大する膨張力は、蒸気の力だろうが、硝石の燃焼力だろうが、他のあらゆる力をはるかに凌ぐのだそうです。父の考察によれば、いつの日か人類はある種の流動体を発見し、それが及ぼす影響に基づけば、自然現象の大部分は説明できるようになるとのことでした」。

「それではあなたは」レベッカは言った。「この湖ができたのも、火山のせいだとお考えになるのね」。

「そうです、お嬢さん」見知らぬ男は答えた。「石の組成が証明していますし、湖の形からも十分に分かります。対岸にあるものを見た感じだと、湖の直径はだいたい三百トワーズ(一トワーズは約二メートル)でしょう。湖底の傾斜角度は七十度といったところですから、火山の中心は、深さ四百十三トワーズにあったと考えられます。そのことから、九百七十三万四千四百五十五トワーズ、物質が移動したという結論になるのです。先ほども申し上げた通り、われわれの知る膨張力をいくら積み重ねたところで、このような結果は生み出せません」。

レベッカは、見知らぬ男の推論を完璧に理解しているような返事をした。だが残りの者たちは、皆、学者というわけではないので、会話はすぐに打ち解けた話題に移っていった。ジプシーの族長は侯爵に話しかけて、こう言った。

「私があなたと出会った頃、あなたは愛の息吹だけを嗅いでいて、まるでアモルのように美しかった。エルビラと結ばれたことで、数々の甘美な喜びを抱かれただろう。人生の芳香を味わい、その棘の方は知らずに済んだというわけだ」。

「いや、そういうわけでもない」侯爵は言った。「確かに私は、恋愛にあまりに多くの時間を費やしたかもしれぬ。だからと言って今日の日まで、真っ当な人間としての義務をおろそかにしたためしは一度もない。だからこのように弱みを打ち明けたとしても、恥ずかしいことなど何もない。われわれは今、奇想天外な物語を聞くのにうってつけの場所にいるのだから、お望みとあれば、ひとつ私の生涯の話でもしてみようか」。

皆がこの提案に喝采した。話し手は次のように語り始めた。

トレス・ロベラス侯爵の物語

あなたがテアティノ会の寄宿学校に入られた頃、ご存知のように、私たちは、あなたの叔母様ダラノサ夫人の家の近所に住んでいた。母はときどき、姪のエルビラお嬢さまに会いにいったが、私を連れていくことは一度たりともなかった。エルビラさまが修道院に入られたのは、修道女になるためであり、私のような年齢の男の子が訪問するのは具合が悪かったのだ。私たちはそれゆえ離れ離れになったわけだが、手紙をやり取りしてその苦しみを和らげた。母がメルクリウス(6)になってくれたのだ。ただその役を引き受けるにあたって、母はやや難色を示した。母によれば、ローマの特免（教会の権威により禁令を特別に許すこと）を得るのはたやすいことではなく、規則上は、特免が得られてはじめて私たちの文通は許されるというのだ。良心が咎めた母は、それでも手紙のやり取りを請け負ってくれた。エルビラさまの財産は、手をつけられずにいた。彼女は信仰の道に入らねばならず、そうなると財産は全てロベラス家の傍系親族のものになるのだ。

　あなたの叔母様は私の母に、彼女の叔父のテアティノ会修道士の話をしてくれた。何をするにも手際のよい聡《さと》い方で、特免の件でよい助言をくれるだろうとのことだった。母は叔母様に何度もお礼を言った。母はサンテス師に手紙を書いてみた。すると一件を重く見た師は、返信を寄越す代わりに、自身でブルゴスまでやってこられた。お供に教皇大使館の神学顧問を伴っていたが、交渉はすべて秘密裏に行ないたいとのことで、変名を使っていた。以下の事柄が取り決められた。すなわちエルビラさまはさらに六ヶ月修練所にとどまるが、その後、修道女になりたいという願いは失われる、そこで特別寄宿生と同じ扱いとなり、中働き、つまり家つきの侍女に世話をしてもらい、専用の住居があてがわれるのだ。母はその家に、後見関連の細々とした仕事を行なう法律家数人と共に住むことになった。私の方は、監督人（貴族の子弟の養育係）と共にローマに出発しなければならなかった。神学顧問は後から追いかけてくるという手筈だったが、そうはならなかった。特免を願い出るには、私は幼すぎるとされたのだ。出発できるようになるまでに、二年の歳月が流れた。その二年の間、私は毎日、面会室でエルビラさまに会っていた。それ以外の時間は、彼女に手紙を書いたり、小説を読んだりして過ごしていた。小説を読むことは、手紙を書くのにおおいに役立った。エルビラさまも同じ本を読み、同じような文体で書かれた手紙を寄越してくれた。こうしてやり取りされる手紙には、私たちが自分で書いた文章はほとんど含まれていなかった。使われる表現は、小説からの借り物ばかりだった。それでも愛情は紛れもないものであり、少なくとも、私たちは強く惹かれ合っていた。ふたりを阻む柵のせいで、欲望は高ぶった。若い血は沸き立ち、千々に乱れる思いに、情欲が加わった。

旅立ちの時が来た。別れは辛かった。私たちの悲嘆は、本から学んだものでも、見せかけのものでもなく、ほとんど狂乱じみていた。エルビラさまは絶望のあまり、命を落とすのではないかと危ぶまれた。私の思いも負けず強かったが、それでも私には絶望に立ち向かうだけの力があった。また旅をすることで気晴らしができ、おかげで随分助けられた。教育係の力も大きかった。この男は、寄宿学校の埃の中から引っ張り出されたような学者ぶった人間ではなく、退役した士官で、宮廷で何年も過ごした経験すらある人物だった。名前はドン・ディエゴ・サンテスといい、同名のあのテアティノ会修道士の近縁でもあった。明敏で、社交界のしきたりにも通じた人物だったので、遠回しに、私の考えを正しい方向へと引き戻そうとしてくれた。だが私の頭には、間違った考え方がしっかりと根を張っていたのだ。

ローマに到着した。最初にすべきは、ローマ教皇庁内赦院の判事である、リカルディ猊下(7)に挨拶にいくことだった。重々しく誇り高い人物で、胸には巨大なダイヤモンドがいくつも付いた十字架が輝き、威厳のある顔つきをさらに引き立たせている。猊下は、おまえたちがローマに来ることになった一件については承知している、あの話は内密に運ばねばならないから、あまり世間に顔を出さないようにと忠告してくれた。

「だが」彼はつけ加えた。「私のところにはちょくちょく顔を出すがよい。私に目をかけられていると知られれば、注目が集まるだろう。そして余所《よそ》にほとんど姿を見せなければ、おまえたちは慎み深いということで、好ましく思われるだろう。明日、おまえたちの件について、枢機卿団(8)がどう考えているかを探っておこう」。

私たちはリカルディの助言に従った。私はローマの古代遺物を見て午前中を過ごし、夕方になると、バルベリーニ宮(9)の近くにある猊下の別荘を訪れた。パドゥリ侯爵夫人が歓待してくれた。夫と死に別れ、近い身内もなかったのでリカルディの屋敷に住んでいたのだ。少なくともそういう噂だったが、結局のところ一切が不明だった。なぜなら、リカルディはジェノヴァの出身であるし、パドゥリ侯爵は外国で軍務に就いているときに亡くなったのだ。

この若い未亡人には、家を居心地よくするのに必要な資質が備わっていた。いつも親切で、誰にでも礼儀正しく、控えめでありながら、威厳もあった。だが同時に、私をかわいがるというか、憎からず思ってくれている節も見てとれた。その気持ちは顔に表れてしまうのだが、他人に気づかれたりはしない。そこに私は、小説一般に嫌というほど書かれている、密かな好意を認めることができた。こうした感情を、それに応えられない人間に向けてくるパドゥリ夫人を哀れに思った。

それでも私は、侯爵夫人とできるだけ言葉を交わそうと努めた。進んでお気に入りの話題を取り上げ、恋愛や、人を愛するときのさまざまなやり方、愛情と熱情との違い、一途な思いと誠実さとの違いについて語った。だがこうしたまじめな事柄を美しいイタリア人女性と語り合いながらも、エルビラさまを裏切るなどという考えは毛筋ほども頭に浮かばなかった。相変わらずブルゴスに向けては、熱烈な手紙を送っていた。

ある晩、教育係を連れずに別荘に行った。リカルディは不在だった。庭を散歩中、ふとある洞穴に入ってみると、そこにパドゥリ夫人がいた。夫人は深い物思いにふけっていたが、私が入るときに立てた物音ではっと我に返った。入ってくる私を目にした際の驚きぶりから、まさに私のことを夢見ていたのではないかと疑われるほどだった。夫人は落ち着きを取り戻すと、私に座るように言って、イタリアでは決まり文句となっている挨拶を口にした。

「今《レイ》朝《ア》はお散歩《ジラート》(10)なさ《クエスタ》いました《マッティーナ》の?」

私は、コルソに行ってたくさんの女性を目にしたけれど、最も美しかったのはレプリ侯爵夫人だったと答えた。

「彼女より美しい方をご存知?」パドゥリ夫人は言った。

「お許しください」私は答えた。「スペインには、はるかに美しい令嬢がいるのを存じております」。

この答えは、パドゥリ夫人を傷つけたようだった。彼女は再び物思いに沈むと、美しいまぶたを伏せて、地面をじっと見つめていたが、視線には悲しみの色があった。私は彼女をの気を紛らわせようと、なおも話を続け、愛情について語った。すると夫人は私に恋い焦がれているような眼差しを向け、こう言った。

「そのように上手に言い表されるお気持ちを、実際に感じたことがありまして?」

「ああ! もちろんです」私は答えた。「その千倍も激しく、千倍も優しい気持ちを感じたことがあります。誰よりも美しいあの令嬢に対してです」。

私がこう言うと、パドゥリ夫人の顔は死人のように真っ青になった。ばたりと倒れて、地面に横たわり、死んだも同然だった。私はこのような状態の女性を見た経験がなく、どうしてよいのか皆目分からなかった。幸いにも、女中がふたり庭を散歩しているのが目に入った。走っていって、女主人を助けるようにと言った。

それから私は庭を離れ、今起こった出来事についてじっくりと考えてみた。とりわけ愛情の持つ力、そして愛情が人の心に火の粉を落とすと、それが瞬く間に燃え上がるさまに感心した。パドゥリ夫人が哀れに思われた。彼女を不幸にしてしまった自分を責めた。だが、パドゥリ夫人のためであろうが、他のどんな女性のためであろうが、エルビラさまを裏切るなどということは思いもよらなかった。

翌日別荘に行ったが、訪問は謝絶された。パドゥリ夫人は病気だったのだ。次の日、町は彼女の病の話で持ちきりになり、噂では容体はかなり悪いとのことだった。私は、自分が原因となった苦しみに対し、悔恨の念を覚えた。

夫人が病に倒れてから五日後、部屋にひとりの少女が入ってきた。頭からマントをすっぽりかぶり、顔を覆っている。彼女は言った。

「異国のお方《シニョーレ・フォレスチエーロ》、死の床にある、とある女性があなたに会いたがっておられます。私の後についてこられますよう」。

間違いなくパドゥリ夫人のことだろうと思ったが、瀕死の女性に対してその願いを拒んだりはできないと考えた。道はずれに一台の馬車が待っていた。私はマントをかぶった少女と馬車に乗り込んだ。庭の裏手から別荘に着いた。ひどく暗い小道に入り、そこから回廊といくつかの真っ暗な部屋を抜け、ようやくパドゥリ夫人の寝室へとたどり着いた。寝台に横たわった彼女は、私の方へと手を伸ばしたが、それは火のように熱かった。熱のせいだろうと思った。病人に目を向けると、彼女は半ば裸体だった。そのときまで私が女性について知っていたのは、顔と手だけであった。視界は乱れ、膝はがくがくした。何が起こったのかも分からぬまま、私はエルビラさまを裏切っていた。

「愛の神さま」イタリア女性は叫んだ。「あなたは奇跡を起こしてくださいました。愛する人のおかげで、私は、命が助かったのです！」

それまで全く清らかな身であった私だが、瞬く間に甘美な欲望の虜《とりこ》に堕《だ》してしまった。こうして四時間が過ぎた。とうとうあの侍女がやってきて、別れの時間だと知らせてくれた。少し苦労して馬車へと戻った。少女の腕にすがらなければならず、彼女の方はマントの下で笑っていた。別れの段になると、少女は私に抱きつき、こう言った。

「次は私の番よ」。

馬車に乗り込むやいなや、心を千々に乱す後悔の念が、先ほど味わった快楽の思いに取って代わった。

「エルビラさま」私は叫んだ。「エルビラさま、あなたを裏切ってしまいました。エルビラさま、僕はもうあなたにふさわしくない人間です。エルビラさま、エルビラさま……」。

私は、こうした折に誰しも言うような言葉をすべて口にし、部屋に戻ると、もう侯爵夫人の元へは決して行かないと固く決心した。

侯爵がここまで物語ったとき、ジプシーたちが族長を呼びにきた。族長は旧友に、つづきを話すのは明日にしてほしいと頼んだ。族長が行ってしまうと、レベッカはあの見知らぬ男の方を向き、こう言った。

「今のお話に、大変熱心に耳を傾けておられたようね。でも内容は、火山の爆発でも、九百万立法トワーズの物質を動かせる膨張力でもなかったわよ」。

「お嬢さん」幾何学者は答えた。「激しい恋心というのは、物質を動かす原動力でもあるのです。それがなければ、この世のあらゆる事物は停止してしまうでしょう。さらに、それは増減可能でもあります。こうして恋心は幾何学の領域に入るのです。あなたがご質問になった恋愛に関してですが、この感情にはいくつかの特性があります。それらの特性は、整数の二項対立を導入できるあらゆる数値に共通して見られるものなのです。ご説明いたしましょう。

実際、「愛情」を、「プラス記号」のついた正の値と想定してみましょう。愛情の逆元[11]となる「嫌悪」は「マイナス記号」を付され、また感情のない状態、つまり無関心は、「ゼロ」と等しくなります。

愛情をそれ自身でかけ合わせていくと、「私は愛情を好む」にしろ「私は愛情を好むのを好む」にしろ、常に値は正となります。プラスとプラスの積は常にプラスとなるのです。

ところが「私は嫌悪を嫌悪する」となると、愛情の感情、言い換えれば、正の数値へと戻ることになります。マイナスとマイナスの積はプラスになるからです。

反対に、「私は嫌悪への嫌悪を嫌悪する」となると、愛情とは相対する感情、つまり負の値にいたります。マイナスの三乗がマイナスになるのと同じです。

愛情と嫌悪の積、あるいは嫌悪と愛情の積は、常に負の値となります。プラスとマイナスの積、マイナスとプラスの積が負になるのと全く同様です。実際、私が愛情を嫌悪しようと、あるいは嫌悪を愛そうと、常に私は愛情とは相対する感情の側にいるのです。いかがですか、お嬢さん、私の論理に何か間違いはありますか？」

「ありませんわ」ユダヤ人女性は答えた。「それに、このような論証に降参しない女性などひとりもいないでしょうね」。

「それは望むところではありません」見知らぬ男は言った。「そんなにすぐに降参してもらっては、私の命題の続き、私の立てた原理の終結式[12]を聞き漏らしてしまいます。ですから論証を続けましょう。愛情はしばしば、お互いを恐れることから始まります。そこには嫌悪の念が混じっています。小さな負の値ですね。〈マイナスa〉としましょう。この嫌悪の念から、いささかいが起こります。〈マイナスb〉としましょう。その積は〈プラスab〉となり、正の値となります。愛情が生まれるわけです」。

「もし私が」レベッカが言った。「お話をきちんと理解できているならば、愛情を表すためには、〈xマイナスa〉の累乗を展開していくのが最上の方法でしょうね」。

「そうなのです、お嬢さん」見知らぬ男は言った。「考えを読まれてしまいましたね。その通りなのです、美しいお方。ドン・アイザック・ニュートンが考え出した二項定理の公式は、あらゆる計算の導きとなるのと同様、人間の心の研究においても私たちを導いてくれるのです」[13]。

散会となった。私はメキシコ人たちの方へ行った。見知らぬ男は、レベッカとおしゃべりをするのが楽しいようだった。彼女についていこうとしたが、うっかりして、別の小道の方へ行ってしまった。その日はもう彼の姿を見ることはなかった。

第四十二日

皆はある洞窟に集まったが、そこは前夜の洞窟と同じく見事に飾られていた。すでにレベッカが来ていた。やがてあの見知らぬ男もやってきた。

「お嬢さん」彼はユダヤ人女性に言った。「今朝は、あなたについてずっと考えていました。でもお名前が分からないので、あなたのことをxかyかzでお呼びしなければなりませんでした。未知数にはそうした記号を使うものなのです。いっそのこと、お名前をおっしゃっていただければ、この困った事態から抜け出せるのですが」。

こうした恋の告白の始め方に、レベッカは笑みを漏らした。彼女は、自分はラウラ・デ・ウセダという名前だと答えた。

「よかった」見知らぬ男は言った。「ラウラ、物知りのラウラ、やさしいラウラ、美しいラウラ、これらの数値を足していくと、あなたの総和が出ますね」。

見知らぬ男がこうした調子で、幾何学的な求愛の辞を続けようとしたところに、他の人たちがやってきた。皆は侯爵に、物語のつづきを話してもらえないかと頼んだ。彼は次のように語った。

トレス・ロベラス侯爵の物語のつづき

不実の罪を犯した後に、どれほど良心の呵責に苦しんだかはお話しした。パドゥリ夫人の侍女が翌日やってきて、私をまた女主人の枕元に連れていこうとするだろうと思い、彼女がやってきても、邪険な扱いをしてやろうと決めていた。だがシルヴィアは翌日ばかりか、その後何日も姿を現さなかったので、少々驚きを感じた。シルヴィアがやってきたのはようやく一週間後のことだった。装いを凝らしていたが、彼女の顔立ちには必要ないことだった。何しろあの女主人よりも美しい娘だったのだ。

「シルヴィア」私は言った。「帰ってくれ。君のせいで僕は、最も大事な人を裏切ってしまった。君は僕を騙したね。僕は瀕死の女性のもとに行くものだとばかり思っていたが、君が招じ入れたのは、愛欲しか求めない女性の部屋だった。心に罪はなくとも、僕はもう清らかな身ではなくなってしまった」。

「清らかな身ですわよ。しみひとつないくらい」シルヴィアは答えた。「その点はご安心ください。でも私が参りましたのは、ご主人さまのもとへお連れするためではございません。あの方は今頃、リカルディさまの腕に抱かれていますわ」。

「自分の叔父さんに？」

「そうではございません。リカルディさまは彼女の叔父などではないのです。私といらしてください。すべて説明して差し上げましょう」。

好奇心に駆られて、私はシルヴィアの後に従った。馬車に乗り、別荘に到着した。庭の方から入ると、かわいらしいこの使者は私を自室に招いた。そこはまさにお針子の部屋で、化粧クリームの瓶や櫛《くし》、それに化粧道具がいくつか置いてあった。さらに雪のように白い小さな寝台があり、下には目を見張るばかりに優美な一足の小さなミユールが置いてあった。シルヴィアは手袋を脱ぎ、マンティーラを取ると、胸に掛けていたスカーフを外した。

「やめてくれ」私は彼女に言った。「それ以上はだめだ。君のご主人はそんな風にして、僕を誤らせたのだ」。

「ご主人さまは」シルヴィアは答えた。「大担な方法をお使いになりました。でも私はこれまでのところ、そのようなものは使わずに済んでいますわ」。

そう言うと、彼女は戸棚を開き、果物とビスケット、さらにワインをひと瓶取り出した。それらをテーブルの上に置き、テーブルを寝台へと引き寄せた。それからこう言った。

「かわいいスペインのお方、侍女というものは、家具を自由に使えないのです。ここには椅子が一脚あったのに、今朝持っていかれてしまいました。どうかこの寝台の上におかけになって、私のそばに来てください。ささやかですが心の込もったこの食事もどうぞ召し上がってください」。

このように愛想よく言われては、申し出を受けないわけにはいかない。私はシルヴィアの隣に座り、果物を食べ、ワインを飲んだ。そして女主人の話をしてくれないかと頼んだ。彼女は次のように語り始めた。

リカルディ猊下と、ラウラ・チェレッラ、通称パドゥリ侯爵夫人の物語

リカルディは、ジェノヴァのある名門貴族の末っ子で、早くから修道会に入り、やがて教皇庁高官団に所属しました。美しい顔立ちと紫のタイツというのが、当時、ローマの女性たちに気に入られるためのふたつの強力な武器でした。リカルディは自分の利点を活用しました。いえ、同僚の若い主席司教（教皇庁所属の高位聖職者で、紫の祭服と「猊下」の呼称を許される）たちと同様、それを濫用すらしたのです。三十歳になる頃には、快楽には飽きてしまい、今度は仕事で一旗揚げようと思うようになりました。

ただ女性たちと完全に手を切る気にまではなれません。純粋に楽しみだけを得られる関係をとり結びたいと考えたのですが、どうすればよいか分かりません。彼はローマで最も美しい姫君たちの忠実なる恋人《カヴァリエーレ・セルヴェンテ》(14)でした。でも美しい姫君たちは、次第にもっと若い主席司教を好むようになっていきます。それに彼の方も、熱心に女性のご機

嫌とりをするのには飽き飽きしていました。毎回心にもないお世辞を言わねばならず、うんざりしていたのです。愛人を囲うのにも不具合があります。彼女たちは社交界の事情をまるで知らないので、何を話題にすればよいのか分からないのです。

迷いの中、思案を重ねていたリカルディはある計画を思いつきます。彼以前にも、また彼以後にも多くの男たちが考えついた計画です。つまりひとりの少女を完全に自分の思い通りに教育し、その結果、自分を完璧に幸せにしてくれるように育て上げるのです。実際、何という喜びでしょう。あらゆる優美さを兼ね備えた女性の内に、頭脳と性格がともに花開いていくのを見守るのです。社交界と上流世界を見せてやれば、彼女が驚くのを見て楽しむことができます。彼女の愛情が目覚めるのを観察し、自分がどういう人間であるかを教えるのです。そうして完全に自分だけの女性を作り上げるのです！　しかしその後、そのいとしい女性をどうするのでしょう？　多くの男は結婚によって事を片づけます。でもリカルディにはそれができません。

こうした淫らな計画をあれこれと立てながらも、この主席司教は、出世のための手はずもおろそかにしておりませんでした。彼には、教皇庁内赦院判事を務める叔父がおり、その叔父はいずれ枢機卿の座を約束されていました。そして枢機卿になった暁には、甥に現在の地位を譲ると確約してくれていたのです。ただそれらが実現するのは、四、五年先のことでした。そこで、それまでの間、郷里に戻り、旅をしてもよかろうとリカルディは考えました。

ある日、リカルディがジェノヴァの町を散歩していると、ひとりの少女が近づいてきました。オレンジの入った籠を持っており、とても可愛らしく彼にひとつ差し出してきます。リカルディは放蕩者の手で、少女の顔にかかるボサボサの髪の毛をかき分けました。するとそこに現れたのは完璧な美しさだったのです。オレンジ売りの娘に両親について尋ねました。自分には、バスティアーナ・チェレッラという名の寡婦となったたいそう貧しい母親しかいない、というのが答えでした。リカルディは家に案内させました。そしてまず名を名乗ってからバスティアーナのおかみさんに対して言うには、自分には親戚がひとりおり、非常に慈悲深い女性である、彼女は貧しい少女たちを養育し、いずれ持参金を持たせてやるのを楽しみとしているとのことでした。そして、自分がこのラウラ嬢を彼女に紹介してもよいと言うのです。

母親は微笑み、彼に言いました。

「あなたさまのご親戚のことは存じ上げません。きっとご立派なご婦人なのでしょう。でもあなたさまが少女たちを思いやってくださっているのは、広く知られております。どうぞこの娘をお連れくださいまし。この子を貞淑に育ててくださるかどうかは分かりません。でも貧困からは抜け出させてくださるでしょう。貧困とはどのような悪徳にもまして避けねばならぬものなのです」。

リカルディは、母親のためにいくらか金銭的援助をしようと申し出ました。「いいえ」彼女は答えました。「私は娘を売ろうというのではありません。でもあなたさまが持参金を届けてくださるのであれば、お受けしましょう。生きるというのは何より優先すべき事柄ですが、私はときどき栄養失調で働けなくなるのです」。

その日のうちに、かわいいラウラはリカルディの支援者の家に預けられました。両手にあふれんばかりのアーモンドペーストの菓子を持ち、髪にはスパンコール、首には真珠の首飾り、胸にはレースの飾りがあしらわれます。少女はありとあらゆる鏡に姿を映してみましたが、とうてい自分とは思えません。ただこの最初の日から、彼女は運命を悟り、自分の置かれた境遇を理解しておりました。

ラウラには幼馴染たちがいました。彼らは、ラウラの消息が分からず、ひどく心配しておりました。彼女を見つけ出すのに最も熱心だったのは、チェコ・ボスコーネです。十四歳になる、荷役の息子でしたが、その年ですでにたいへんな力持ちで、小さなオレンジ売りの少女を熱烈に恋していました。チェコはたびたび、道端や、私たちの家で彼女に会っていました。というのも、チェコは私たちの親戚筋に当たるのです。私たちのと申しましたが、その理由は、私もまたチェレッラという名で、畏れおおくも私の女主人さまの実のいとこに当たるからなのです。

私たちはいとこの件で心を痛めておりました。誰も噂をせぬばかりか、その名を口にすることすら禁じられたので、なおさら心配は募ります。私は普段、シーツやテーブルクロスを扱う仕事をしていました。チェコの方は、荷物を担げるようになるまで、港で使い走りをしていました。私は一日の仕事を終えると、教会の正面玄関の下にチェコを探しにいき、いとこの運命を思って、ふたりでさめざめと涙を流したものでした。

ある晩、チェコは私にこう言いました。

「名案を思いついたんだ。ここのところ毎日、どしゃ降りの雨だろ。チェレッラのおばさんは外に出られない。でも次に晴れたら、もう我慢できない。娘がジェノヴァにいるのなら、きっと会いにいくね。そうすれば後をつけるだけでいい。ラウラの居場所が分かるはずさ」。

　私はこの思いつきに拍手喝采しました。翌日は快晴でした。チェレッラのおばさんの家に行ってみました。おばさんは古いタンスから、それよりもさらに古いマントを取り出している最中でした。私はおばさんに一言ふたこと声をかけると、チェコに知らせに走ります。私たちは待ち伏せをしました。しばらくするとチェレッラのおばさんが出てくるのが見えます。私たちは後をつけ、遠く離れた地区まで来ました。おばさんが一軒の家に入ったので、また隠れました。おばさんが出てきて、遠ざかっていきます。私たちは家に入りました。階段を上がります。いえ数段飛ばしで駆け上がったのです。立派な部屋の扉を開けると、ラウラがいました。彼女の首に飛びつきましたが、チェコがぐいと私を引き離し、自分の唇を恋人の唇に重ねるのでした。ところが別の扉が開きます。リカルディが姿を現し、私に平手打ちを二十発食らわせると、チェコには同じ数だけの足蹴を加えます。部下たちもやってきました。あっという間に私たちは道に放り出されていました。辱められ、殴られ、自分たちはもういとこの運命を探索してはならないのだと思い知らされました。チェコは、マルタ島の船の見習い水夫になってしまいました。その後の消息は知りません。

私の方では、いとこを見つけ出したいという思いが消えませんでした。こう言ってよければ、その思いは私の成長とともに大きくなったのです。私はいくつものお屋敷にお仕えし、最後にはリカルディ侯爵さまに仕えました。あの主席司教の兄に当たる方です。そこではしきりとパドゥリ夫人の噂を耳にしましたが、主席司教が、どこであの親戚の女性を引き取る次第になったのか、その事情が分からないという話です。ご家族内でしばらく調査をされましたが、結局何の成果もありませんでした。でも召使いたちの好奇心からは何も逃れられません。私たちは、自ら調べてみました。すると侯爵夫人と名乗るその女性こそ、ラウラ・チェレッラ本人に他ならないと判明したのです。侯爵さまは私たちに秘密を守るよう命じました。そして私を弟のところへ遣わし、とんでもない過ちを犯したくなければ、用心に用心を重ねるようにと忠告されたのです。でも私がお伝えしたいのは自分のことではありませんし、パドゥリ侯爵夫人について今お話しするのも適切ではありませんわ。先ほど幼いチェレッラを、あの主席司教の支援者の家に預けたところまでお伝えしましたね。彼女はそこには長く留まりませんでした。ジェノヴァ川（ジェノヴァの町を流れるポルチェヴェラ川のことか）のほとりの小さな別荘に移されたのです。主席司教は、ときどき会いにいっていましたが、そのたびに、自分の手がける作品にますます満足を感じるようになりました。

二年後、リカルディはロンドンに向け発ちました。旅の間、偽名を使い、イタリアから来た貿易商と称しておりました。ラウラも彼の妻という名目で同行します。リカルディは彼女をパリや、身分を隠しやすい他の大都市に連れていきました。日を追って、ラウラは優しくなり、恩人を崇拝し、彼に大きな幸せをもたらしてくれるようになりました。五年の月日が、瞬く間に流れ去りました。リカルディの叔父が枢機卿に任命される運びとなり、急ぎローマに戻るようにとの指示がありました。

リカルディは、ゴリツィア（スロヴェニアとの国境にあるイタリアの都市）の近くに持っていた領地に、彼女を連れていきました。到着した翌日、彼はこう言いました。

「ある事柄をお知らせしよう。きっと関心を持たれるに違いない。あなたは今からパドゥリ侯爵の未亡人となる。侯爵は、皇帝陛下のために軍務に就かれていたが、過日、亡くなられた。ここにそれを証明する書類が一式そろっている。パドゥリは私たちの親戚だった。私についてローマに来てもらいたい。そこでわが一族の誉れとなってほしいのだ」。

数日後、リカルディは旅立ちました。

新たに侯爵夫人となったラウラは、考え込みました。リカルディの性格について、彼との関係について、そしてそこから引き出せる利益について、真剣に考えたのです。三ヶ月後、叔父を自称する男のもとへと呼ばれました。彼は、新たに就いた役職のおかげで、きらきらと輝いておりました。この栄華は彼女の上にも降りかかり、あれやこれやとたくさんのお世辞を言われました。リカルディは一族の人々に、自分たち兄弟にとっては母方のいとこに当たるパドゥリ侯爵の未亡人をこのたび引き取ったと告げました。兄のリカルディ侯爵には、パドゥリが結婚していたなどという話は初耳でしたので、この件について先ほどお話しした調査を行ないました。そして、私を新侯爵夫人のところへ遣わして、最大限の用心をするよう伝えようとしたのです。私は海路を取りました。チヴィタヴェッキア（ローマの北西六十キロメートルのところにある港湾都市）で船を下りてローマに向かい、侯爵夫人の家に伺いました。夫人は召使いたちを下がらせ、私の腕に飛び込んできました。私たちは、幼い頃や、私の母、彼女の母、そして一緒に食べた栗の実について話しました。チェコのことも話題になりました。彼は海賊船に乗ってしまい、その後の消息は分からないと伝えました。ラウラはすでにしんみりとしていましたが、この話を聞くとわっと泣き出し、なかなか泣き止みませんでした。彼女は、私の正体を絶対にリカルディに知られないようにしてほしい、またジェノヴァの出身だとも言わないでほしいと頼みました。もし訛りで突きとめられてしまったら、サヴォナ（ジェノヴァの南西四十キロメートルにある港湾都市）の出身だと言ってほしいというのです。それから私を部屋つき女中ということにして、家に置きました。ラウラは二週間ほど、いつも通りの陽気さでした。でもその後、もの思いに沈み、ぼうっとして、何もかもに嫌気がさしたかのような様子に陥ってしまったのです。リカルディは彼女に優しくしてもらおうとしましたが、無駄でした。どうしても以前の彼女を取り戻すことはできません。「かわいいラウラ」ある日、彼は言いました。「いったい何が不満なんだい？　今の生活と、そこから私が引き上げてやった昔の生活とを比べてごらん」。

「どうしてあそこから引き上げてくださったの？」ラウラは猛然と返します。「私が懐かしんでいるのはあの貧しさなのです。貴婦人に囲まれて、私はここでいったい何をしているのでしょう？　彼女たちがなさる意味深長なご挨拶は、苦い侮辱の言葉と同じですわ。ああ、私の擦り切れた服がどんなにか懐かしいでしょう！　毎日食卓に上がった黒パン、栗の実、思い起こすだけで心が引き裂かれます。そしてあなた、私のかわいいチェコ、荷役になった暁には結婚するはずだったのに。あなたとなら貧乏ではあっても、気が鬱ぐことなどなかったでしょうに。貴婦人ですら、私の境遇をうらやんだでしょうに」。

「ラウラ、ラウラ、いったい何を言っているのだ？」リカルディは叫びました。

「ごく自然な言葉ですわ」ラウラは答えました。「女性というのは、運命の導きによって生を享けた場所で妻となり、母となるようにと定められているのです。放蕩な聖職者の姪になるようにではありませんわ」。

そう言うとラウラは小部屋に行って、鍵をかけてしまいました。

リカルディはあっけにとられてしまいました。パドゥリ夫人を自分の姪だと紹介している手前、もし彼女が軽はずみにも真実をばらしてしまったら、身の破滅は必定、出世もふいになってしまうでしょう。さらに言えば、彼はこのいたずら娘を愛していたのです。リカルディは嫉妬に駆られ、すっかり不幸になってしまいました。

翌日、彼はおどおどとラウラの部屋の前に立ちました。するとうれしくも驚いたことに、たいそう優しく迎え入れられたのです。

「お許しになって」彼女は言いました。「大切な叔父さま、大事な命の恩人。私は恩知らずで、お日さまを仰ぎ見る資格もありませんわ。私はあなたの手で作られたも同然です。あなたは私を教育してくださいました。全てはあなたのおかげです。どうか気まぐれによる過ちを許してください」。

ふたりはすぐに仲直りをしました。

数日後、ラウラはリカルディに言いました。

「あなたと一緒では幸せになれませんわ。私に対してあなたはあまりに大きなお力をお持ちなのですもの。ここにあるのは全てあなたの持ち物です。私は完全にあなたの意のままです。家によくお見えになるあの貴族の方は、自分の恋人に、ウルビーノ公国（十五―十七世紀の中部イタリアに存在した国家）の最良の土地を贈られましたわ。それこそ恋する男というものです。私がかつて三ヶ月を過ごしたあの男爵領をくださいと頼んでも、きっとお断りになるでしょうね。あれはカンビアージ叔父さまから遺贈された土地で、どうにでもあなたの好きなようにできるのですけれど」。

「おまえが自立したいというのも」リカルディは言いました。「私から離れたいからなのだね」。

「あなたをさらに愛するためですわ」ラウラは答えました。

リカルディには、願いを叶えてやるべきか、それとも拒絶すべきなのか分かりませんでした。彼は恋をしており、嫉妬に駆られていました。自分の威厳が傷つけられるのを恐れ、恋人の言いなりになるのを恐れていたのです。ラウラは彼の気持ちを読んでいました。その気になればさらに彼を追い詰めることもできたでしょう。でもリカルディはローマで絶大な権力を持っています。彼の一言で、四人の警察官《ズビーロ》がやってきて、自分を逮捕してしまうかもしれません。そうなれば、どこかの修道院で長い改悛の時を送るはめにもなりかねません。そう考えたラウラは自重し、リカルディに望みを聞いてもらえるよう、病に倒れたふりをしようと決めたのです。その計画をめぐらせていたとき、あなたが洞窟の中に入ってきたというわけです。

「何だって、彼女が考えていたのは僕のことではなかったのか？」すっかり驚いて私は尋ねた。

「そうですわ」シルヴィアは言った。「あの時彼女が考えていたのは、二百スクード（十六―十九世紀にイタリア諸国で発行された金貨、銀貨）の地代をもたらす素晴らしい男爵領のことだったのです。彼女は病気を装ったり、死んだふりまでしてみようと考えたのですわ。かつてロンドンで見た女優を真似て、死人のふりをしてみた経験があったのです。自分の演技であなたを騙せるかどうかを知りたかったのでしょう。もうお分かりですわね、かわいいスペインのお方。あの時まであなたは完全に騙されていたのです。でも、その結末について文句を言う筋合いはございませんわよ。また私のご主人さまにしても、あなたに対しては文句はありません。私の方は、あなたがふらふらになって身を支えようと私の腕にしがみついてきたとき、かわいらしい方、と思いました。ですから次は自分の番だと考えたのです」。

このように侍女は言った。

何と言ったらよいだろう！　今耳にした話で、私はすっかり途方に暮れてしまった。幻想は打ち砕かれた。もう何が何やら分からなくなってしまった。シルヴィアは私の混乱につけこんで、官能に火をつけた。彼女はやすやすとそれをやってのけたのだ。自分が有利な立場にいるのをいいことに、やりたい放題だった。とうとう彼女は私を馬車に押し込んだ。私は、またあれこれと後悔しなければならないのか、それとももう何も考えないほうがいいのか、まるで分からなくなった。

トレス侯爵がここまで語ったとき、ジプシーの族長は中座せざるを得なくなり、つづきは翌日にしてもらえないかと頼んだ。レベッカはあの見知らぬ男の方を向くと、こう言った。

「恋する人が誰でも陥る誤りについてどう思われます？　彼らは自分たちの愛が永遠に続くと思い込んでいるのよ」。

「思いますに」見知らぬ男は答えた。「すべての恋人たちに共通のあの誤りは、「無限大」と「無限小」の特性について十分に考えをめぐらせないことから生じるのです。「差分 x」で「差分 y」を割ったときの値にもっと注意を払えば、計算の極限値が結局はまた同じ値になることに気づくでしょうし、多くの場合、「尖点(15)」をも見極められるのです」。

「実際のところ」レベッカは言った。「それこそが、恋する人たちが一番考えない事柄ね」。

「おそらく」見知らぬ男は言った。「彼らは自分の気持ちを、分枝(16)が無限であるような曲線として思い描いているのでしょう」。

それ以上聞いていても私には無駄だった。そこで、物知りのふたりがおしゃべりをしている場所から離れ、これまでの日々と同じく一日を過ごした。

第四十三日

皆は、これまでと同じように集まった。トレス侯爵に物語のつづきを話してもらえないかと頼むと、次のように語り始めた。

トレス・ロベラス侯爵の物語のつづき

美しいエルビラさまを二度にわたって裏切ってしまい、一度目は恐ろしい悔恨の念にとらわれたが、二度目は、果たして悔恨を感じなければならないのか、それともうそれについては考えないほうがいいのか分からなくなってしまった、というところまでお話しした。だが従妹（エルビラ）に対する私の恋心は変わらず、彼女宛の手紙も相変わらず熱烈であったと断言しよう。教育係は、私の小説じみた考えを何が何でも正そうとして、ときおり自分の職務からやや外れた振る舞いに出た。つまり全く素知らぬ振りをしながら、私を肉欲の誘いにさらすのだ。私は毎回、誘惑に屈した。だがエルビラさまに対する恋心はそれでも変わらず、教皇庁の書記課が特免状を発行してくれるのを今か今かと待ち構えていた。

ある日リカルディはついに、教育係サンテスと私とを呼び寄せた。彼はいささかもったいぶった様子をしていたが、愛想よく微笑んで重々しさをやわらげるとこう言った。

「おまえたちの一件は片がついた。簡単ではなかったがな。他のカトリックの国であれば、特免状を発行するのは比較的たやすいのだが、ことスペインに対するとなると、はるかに難しくなる。あの国では信仰心がより篤いし、神の掟もより厳密に守られているからだ。だが教皇聖下は、ロベラス家がこれまでアメリカ新大陸に宗教基金をいくつも設立した事実を考慮され、またふたりの若者の小さな罪はこの一族が被った一連の不幸の結果であり、決して淫らな教育が原因ではないとお考えになり、もう一度言うが、聖下は、おまえたちふたりの間にある親族の結びをこの世で解いてくださった。(17)またあの世でも同様に、ふたりの間の結びつきは解かれることになる。だが他の若者たちが同じような罪を犯したときにこれが前例として持ち出されることのないよう、また改悛の聖なる掟が守られるために、おまえたちには次のことが課せられる。すなわち首に百個の珠からなるロザリオをかけ、毎日祈禱するのを三年間続け、さらにベラクルス（メキシコ湾の港湾都市）のテアティノ会の信者たちのために教会を建設しなければならない。それではおまえに、おめでとうと言おう。それから未来の侯爵夫人に対してもな」。

私の喜びについては想像に任せよう。私は聖下の勅書を発行してもらうのに奔走した。二日後に私たちはローマを発った。

昼も夜も走り通し、ブルゴスに着いた。エルビラさまと再会した。彼女はさらに美しくなっていた。あとはただ宮廷から結婚の許しを得るだけだった。エルビラさまは財産権を取り戻していたし、私たちには友人もできていた。後見人が奔走してくれたおかげで、望んでいた許可が得られた。宮廷はさらに私のためにトレス・ロベラス侯爵の称号も授与してくれた。

そこであと考えるべきは、ドレスや装身具、宝石のみという、婚礼前の娘にとっては心弾む騒ぎとなった。だが優しいエルビラさまはそうしたことに全く関心を示さなかった。気にかけるのは、ただ愛する人の世話を焼くことだけだった。とうとうふたりが結ばれる日がやってきた。私にはその一日が気の遠くなるほど長く思えた。というのも結婚式は、夜になってから、ブルゴスの近くに私たちが持つ家の礼拝堂で執り行なわれる予定だったからだ。

私は庭を散歩して、焼きつくような焦燥を鎮めようとした。それからベンチに座って、自分のかつての行ないについて思いをめぐらせたが、それはこれから結ばれようとしているあの天使のような女性にはまるでふさわしくないものだった。自分が彼女に対して犯した不実をひとつひとつ数えていくと、全部で十二になった。そうなると後悔が再び心に忍び込み、厳しい叱責の言葉を自分に投げつけることになった。私はこうつぶやいた。

「恩知らずめ、不幸者め、おまえは自分のものになると分かっていたあの宝物について考えなかったのか。ため息をつくのも呼吸をするのも、ただおまえを愛するがため、他の男には言葉もかけたことのない、あの素晴らしい女性のことを」。

こうした悔恨に浸っていると、エルビラさま付きのふたりの侍女が、私が座るベンチとクマシデの木を背に挟んだ向かいのベンチに座る音が聞こえた。ふたりは話を始めたが、私の耳はそれに強く引きつけられた。

「そうね、マニュエラ！」侍女のひとりが言った。「お嬢さまも今日はさぞかしご満悦でしょう。だって心から人を愛し、そのお気持ちのあかしを実際に与えられるのですもの。これまで、窓格子のところに恋い焦がれてやってくる殿方たちにご親切にも与えていらした、あのささやかな好意の印の代わりにね」。

「ああ」もうひとりの侍女が言った。「あのギターの先生のことね。あの方は、お嬢さまの手を弦の上に置くふりをして、こっそりと手に接吻なさっていたわね」。

「そうじゃないの」最初の侍女が言った。「私が言いたいのは、一ダースにもなるかしら、あの恋愛ごっこのことよ、まあ無邪気なものではあったけれど。お嬢さまはそうした遊びを好まれて、ご自分から深みにはまっていかれたわ。初めは、地理を教えていた背の低い書生さん。彼なんて、全くお嬢さまにぞっこんだったわね。だからお嬢さまは、美しい髪をひと房お与えになったのよ、翌日髪を整えようとして、あのひと房がないのがとても残念だったわ。それからあのおべっか使い。お嬢さまに財政状況について教えたり、事業のことを話したりしてたわね。あの人には、あの人なりの目論見があったのでしょう。たっぷりと甘いお世辞を言って、お嬢さまをうっとりとさせていたのだわ。お嬢さまはあの人に、横顔の影絵像をお渡しになったし、窓格子越しに手を出して、数え切れないほどの接吻を受けていたわね。お花を贈ったり、花束を交換されたり……」。

会話の続きは記憶にない。だが一ダースのロマンスというのは間違いなかった。私は呆然となった。もしかしたらエルビラさまがお与えになったのは、全く無邪気な好意の印だったのかもしれない。あるいは単なる子供じみた遊びだったのかもしれない。だが私の考えていたエルビラさまは、そのような不実を犯す懸念など微塵も呼び起こさぬ女性だった。でも全くの考え違いだったのかもしれない。確かにエルビラさまは、幼少期から、愛だの恋だのと、最初はたどたどしく、やがてはしっかりと話すような子だった。そのような話題を好んで語るというのであれば、私以外の男性との関わりも疑ってみるべきだったのだ。だがそう言われたとしても、信じられなかっただろう。今や私は確信し、誤りから目が覚め、悲しみに沈んだ。そのとき結婚式が始まると告げられた。私は引きつった表情で礼拝堂に入った。母は驚き、花嫁の心は心配と悲しみでいっぱいとなった。司祭までもが困惑して、はたしてこのままふたりを結婚させてよいものやら分からなくなってしまった。それでも司祭はふたりを結婚させた。だが断言するが、あんなにも待ち遠しく思っていた日が、これほど期待外れに終わるなどという事態はかつてなかった。

だが夜になると事情は変わった。結婚式の松明が消えると、ふたりは初夜の喜びという優しいヴェールに包まれたのだ。窓格子越しのおふざけなどエルビラさまの記憶からすっかり消えてしまった。それまで知らなかった激情が、彼女の心を愛と感謝の気持ちで満たした。彼女は身も心も花婿のものだった。翌日、私たちはとても幸せな空気に包まれていた。そもそも悲しみを引きずる理由があろうか？　経験を積んだ人なら知っていようが、若妻が与えてくれる幸せに勝るものなど人生にはひとつとてない。若妻は婚姻の床に、多くの解くべき謎、多くの実現すべき夢、そして多くの優しい想いを運び込んでくれる。それに比べれば、残りの人生など何の意味があろう。新婚の日々は、心地よい愛情と、未来に対するまやかしの幻想のまにまに過ぎ去るもので、その幻想は期待によってさらに彩られるのだ。

われらが一族の友人たちは、しばらくの間、私たちが陶酔に浸るままに、そっとしておいてくれた。ようやく、話をしても耳を傾けてもらえるようになったと判断すると、彼らは野心という感情を私たちにかき立てようとした。あのロベラス伯爵には、大貴族《グランデ》になるという望みが残されており(第十五日参照)、彼らによれば、私たちはその計画を引き継ぐべきだという。それは自分たちのためであるばかりか、いつか恵まれるであろう子供たちのためでもある。今行動しなければ、将来後悔するであろうし、後悔しないよう心がけるのは常に正しいのだ。

私たちの当時の年頃では、周囲の願いがそのまま自分の願いとなる。言われるままにマドリードに行くことにした。副王は、私たちの意図を知ると、熱烈な言葉で便宜を取り計らう手紙を書いてくれた。見たところ、事態はたちどころに開けるようだった。だがそれはあくまでも見せかけにすぎなかった。宮廷ではありがちなことだが、状況は流動的に揺れ動き、決して現実の成果を伴わないのだ。

期待がこうして裏切られると、一族の友人たちは悲しんだ。気の毒なことに母にもまた悲しい思いをさせた。ちびのロンセトがスペインの大貴族《グランデ》になるのを見るためならば、全てを投げ打ってもよいと母は考えていたのだ。この時期、母はふさぎの病に取りつかれ、自分の最期もそう遠くはないと悟った。魂の救済に必要な勤めを全て済ませた母は、あとはもう、ビラカ村の善良な人たちに感謝の気持ちを示すことしか望まなかった。村長《アルカルデ》さん、司祭さま、それに他の住人たちは、私たちがまだ貧しかった頃に大変親切にしてくれた。母には一銭たりともなかったが、妻は実に立派な心がけでもって、本人が望む以上の額を母に寄贈してくれた。古くからの友人たちは、大金が自分たちに準備されているのを知った。彼らはマドリードへやってきて、このような親切を施してくれた女性の寝台を取り囲んだ。母は、幸せで裕福な私たちを残し、私たちを愛で包みながらあの世へ旅立った。穏やかな最期だった。苦しみもなく息絶えた。数々の美徳と計り知れない優しさを持って生きた報賞の一部を、この世にいるうちに受け取ったのだ。だがやがて、私たちは新たな涙を流すことになる。エルビラの産んでくれたふたりの息子たちが衰弱し、亡くなってしまったのだ。そんなことがあっては大貴族《グランデ》の位などを得ても、もはやうれしくも何ともなくなってしまった。私たちは請願を続けるのを止め、メキシコに移住することにした。私たちが手掛ける事業のため、かの地に身を置かねばならなかったのだ。エルビラはひどく健康を害しており、医者によれば、船旅でもすれば回復するかもしれないとのことだった。

そこで私たちは出発し、十週間の航海の後にベラクルスに着いた。その間、エルビラの健康には期待通りの好ましい効果が見られた。新世界に到着したとき、彼女はただ健やかなだけでなく、かつてないほど美しくなっていた。

ベラクルスには副王の上級将校が待っていた。私たちを出迎え、メキシコ・シティまで案内するようにと副王が派遣したのだ。この男は、副王ペンナ・ベレス伯爵の豪奢な暮らしと、伯爵がこの地に持ち込んだ雅《みやび》な習慣についてしきりに語った。私たちはアメリカ新大陸にいた知り合いの口から、それについては多少耳にしていた。野心が完全に満たされると副王の女好きが再燃し、もはや結婚による幸福は望むべくもないので、かつてスペインの社交界に見られた、あの礼儀正しくも優雅な女性とのつきあいに楽しみを求めたのだと聞き知っていた。

ベラクルスにはほとんど留まらず、すぐにメキシコ・シティへと向かったが、道中は実に快適だった。ご存知の通り、この首都は湖の真ん中にある(18)。日没の頃、その岸辺に着いた。しばらくすると、ランタンで飾られた百艘ものゴンドラが姿を現した。最も華やかに飾られた一艘が先頭を切って、真っ先に陸地に着いた。中から副王が現れ、私の妻に声をかけてこう言った。

「わが心が倦《う》むことなく崇め続けた女性の比類なき娘よ。私が心に決めたあなたという人を、天は連れ去ったと思っていた。だが恵み深い天は、この美しい装飾品をこの世に残してくださっていた。それを天に感謝する。美しいエルビラよ、どうかこの西半球を彩ってもらいたい。あなたがおられれば、思いあがったヨーロッパをうらやむことなど何もない」。

それから光栄にも、副王は私を抱擁してくれた。私たちはゴンドラに乗り込んだ。やがて私は、副王が驚いたようにエルビラをじっと見つめているのに気づいた。とうとう彼は言った。

「あなたの面立ちは記憶にとどめてあると思っていたのだが。白状しよう、まったく思い出せん！　だが変わったとしても、よい方向へ変わったようだ」。

そのとき思い出したのだが、副王は妻を一度も見たことがなく、彼の記憶に留まっていたのはあなた、ジプシーの族長の面立ちだったのだ。私は副王に、確かに妻の容姿は大きく変わってしまったので、昔のエルビラを知る人は誰でも、彼女を見分けるのに非常に苦労するのだと伝えた。

半時間ほどゴンドラに乗ると、浮島に到着した。それは巧妙な仕掛けでもって、オレンジやその他の灌木に覆われた本物の島のように見えるが、実は水面に浮かんでいるのだ。あらゆる方向に動かして、湖のさまざまな光景を楽しむことができる。こうした構造物はメキシコではよく見られる。「チナンパ」と呼ばれるものだ。(19) 島の中央には、まばゆく明かりの灯された円形の建物があり、遠くから騒々しい音楽が鳴り響いている。やがてランタンの間に、エルビラの名の頭文字を組み合わせた花模様が見えてくる。岸辺に近づくと、男女の集団がふたつ現れた。たいそう豪華に着飾っているが、装いは奇妙で、鮮烈な色のさまざまな羽根飾りが、とてつもなく豪奢な宝石類と輝きを競っている。

「奥方」副王は言った。「片方の集団はメキシコ人たちだ。先頭に見える美しい女性は、モンテスマ侯爵夫人、この国の君主たちが代々名乗ってきたあの偉大な家名を継ぐ最後の女性だ[20]。マドリードの国務院によって、多くのメキシコ人が彼女のものと見なす数々の特権を受け継ぐのを禁じられている。だが少なくともこの祝宴では彼女が女王だ。それが、われらが示すことのできる唯一の敬意の印なのだ。もう一方の集団は、ペルーのインカ族と名乗っている。彼らは、太陽の娘がメキシコの地に到着したと聞いて、敬意を表しにきたのだ」。

副王がこうした社交辞令を口にしている間、私はじっと妻を見つめていた。彼女の目には、自尊心のきらめきから発する火花のようなものが見える気がした。結婚して七年、芽ぶく暇とて無いものだった。確かに裕福ではあったが、私たちはマドリードの町の主役というわけではなかった。エルビラは、私の母と子供たちの面倒を見、自分の健康にも気を使い、自らが輝きを放つ余裕はほとんどなかった。だが旅のおかげで、彼女は健康と美しさをそっくり取り戻した。新たな舞台の最前列に身を置き、自分を有徳の女性と勘違いし、万人の注目を浴びようとしているかのようだった。

副王はエルビラをペルー人の女王として席に着かせると、私にこう言った。

「あなたはさしずめ、この太陽の娘の筆頭家令というところだな。われらは皆、仮装芝居をしているのだから、あなたにも宴が終わるまで、もうひとりの女君主の命に従っていただきたい」。

そう言うと私をモンテスマ侯爵夫人に紹介し、彼女の手を私に委ねた。

宴は佳境に入った。ふたつの集団は踊り続けた。互いに競い合い、宴は活気づいた。季節が終わるまで、この仮装芝居を続けることに決まった。私はあいかわらず、メキシコ王位継承者モンテスマ夫人の臣下であった。妻のほうは自分の臣下たちに愛想を振りまいていた。その様子を私は見逃さなかった。

ここで、このカシーケ（スペイン領アメリカにおける先住民の首長、族長）の娘の容貌を描き出したいところだが、彼女の顔立ちについては大まかにしか説明できぬ。というのも野趣あふれるその優美さや、情熱的な心の動きが顔にさっと現れるさまを言葉で表すのは私にはできかねるからだ。

トラスカラ・デ・モンテスマ(21)はメキシコの山岳地帯の生まれだ。それゆえ平野の住人のように浅黒い顔立ちではない。金髪の人間ほど白くはないが、その繊細さを備えている。炭のように真っ黒な目がその肌の光沢を引き立てる。彫りはヨーロッパ人みたいに深くはないが、かといって、アメリカ新大陸の人間のように平板でもない。彼女が後者と似るのは、ややふっくらとした、微笑むとぱっと優雅になるかわいらしい唇だけだった。体つきについては言うべきことはない。皆さんのご想像にお任せしよう。あるいはアタランテーかディアーナを描こうとする画家の想像力に任せるとしよう(22)。体の動きにも、どこか変わったところがあった。彼女が身を動かすと、まず情熱的な躍動が現れ、それが彼女自身の努力によって抑制される。静かにしているときも、休息する気配はまるでなく、体の内部で何かが動いているのが感じられるのだ。

モンテスマ一族の血はトラスカラに、自分はこの世界の広大な土地を支配するために生まれたのだと頻繁に思い起こさせる。彼女に近づく者は、まるで誇りを傷つけられた女王のような気位の高さにまず気づかされる。だが彼女が口を開かぬうちから、優しい眼差しによって魅了され、彼女が言葉を発すれば、さらに陶然とさせられる。副王の応接間に入ってきた彼女は、ライバルとなる女性陣の間でどこか憤っているように見える。だがやがて彼女には競合する女性などいなくなる。愛を知る男たちの心は、誰が自らの主君であるかを見抜き、彼女の周りに群がるからだ。そうなるとトラスカラはもはや女王であることをやめ、ひとりの女性となって彼らの賛辞を受けるのだ。

最初の祝宴のときから、私はこの誇り高さに気づいていた。私は、彼女が演じる役と、副王が私に与えた筆頭家令の立場に見合った賛辞を口にしなければならないと思った。だがトラスカラはひどく冷ややかに答えた。

「あいにくですが」彼女は私に言った。「舞踏会での女王の位など、生まれながらに王座には縁のない女性の自尊心をくすぐるものにすぎません」。

そう言うと、彼女は私の妻の方に視線を投げかけた。このときエルビラは、ひざまずいてかしずくペルー人の男たちに囲まれていた。彼女の思い上がった喜びは有頂天の域に達する勢いで、私は恥ずかしくさえ感じた。その晩すぐにエルビラにそれを伝えた。彼女は私の意見を聞いてもうわの空で、いくら強く言っても冷淡に聞き流すだけだった。彼女の心には自惚れが入り込み、愛情を追い払ったのだ。

心地よい追従がもたらす陶酔感というのは、なかなか消えぬものだ。エルビラの感じる陶酔はいや増すばかりだった。彼女の完璧な美しさと、トラスカラの比類ない魅力の間で、全メキシコの意見はまっぷたつに分かれた。エルビラの毎日は、前日の成功を楽しみ、翌日の成功を準備するのに費やされていた。急坂を転げ落ちるように、彼女はあらゆる種類の楽しみへと流されていった。彼女を止めようとしても無駄だった。私自身もまた、まるで違う方角へ押し流されていった。そこは、妻の足下であらゆる快楽が生まれるあの花咲く小道からは、遠く隔たっていた。

私はまだ三十歳、いや二十九歳にもなっていなかった。感情が青春のみずみずしさを保ち、情念の方は成熟した大人の活力を持つあの年齢にいたのだ。エルビラへの恋心は、彼女がまだ揺りかごにいた頃に芽生えたのだが、それが子供っぽさを脱することはなかった。彼女の知性は当初、荒唐無稽な小説で育まれ、いつまでも成熟しなかった。私の知性とてそれほど発達していたわけではない。だが判断力の方はまずまず成長し、エルビラの考えが、取るに足らぬ利益や、くだらぬ競争心、そして時にはっまらぬ悪口のまわりをぐるぐる回っていることには気づいていた。女性というのは、知性ではなく、性格の違いからこうした狭苦しい円環の中に閉じ込められてしまうのだ。この点について例外はまれである。当時私は、例外など皆無だと信じていた。だがトラスカラを知り、自分の間違いにどれほど気づかされたことか！　いかなる嫉妬から来る競争心も、彼女の心には忍び込まなかった。女性なら誰でも、彼女から愛想よくしてもらえる権利を持っていた。とりわけ美しさや、優美さ、心映えのよさが際だつ女性たちは、彼女に強い興味を抱かせた。かなうならば、彼女はそうした女性たちを自分の取り巻きとし、その信頼を得て、友人になりたいと願っただろう。男性について語ることはほとんどなく、気高く寛大な行ないを褒めるのでない限り、常に控えめに話すのだった。ただ褒める際には、率直に、また熱烈に賛嘆の言葉を口にした。そもそも彼女の会話は観念的で、それが特に活気づくのは、新大陸の繁栄と、その住人たちの幸福が問題になるときだけだった。それは彼女のお気に入りの話題で、話しても不都合はないと思われる場合には好んで口にするのだった。

生まれ落ちた星のせいで、あるいはその性格のせいで、ただただ女性の言いなりになって生涯を送るよう定められた男性は数多い。女性とは、自分の言葉を聞かせるすべを知らぬ男を支配するものだ。間違いなく、私はそうした男のひとりであった。かつてはエルビラの控えめな崇拝者であり、次にまずまずの夫となった。だがエルビラは、私をつなぎとめる鎖を緩めても気にもかけなかった。

仮装芝居が次から次へと催された。社交界の交わりの中で、私はトラスカラの行く先にぴたりと付き添う次第となった。心はますます彼女に惹きつけられていった。自分の中で何かが変わるのに気づいたが、まず手始めに、ものの考え方が高尚になり、心が偉大になるのを感じた。以前より決断力に富むようになり、意志も堅固になった。私は思いを行動に移し、仲間に影響を与えたいと感じた。役職を希望し、それを得た。

職務を託された私はいくつかの州を管轄した。それらの地で、現地民が征服民族に弾圧されているのを目にした。私は彼らを庇護してやった。すると強力な敵を相手にすることになり、私はそのため大臣の不興を買い、宮廷からも脅しをかけられるように思えた。そうしたこと全てにこの上なく勇敢に立ち向かった。私はメキシコ人からは愛情を、スペイン人からは尊敬を勝ち得た。そのうえ、すでに私を虜にしている女性に、強く関心を抱かれることになった。実際には、トラスカラはあいかわらず私に対しては控えめに振る舞っており、その慎重さは以前にも増すほどであった。だが彼女の眼差しは私の眼差しを求め、視線が交わるとうれしげになり、離れると不安そうだった。彼女はほとんど話しかけてこなかった。アメリカ新大陸の住人のために私が成した功績についてすらそうだった。ただ私に声をかけるときには、呼吸は乱れ、息づかいは速まった。そしてどんなに些細な事柄を話すときでも、遠慮がちで優しい彼女の声には、芽生え始めた親密さが加わるのだった。トラスカラは私に自分と同類の人間を認めたと考えていた。それは間違いだった。彼女の魂が私の中に忍び込み、私を駆り立て、行動へと向かわせたのだった。

私自身も、自分はもしかしたら強靭な性格なのではないかという幻想を抱くことがあった。浮ついた考えは深い思索へと変わり、アメリカ新大陸が幸福になるのを願って、危険な企てを計画するのだった。気晴らしですら、勇壮なものとなった。森の中でジャガーやピューマを追い、猛獣に攻撃を仕掛けるのだ。だが最も頻繁に行なったのは、人の分け入らぬ谷間に踏み込み、孤独なこだまを相手にすることだった。そのこだまこそ、告白できずにいる女性への恋心を打ち明ける唯一の友だった。

トラスカラは私の心中をかなり正確に見抜いていた。私も彼女の気持ちを察し始めていた。目端の利く人ならば、ふたりが互いに抱く感情を容易に察知しただろう。だが私たちの気持ちは世間には知られていなかった。この時期、副王はある深刻な事態に対処せざるをえなくなり、副王とメキシコ中の人々が熱中していた連日の華やかな祝宴は取り止めとなった。そこで人々の暮らしも落ち着きを取り戻した。トラスカラはテスココ湖[23]の北岸に持つ家に引きこもった。私はそこにたびたび足を運ぶようになり、しまいには毎日彼女に会いにいくようになった。ふたりが一緒にいる時の様子をうまく説明するのは難しい。私は、ほとんど狂信にも等しい崇拝を捧げていた。彼女の方は、清い炎を沈黙と瞑想の中で燃やし続けていた。愛の告白がふたりの口から出かかったが、結局、言葉は発されずに終わった。甘美な日々が過ぎてゆき、ふたりはその心地よさに酔いしれていた。そして何かが変わってしまうのを恐れていた。

トレス侯爵がここまで語ったとき、ジプシーの族長は仲間の仕事のために座を外さなくてはならなくなり、つづきは翌日にしてもらえないかと頼んだ。レベッカはあの見知らぬ男の方を向くと、こう言った。

「ねぇ、愛情こそ、私たちを栄光に向かわせたり、偉大な行為に駆り立てる最も強力な原動力だと思いませんか？」

「お嬢さん」彼は答えた。「あなたがなされた質問には、極めて異なるふたつのケースが想定されます。まず、全く不動の物体のような男性が考えられます。つまり生まれつき栄光を好まない人です。その場合は、どんな女性であっても、彼に栄光を望ませることはできないでしょう。ふたつ目のケースとして、すでに栄光を目指している男性と、その方向に向けて男性に衝撃を与える女性を考えてみましょう。男性を5で表し、その運動量を2とします。彼の愛する女性の質量はより小さい3となりますが、7というさらに強力な運動量を持っています。そうすると力学の法則によって、男性は実際に$15/8$の速度を獲得するのです。あなたのおっしゃった原則に一致しますね。でもこのケースは非常にまれです。反対に、愛情そのものが障害となり、栄光への道から逸れることが極めて頻繁に起こるのです。そうなると恋する男性は、愛情も栄光も目指さなくなり、二本のベクトルの中心線をたどるのです。アウグストゥスは自らの野心の道のみを突き進みました。アントニウスは反対に、クレオパトラの方に向かい、ふたつの異なる引力に身を委ねて、空間上では愛情へと向かう引き込み曲線を描いたのです[24]」。

「それらはすべて」レベッカは言った。「三つの物体の問題(25)の個別例に過ぎないわね」。

私は三つの物体の問題というのが何なのか知らなかったし、今でも知らない。だが極めて高度な幾何学に属する事柄であるのは分かった。なぜなら見知らぬあの男がレベッカの返事にうっとりとなったように見えたからだ。男は愛情のこもった目で彼女を見つめると、こう言った。

「そうなんです、かわいいラウラ、あなたは完全に正しいのです。こうした計算はあなたにこそふさわしいのでしょうね。巧みな積分を使えば、二階微分を、他のありふれた微分に還元できます。同時に、あなたの方程式を厄介なものにしている、より小さな値をうまく無視することもできますよ。でもあなたのお話を聞いて、私は本当に称賛の念を禁じ得ません」。

そう言うと、見知らぬ男はレベッカの手に接吻をした。私は、ふたりの甘美な瞬間を邪魔したくなかった。その場を離れ、これまでと同じ一日を過ごした。

第四十四日

これまでの日々と同じように、皆は集まった。トレス侯爵に物語のつづきを話してもらえないかと頼むと、彼は次のように話し出した。

トレス・ロベラス侯爵の物語のつづき

すでに話したとおり、私はあの素晴らしいトラスカラに恋心を抱いた。彼女の顔立ちと心ばせについてもお伝えしたが、話のつづきを聞いてもらえれば、どのような人物だったかが、もっとよく分かるだろう。

トラスカラは、われらの聖なるキリスト教の真理を信じていた。だが同時に、自らの祖先の過去の記憶にも敬意を払っていた。こうした曖昧な信仰心を抱きながら、彼女は自分の祖先のために、天ではなく、どこかの中間領域にある全く別個の楽園を用意していた。彼女はある程度まで、同国人の間に残る迷信を信じていた。一族の名だたる王たちの亡霊が闇夜に地上に降り立ち、山中の古い墓地にやってくると考えていたのだ。トラスカラは夜、決してその墓地に行こうとはしなかった。だが昼間には私たちはときどきそこを訪れ、何時間も過ごしたものだった。彼女は、祖先の墓石に掘られた象形文字を説明し、言い伝えに従ってそれを解き明かしてくれた。その言い伝えに彼女は精通していた。

私たちは碑文の大部分を知ってしまい、さらにもう少し調べてみようとした。その上を覆ういばらを取り除き、苔をはがしてみると、新たな碑文がいくつも見つかった。ある日、トラスカラは私にアカンサスのような灌木を指し示し、この場所に生えているのは偶然ではないと言った。それを植えた人は、天の報いが敵の祖霊に下るよう望んだのだという。この不吉な幹を打ち倒せば、善行になるとも言う。私は供のメキシコ人が持つ斧を手にすると、縁起の悪い木の茂みを払った。すると石がひとつ見つかったが、それには今まで見たことのないほどおびただしい象形文字が刻まれていた。

「これは」トラスカラは私に言った。「征服戦争の後に彫られたものですわ。当時のメキシコ人は、自分たちの象形文字に、スペイン人から真似たアルファベットを混ぜ合わせて使ったのです。それゆえあの時期の碑文を読むのは一番やさしいのです」。

トラスカラは碑文を読んだ。だが読み進むにつれ、顔には苦痛の色が現れてきた。しまいには気を失って石の上に倒れ伏してしまった。石は二世紀もの間、彼女にこれほどの恐怖を与えるものを隠し続けてきたのだ。

トラスカラは家に運ばれ、やや意識を取り戻した。だが脈略のない言葉を口にし、明らかに錯乱していた。私は死んだような心持ちで自宅に戻った。翌日一通の手紙を受け取ったが、そこには次のように書かれていた。

アロンソ、力を振り絞って考えをまとめながらこれを書いています。老ソアルがあなたにこの手紙を手渡してくれるでしょう。いにしえの言葉を私に教えてくれた人です。私たちが見つけたあの石のところに彼を連れていって、碑文を訳してもらってください。目がよく見えません。うす暗いもやに覆われているのです。アロンソ、恐ろしい亡霊たちが私たちの間に立ちはだかっています。もうお会いすることはないでしょう。

ソアルというのはテオキクスピ、つまりいにしえの神官の末裔だった。私は彼を墓地に連れていき、運命の石を見せた。ソアルは碑文を写し取ると、自宅に持ち帰った。私はトラスカラの家に行ってみた。彼女は錯乱状態にあって、私が誰かも分からなかった。夜になると熱は引いたようだったが、医者からは姿を見せぬようにと言われた。翌日ソアルが、メキシコ人の碑文を訳したものを持ってきてくれた。そこには次のようにあった。

モンテスマの息子、コアツィルは、今ここにマリナ[26]の汚らわしき死体を運んできた。海のならず者たちの首領、あの憎むべきコルテスに心と祖国を売った女である。闇夜にこの地に戻るわが祖霊たちよ、生贄にした人間の血に染まる手でわれが召喚する霊たちよ、わが祖霊たちよ、この生気のない遺骸にしばし生命を返し、再び臨終と死でもって、苦しませるがよい。

祖霊たちよ、わが声を聞くがよい。わが呪いを聞くがよい。生贄になった人間の血でいまだ煙をあげるこの手を見るがよい。

モンテスマの息子、コアツィルは父である。その娘たちは、山岳の凍りついた頂をさまよっている。だが美貌こそ、名高いわが一族の血の象徴である。わが祖霊たちよ、もしコアツィルの娘、あるいはその娘か息子の娘、つまりわが血を受け継ぐ娘が、自らの心と体を、われらを征服したあの背信の一族に売り渡すことがあれば、もしわが血を引く娘たちの中に、第二のマリナが現れたならば、闇夜にここに降り立つわが祖霊たちよ、その者をおそろしい苦しみで罰するがよい。燃えさかるクサリヘビとなって、闇夜に来るがよい。娘の体を引き裂いて地の穴にばらまき、おまえが引きちぎる肉の一片一片が、苦痛と、苦悶と、死を感じるようにするがよい。

火で真っ赤に熱した鉄のくちばしを持つハゲタカとなって、闇夜に来るがよい。娘の体を引き裂いて空中にばらまき、おまえが引きちぎる肉の一片一片が、苦痛と、苦悶と、死を感じるようにするがよい。

わが祖霊たちよ、もしも拒むのであれば、われが常に生贄の人間の血を吸わせている神々に祈ろう。その神々がおまえたちに同じ苦しみを味わわせてくれ給うことを。モンテスマの息子、コアツィルはこれらの呪いをここに刻み込み、石の周りに不吉なメスクルサルハ（アステカ語で「アカンサスの木」の意）を植えた。

碑文の内容を知った私もトラスカラと同じように倒れるところだった。私は、メキシコ人の迷信の馬鹿馬鹿しさをソアルに納得させようと試みた。だがやがて攻撃すべきはそこではないと気づいた。ソアルもまた、私の愛する女性に慰めをもたらす別の方法を示してくれた。

「そうなのだ」ソアルは言った。「王たちの亡霊が山間の墓地に戻ってくるのも、彼らが死者や生者を苦しめる力を持つのも確かなことなのだ。とりわけ、あの石に刻まれた呪いによって召喚された際にはそうなる。だが、さまざまな理由から、その恐るべき力も弱まるかもしれぬ。まず、あの不吉な墓に植わっていた邪悪な灌木を、おまえは打ち払った。そもそもおまえと、コルテスの獰猛な仲間たちとの間に、どのような関わりがあるというのか。メキシコ人の庇護者であり続けるがよい。そして信じるがよい、われらは亡霊だけでなく、かつてメキシコで崇められたあの恐ろしい神々、おまえたちの司祭がデモンと呼ぶあの神々をさえ、鎮める技を知らぬわけではないのだ」。

私はソアルに、あまり自分の宗教観を開陳しないようにと忠告した。そしてメキシコの先住民の役に立てるような機会があれば必ず捉えようと決意した。機会はほどなくやってきた。副王が征服したいくつかの州で反乱が勃発したのだ。それは実のところ、宮廷の意図とは別になされたある弾圧に対する住民たちの正当な抵抗にすぎなかったのだが、厳格な副王は暴動と抵抗とに区別を設けなかった。彼は先陣に立ち、ヌエボ・メヒコ[27]に進軍すると、騒擾を一掃した。カシーケをふたり連行し、新大陸の首都の死刑台で処刑しようとした。まさにそのふたりの死刑宣告が読み上げられようというときに、私は法廷内に進み出た。そしてふたりの被告に手をかけると、次のような言葉を発した。

「私は王の名においてこの者たちに触れる《ロス トクオ ポル パルテ デ エル レイ》」。

スペイン法のいにしえの文句はいまだ効力を保っており、いかなる法廷も異を唱えられず、あらゆる判決の実行が停止される。だがその文句を口にした者は、自らが被告の保証人とならなければならない。副王は私を反逆者とみなし、有罪にできるのだ。副王は自分の権利を厳格に行使し、私を投獄した。この牢で私は生涯で最も甘美な時間を過ごすことになった。

ある夜、いやむしろ、この暗闇に閉ざされた独房ではいつでも夜と同じなのだが、長い回廊の先にかすかな青白い光が見えた。光はこちらに進んできて、トラスカラの顔を浮かび上がらせた。それを目にしただけで、牢獄が至福の地となるに十分だったが、彼女はこの牢を彩るだけでなく、実にうれしい驚きをも用意してくれていた。つまり、私と同じ気持ちを自分も抱いていると告白してくれたのだ。

「アロンソ」彼女は言った。「徳高きアロンソ、あなたは勝利を収めました。祖霊は鎮まりました。いかなる男性も捉えられぬ定めであったこの心は、いまやあなたのものとなりました。不幸な私の同国人が幸せになるために、あなたが積み重ねてこられた犠牲の代価です」。

このように言うと、トラスカラは私の腕にぐったりと、死人のように倒れこんできた。感激のあまり胸が詰まったのかと思った。だが、何ということ！ 原因はそれではなく、さらに危険であった。墓地で襲われた恐怖と、それに引き続いた熱譫妄が、彼女の体を蝕んでいたのだ。明かりで照らすと、トラスカラは再び目を開けた。すると天国のような光が差し、暗い牢獄がまばゆく輝く住処に転じたかに思われた。ああ、愛の神よ、いにしえの人々(28)がおまえを崇めたのは、彼らが自然人だったからなのだ！ 愛の神よ、クニドスやパポスであっても、おまえの力がこの新世界の独房においてほど顕現したためしはない。私の独房はおまえの神殿となり、断頭台は祭壇に、鉄鎖は花飾りとなった。あのとき感じた魅惑はいまだに消え去っていない。年をとって冷たく凍ったわが心に、なおもそっくり残っている。記憶がよみがえり、思いが過去の幻のただ中を飛ぶとき、向かう先は、エルビラとの初夜の床ではなく、ラウラとの淫らなしとねでもなく、あの牢獄の壁なのだ。

皆さん、先にも申した通り、副王は私に対してひどく立腹していた。彼の激烈な性格が、平素の公正さや、これまで示してくれた友情に優ったのだ。副王はヨーロッパに向け、軽フリゲート艦を派遣した。彼の起草した報告書の中で、私は反乱の煽動者となっていた。だが船の出港と同時に、公平な心が副王に戻ってきた。この一件を別の観点から眺めてみたのだ。もし自分の評判に傷がつく懸念がなければ、一通目とは内容の異なる第二の報告書が追って送られたことだろう。それでも彼は、最初の報告書がもたらす効果を和らげるように書かれた文書が積まれた艦船を一隻派遣した。

マドリードの国務院ではあらゆる審議が緩慢に行なわれるのだが、この第二の報告書の受理にもたっぷりと時間がかけられ、回答が届くまで長い間待たされた。回答を指示通り実行するには、慎重に振る舞う必要があった。評議会の決定は、極めつきの厳しさを見せ、暴動の首謀者ならびに煽動者に対して死刑を宣告していた。だが決定された条文に厳密に従おうとすると、罪人を見つけ出すことは困難となる。また副王は、罪人を探し出してはならぬという指令もひそかに受けていた。

しかし表向きの決定事項が先に知られてしまい、トラスカラのはかない命にとどめが刺された。吐血があり、発熱した。当初の微熱から熱が徐々に上がり、やがて高熱が続くようになった……。

心優しい老人はそれ以上話を続けられなくなった。嗚咽で声が出なくなってしまったのだ。彼は私たちの元を離れ、はばかりなく涙を流せる場所に向かった。その日の残りは、これまでとほぼ同じように過ぎた。

第四十五日

皆はいつもの時間に集まった。侯爵に物語のつづきを話してもらえないかと頼むと、彼は次のように話し始めた。

トレス・ロベラス侯爵の物語のつづき

私が被った不興についてはお話ししたが、そこに妻エルビラがどのように関わっていたかはまだお伝えしていなかった。まず彼女は暗い色の服を何着か作らせた。そして修道院に引きこもり、そこの面会室が彼女の社交場となった。姿を見せるときは、必ず手にハンカチを持ち、髪はボサボサに乱れたままだった。自分に対する好意の表れに私はただただ感じいるばかりだった。無罪になったとは言え、法廷の手続きと、スペイン人独特の緩慢な物事の進め方のせいで、私はなおも四ヶ月間牢につながれていた。出獄するとすぐに妻のいる修道院へ赴き、屋敷に連れ戻した。屋敷では彼女の帰還を祝って宴が催された。だが何という宴だっただろう！　トラスカラはもうこの世にはいないのだ。普段冷淡な人々でさえ、彼女を偲んで悲しんだ。私の悲嘆は想像に難くないだろう。悲しみに暮れ、周りのものが目に入らなかった。その状態から抜け出せたのは、新たに自分に自信を取り戻せる感情を抱けたからだ。

恵まれた資質を持った若者は、人に抜きん出たいと思うものだ。三十歳ともなると、人から評価されねばならないと感じる。もう少し年を重ねると、人に尊敬してもらいたいと願うようになる。私は当時、人に評価してもらいたいという年頃にあった。私のこれまでの行動に、どれほど個人的な恋愛感情が絡んでいたかが知られたら、おそらくこれほど高い評価は受けなかっただろう。だがそうした行為は、偉大な性格に支えられたまれに見る美徳に由来すると見なされたのだ。そこに、世間の噂になる者にとかく抱かれる熱狂がいくらか加わった。メキシコの人々は、私を高く評価してくれた。心地よい賛辞を受け、深い悲しみから立ち直ることができたのだ。その時点では自分はまだこうした評価に値しないと感じていたが、将来はそれにふさわしい人間になりたいと願っていた。苦しみに打ちひしがれ、もはや暗い将来しか見通せずとも、このように神はわれらの運命を気にかけてくださり、思いもかけぬ光を灯して、元の人生へと連れ戻してくださるのだ。それゆえ私は人々の評価に値する人間になろうと思った。自分には仕事があり、それを心を込めて誠実かつ積極的にこなすことにした。だが私は生まれつき人を愛する性分だった。トラスカラの面影はなおも胸にあったが、心にはぽっかりと大きな穴が開いていた。その穴を埋める機会を私は探した。

三十歳を過ぎても、誰かを深く愛せるし、人から愛してももらえる。だがそんな歳で若者の恋愛遊びに加わろうとする男は何と不幸だろう！　陽気な言葉はもはや口に上らず、目には優しい喜びも浮かばない。心を浮き立たせる法螺《ほら》を吹きもしない。人に好かれる手段を求めながら、それを生み出すあの心安い直感をもはや失っているのだ。恋愛を考察してしまうのだ。いたずら好きで陽気な女の子たちは、そのような男の忠告を軽蔑して、一目散に、若い男の方に逃げ去ってゆく。

ありていに言うと、私には何人か愛人がいて、彼女たちも愛情で応えてくれた。だが彼女たちが優しくしてくれるのには、たいてい何らかの打算がある。そのため、より若い恋人のためであれば、いとも簡単に私を犠牲にする。時々それに腹を立てたが、深く悲しみはしなかった。ただ軽い絆を別の軽い絆と取り替えるだけで、結局のところこのような関係は、悲しみよりも快楽を与えてくれたのだ。

妻は四十歳となった。あいかわらず人々の賛辞に包まれていたが、それはすでに敬意から生まれるものだった。皆は競って妻と話したがったが、話題はもはや妻のことではなかった。社交界はまだ妻を見放してはいなかったが、妻の方が社交界に以前と同じ魅力を見出さなくなっていた。

副王は亡くなった。妻には日々顔を合わせる友だちがいたが、これ以降は自宅で人と会いたがるようになった。私は相変わらず女性とのつきあいを好んだ。階段を下りていくときに、ふと誰か女性の姿を目にするとうれしくなった。エルビラは私にとって、新しく知り合いになった女性のように思えた。彼女は愛らしく見え、私も愛想のよい男と自負していた。今ここにいる娘は、そのときの賜物なのだ。

高齢で出産したエルビラは、健康を害してしまった。さまざまな不調が続き、とうとうふさぎの病にかかって亡くなってしまった。私は心からの涙をこぼした。彼女は私の最初の恋人であり、最後の女友だちだった。血縁でもあった。彼女のおかげで、私は財産と地位を手に入れた。その死を悼むのに何と多くの理由があったことか！　トラスカラを失ったときには、私はまだ人生にあらゆる幻想を抱いていた。エルビラは私をひとりぼっちにしてしまった。慰めもなく気落ちし、どうあっても立ち直れなかった。それでも私は立ち直った。自分の地所へ赴き、部下の家に身を寄せた。その家の娘はまだあまりに幼く、歳の差を考えずに私に恋にも似た感情を抱いてくれた。そのおかげで晩秋を迎えたわが人生の日々に、いくつかの花を摘むことができた。

寄る年波に、ついに情欲も凍りついてしまった。だが心の方はまだまだ感じやすく、自分の娘に対しては、これまで抱いたどんな恋心よりも激しい愛情を寄せている。娘が幸せでいるのを眺め、娘の腕の中で死んでいくのが、今の私の日々の願いなのだ。

以上が私の物語のすべてだ。だが、こちらの幾何学者を退屈させてしまったのではなかろうか。今、覚書帳を引っ張り出されたようだが。

「お許しください」見知らぬ男は答えた。「お話には大変興味をそそられました。あなたの生涯をたどっていくと、恋心が原動力となり、齢を重ねるにつれ、あなたを高みに上らせていったのが分かります。人生の中盤ではあなたを支え、晩年になってもなお、あなたの拠り所になっています。まるで楕円の縦座標が横座標に沿って進むのを見ているような思いでした。それは、まず一定の法則で増大し、軸の中央ではほぼ静止状態となり、最後に増加したときと同じ割合で減少するのです」。

「実のところ」侯爵は言った。「私の物語から、何か教訓めいたものを引き出せようとは考えていたが、まさか方程式に当てはめられるとは思ってもみなかった」。

「今問題となるのは、あなたの物語ではありません」見知らぬ男は言った。「人間の人生一般が問題なのです。体力と気力は歳とともに増大し、次いで停止し、減少に転じます。それは、他の力の場合と全く同じで、同様の法則、つまり年齢が表す数字と、精神力の上昇が示すエネルギー量との比に従っているのです。もっとうまく説明してみましょう。

ここに人生の時間があります。それは楕円の長軸で表されます。そしてこの長軸は九十等分されています。九十という数字は、人間の最高寿命とほぼ同じです。また楕円の短軸のy座標は、上が50、下が40を0.2以上超えないようにします(29)。40と50は、45から等距離にあります。エネルギーの度合を示すy座標の値は、歳月を表すx座標と同じ性質の数値ではありませんが、それでも関数として連動するのです(30)」。

楕円の性質によって、以下のような曲線が得られます。まず急速に上昇し、次いでほぼ静止状態となり、最後に上昇したのと同じように下降するのです。

誕生の瞬間を縦座標（「横座標」の誤りか）の始まりとしましょう。そこではxもyもまだゼロのままです。

あなたが誕生します。一年後には、あなたのy座標は、長軸の目盛り1に合わせると3.1になります。それに続くy座標は、同じ3.1ではなく、はるかに大きい値となります。つまりゼロから、何か意味のある内容をたどたどしく話せるようになるまでというのは、他のいかなる段階よりも大きな差分を取るのです。

人間が二歳、三歳、四歳、五歳、六歳、七歳になるにつれ、エネルギーを表すy座標はそれぞれ4.7、5.7、6.5、7.3、7.9、8.5となり、その差分はそれぞれ1.0、0.8、0.8、0.6、0.6となります[31]。

x座標が14の時、y座標の値は11.5となります。7から見た差分は3でしかありません。

十四歳になると、若者になり始めます。二十一歳ではもう完全に若者ですが、その七年の間の差は1.9でしかありません。二十一歳から二十六歳までは、差分は1.4となります。

私が今申し上げている曲線は、穏やかな情念を持った人間の人生を表しています。その力が最大となるのは、四十歳を過ぎたころ、だいたい四十五歳ぐらいです。一方あなたの例では、恋愛が原動力となったことで、y座標が最大となるのが十年早まりました。だいたい三十歳か、三十五歳ごろですね。あなたは通常よりも早い上昇を見せたのです。

実際、あなたのy座標の値が最大となるのが三十五歳の時だとすると、x座標の最大値は70となります。そうすると、穏やかな人間の四歳（「十四歳」の誤りか）のy座標が11.5だったのだから、あなたの場合はそれが12.7となりますね。二十一歳のy座標は、13.4でなく、あなたは14.4になります。でも四十二歳では、穏やかな人間であればまだエネルギーを増大しうるのに、あなたはもう下降し始めます。

これから申し上げる事柄にご注意ください。十四歳の時、あなたは少女を愛されます。二十歳を過ぎた頃、これ以上なく幸せな夫となられます。二十八歳を過ぎると、あなたは奥さまにはっきりと不実を働かれます。ただあなたが愛した女性は高尚な心を持った方で、あなたを向上させてくれます。そして三十五歳になると、あなたは世に出て立派な活躍をされます。

しばらくすると、また女遊び(32)を好むようになりますが、それは二十八歳の時にすでに経験されているもので、x座標は42です。

次いで再び良い夫に戻られますが、それはちょうどあなたが二十一歳にそうだったのと同じで、x座標は49となります。

最後にあなたは部下の家へ身を寄せ、そこで大変幼い少女を愛されます。ちょうど十四歳の時に同じような少女を愛したようにね。x座標は56となります。ただし侯爵さま、あなたの楕円の長径を70に取ったからといって、あなたがこの歳までしか生きられないと言っているわけではありません。あなたは九十まで、いやそれ以上生きることができます。でもそうした場合は、y座標の最後の値は、ほとんどカテナリー曲線（重さのある紐の両端を持った時に描かれる曲線）と呼ばれるものになってしまうでしょう」。

私たちの中でレベッカだけが、幾何学者の言葉を理解しており、それゆえ彼の話を聞いて一番喜んでいた。

「あなたの」彼女は言った。「情念のエネルギーに関するお考えを聞けば、人間の心について広くご存知であると分かります。さぞかしご研究なさったのでしょうね」。

「お嬢さん」幾何学者は答えた。「私の思考の土台は、もともとは父が考えたものなのです。でも私はそれを大きく発展させました」。

「あなたは」レベッカは言った。「お父さまや、あなたご自身のことを話しておきながら、あなたやお父さまのお名前を教えるのはまだ早いとでも考えていらっしゃるのかしら。私たちがあなたに興味がないなどと思っていらっしゃるのだったら、それは大きな勘違いよ」。

「お嬢さん」幾何学者は言った。「私の名前は……、えーと名前は……」。そう言うと、彼はポケットに手を入れて、覚書帳を取り出そうという素振りを見せた。

「何ですって」レベッカは言った。「あなたにはどこかぼんやりしたところがあると思っておりました。でも、ご自分の名前を忘れるほどだなんて信じられませんわ」。

「そうなのです、お嬢さん」幾何学者が答えた。「私は本来ぼんやりした人間などではないのです。でも父がかつて、あるとんでもない迂闊《うかつ》な過ちを犯してしまったのです。それというのも、自分の名を書くべき場所に、弟の名で署名をしてしまい、そのせいで、愛する人と、財産と、地位を失ったのです。だから私は自分の名前を覚書帳に書いておき、署名する段になると、書き写すようにしているのです」。

「あなたにお願いしているのは」レベッカは言った。「署名をすることではなく、ただお名前をおっしゃっていただくことですわ。もしその上で、あなたのお父さまやあなたの物語を語っていただけるのであれば、きっと誰しも感謝するでしょう」。

幾何学者は頼まれるまでもなく、次のように語り始めた。

幾何学者の物語

名前はドン・ペドロ・ベラスケスと申します。名門の誉れ高いベラスケス公爵家の出です。わが一族は火薬が発明されて以来、代々、砲兵隊に勤務し、この方面ではスペインでも随一の将校たちを輩出してきました。ドン・ラミロ・ベラスケスはフェリペ四世の治下に砲兵隊大将を務めましたが、次の国王(カルロス二世、在位一六六五—一七〇〇)によって大貴族《グランデ》に叙せられました。ラミロには息子がふたりおり、いずれも結婚しました。長男の家系が、領地と大貴族《グランデ》の称号を引き継ぎました。宮仕えをしていると次第に軟弱になるものですが、一族の当主たちはその例には倣わず、自らの名誉のよりどころであるこの栄えある職務に励んできました。さらに、分家のいとこたちを支え、保護してやることをも自らの責務としてきたのです。こうした状況は第五代ベラスケス公、ドン・ラミロの長男から数えてそのひ孫にあたるドン・サンチョまで続きました。この立派な貴族は、これまでの当主たちと同様、砲兵隊大将の職に就き、その威厳を示しておりました。さらにガリシア総督でもあったので、ドン・サンチョはこの地方に駐在しておりました。結婚したのはアルバ公の娘とです。結婚生活は幸福で、またアルバ家と結びつきができたことは一族の大きな誉れとなりました。ただ公爵夫人は子供ができにくい体質で、夫の希望には応えられませんでした。夫人は娘をひとり出産し、ブランカと名づけられました。公爵はその子を将来、分家のベラスケス家の男子と結婚させようと考えていました。そうすれば、本家の持つ大貴族《グランデ》の称号や財産を分家に移せるからです。公爵夫人は、ブランカを産んでまもなく亡くなってしまいました。妻の思い出を大切にする公爵は再婚しませんでした。彼が一族の構成をこれから申し上げるような形に定めたのは、きっとこうした決意の結果だったのでしょう。

わが父はエンリケ、その弟はカルロスという名で、ふたりの父親は亡くなって間もありませんでした。私にとって祖父に当たるその人物は、本家のドン・サンチョ公爵と同世代です。本家の公爵は兄弟ふたりを屋敷に引き取りました。そのとき父は十二歳、叔父は十一歳でした。ふたりの性格は正反対でした。父はまじめで、勉学に熱心に取り組み、また極端なまでに感じやすい人でした。弟は軽薄で、だらしなく、何かに打ち込むことのできない人間だったのです。

本家の公爵はこうした性向の違いを見て取ると、父を自分の娘婿に決め、ブランカの気持ちが自分の意向と異ならないように、ドン・カルロスをパリに送り、当時フランス駐在大使であった親類のラ・エレリア伯爵の監督下で養育させようとしたのです。父は優れた美点を持ち、また熱心に勉学に打ち込むので、日々、公爵が好意を寄せるのにふさわしい人物となっていきました。またブランカも、父親が定めた結婚相手に日々、惹かれていくようでした。彼女は恋人の趣味を分かちあうまでになり、学問の道に足を踏み入れ遠くから私の父を追いかけるのでした。

想像してみてください。早くから天分に恵まれ、あらゆる人類の叡智に知悉《ちしつ》した若者というものを。それも、他の者であればようやくその基礎が理解できるかできないかの年頃でです。また考えてもみてください。この若者は恋をしており、しかも相手は優れた知性を持ち、彼を理解しようと心を砕き、彼の成功をまるでわがことのように喜んでくれるのです。そうすれば、生涯のこの短い期間に父が味わった幸福がどういうものか少しはお分かりいただけるでしょう。またブランカの方も父を愛さないなどということがあり得たでしょうか？　父は老公爵の誇りであり、地元の人々からも愛されていました。まだ十八歳にもならないのに、評判はすでにスペイン国外にまで広がり始めていたのです。

ブランカは、将来の夫となる男性を、恋心と自己愛から愛していました。でもエンリケは裏表のない人間で、ブランカをただ愛情によってのみ愛していたのです。父は公爵のこともほとんどその娘と同じぐらい愛しており、またたびたび弟ドン・カルロスについて思いを馳せていました。

「いとしいブランカ」彼は恋人に言ったものでした。「僕たちの幸福にはカルロスが欠けていると思いませんか？　ここには弟の気を惹くような感じのよい女性がたくさんいます。確かに弟は軽薄で、めったに手紙も書いてきません。でも優しく思いやりのある女性であれば、弟の心を矯《た》めてくれるでしょう。いとしいブランカ、僕はあなたを崇めます。お父上のことは深く愛しております。でも弟がいるのに、どうして離ればなれでいなければならないのでしょう？」

ある日、公爵は父を呼び、こう言いました。

「ドン・エンリケ、国王陛下から今、手紙を受け取ったところだ。内容を教えてやろう。次のように書かれている」。

　粛呈

　余はわが国務院にて、王国の防衛に資する要塞を新たな設計に基づき改築すると決定した。

現在ヨーロッパではヴォーバン様式とクーホールン様式とに意見が二分されている[33]。ヨーロッパ随一の人材に新たな要塞の趣意書を書かせ、送付されたし。余を満足させるものがあれば、起案者は自ら計画を実行し、余も国王として応分に報いる。貴殿に神の聖なるご加護があるように。

国王

「さて！」公爵は言いました。「エンリケよ、おまえには応募する気があるか？ 言っておくが、相手となるのはスペインだけではなく、全ヨーロッパから集う腕利きの技師たちだぞ」。

父は一瞬、考えると、自信を持って次のように答えました。

「はい、閣下。応募いたします。決して恥をかかせたりはいたしません」。

「よし！」公爵は言った。「最善を尽くすがよい。この一件が成ったら、もはやおまえと娘が幸福になるのを遅らせるものは何もない」。

父がどんなに張り切って仕事にかかったかはご想像いただけるでしょう。父は幾晩も作業に打ち込み、頭が疲れてどうしても少し休まなければならなくなると、ブランカに会いにいって気晴らしをしました。ふたりの将来の幸福について語り合い、またカルロスと再会する喜びを何度も口にするのでした。こうして一年が過ぎました。

スペイン全土とヨーロッパのあらゆる国々から、さまざまな趣意書が届き始めました。それらは封印をされた上で、公爵の文書保存室に保管されます。父はいよいよ最後の仕上げをする時が来たと悟りました。父は完璧に仕事を仕上げましたが、それがどのようなものであったか、その説明をするのはいささかわが手に余ります。

父はまず戦争における攻防の基本原則を打ち立てることから始めました。そしてクーホールンがどのような点でこの原則に忠実であるかを示し、また旧習に従ったせいで彼が犯した過ちを明らかにしました。父はクーホールンよりもヴォーバンを評価していました。ただヴォーバンは今後、二度目の理論体系の変更を行なうだろうとの予[34]測もしていました。そしてその予想は実際に正しかったことが後に証明されたのです。父の議論は巧妙な理論から成り立ち、さらに建築法や場所の選定の詳細、そして専門家の目から見ても驚異的な計算に支えられていたのです。

趣意書を書き終えたとき、当初は気づかなかった無数の欠点が残っているような気がしました。父はおそるおそるそれを公爵に届けにいきました。翌日、公爵は父に趣意書を返し、次のように言いました。

「わが甥よ。一等はおまえだ。趣意書を届ける役は私が引き受けよう。おまえはただ結婚式のことだけを考えていればよい。すぐに執り行なおう」。

幾何学者ベラスケスがここまで語ったとき、仲間の仕事のことで呼びにくる者があった(ママ)。語り手はつづきを翌日に話すことに決めた。私はこれまでと同じく一日を過ごした。

第四十六日

皆はいつもの時間に集まり、前日の語り手は次のように続けた。

幾何学者の物語のつづき

父が趣意書を公爵に提出したところ、公爵はたいそう満足し、すぐにでも結婚式を執り行なうと約束したところまでお話ししましたね。父は天にも昇る思いで、公爵の足下に身を投げ出すと、こう言いました。

「どうか弟を呼び寄せてください。これほど長い間離ればなれでいる弟を抱きしめてやれなければ、私の幸福は完全とは言えないでしょう」。

公爵は眉をひそめ、父にこう言いました。

「カルロスは、ルイ（十四世）の偉大さとその宮廷の壮麗さについて、耳にたこができるほど吹聴するに違いないぞ。だがおまえが望むのであれば、呼び寄せよう」。

父は公爵の手に接吻をすると、将来の花嫁のもとへと行きました。もう幾何学はおしまいです。いまや父の時間と心はそっくり愛情で満たされているのでした。

ただ国王陛下は、要塞建設の計画を強く気にかけておられ、趣意書には全て目を通し仔細に検討するようにと命令を下されました。父の趣意書は満場一致で栄冠を勝ち取りました。父は大臣からの手紙を受け取り、そこには国王陛下が満足され、父自らが何か報酬を求めるようお望みであると書かれていました。公爵に宛てた別の手紙では、大臣は、もしこの若者が砲兵隊大将の職を希望するならば、得られるかもしれぬと匂わせていました。

父は手紙を公爵のもとへ持っていき、公爵の方も自分が受け取った手紙を父に見せてやりました。父は砲兵隊大将の職位を担うのはまだ荷が重く、引き受けるつもりはないとはっきりと述べました。そして公爵に、自分の代わりに大臣に返事をしてほしいと頼みました。公爵は断りました。

「大臣が」彼は言いました。「手紙を書かれたのはおまえに対してなのだから、おまえが返事をしなければならない。きっと大臣にはお考えがあるのであろう。私宛の手紙で、おまえのことを「若者」と呼んでおられる。もしかしたら、おまえの若さが国王陛下のご関心を引き、その若者の書いた手紙を陛下にお目にかけようとされているのかもしれぬ。まあ、あまり思い上がっていると取られぬような、うまい文面でも作ってやろう」。

このように言うと、公爵は書き物机に向かって次のような手紙をしたためました。

閣下

国王陛下がご満足になられたというご報告だけで、ひとりのカスティーリャの貴族の身にはあまりある褒賞でございます。

しかしながら閣下のご好意に甘んじて、わが一族の財産と称号を継ぐブランカ・デ・ベラスケスとの婚姻をお許しいただければとお願い申し上げます。結婚によって、閣下にお仕えする熱意が減じることは決してありません。もし自らの働きによっていつの日か、砲兵隊大将の職――名誉にも、わが祖先はこれまでに何人も当職を務めております――に就くに値する人間になれれば、何よりの光栄に存じます。

閣下の忠実なるしもべ、云々

父は公爵がこのように労を取ってくれたことに礼を述べました。そして手紙を自室に持って帰り、一語一語書き写しました。ただ最後に署名をする段になって、中庭で誰かが次のように叫ぶ声を耳にしたのです。

「ドン・カルロスさまのご到着！　ドン・カルロスさまのご到着！」

「誰だって？　弟か？　どこに行けばあいつを抱きしめてやれるんだ！」

「とにかくご署名ください」と、手紙を大臣に届ける命を帯びた使者が言いました。父は喜びでいっぱいで、また使者に急《せ》かされるものですから、「エンリケ」と書く代わりに「カルロス・ベラスケス」と署名をしてしまいました。そして手紙に封印を押すと、走って弟を抱擁しにいきました。兄弟は抱き合いました。ただドン・カルロスはすぐに数歩下がると、げらげら笑いながら次のように言います。

「エンリケ兄さん、イタリア喜劇のスカラムーシュ(35)に瓜ふたつだなあ！　付け襟がまるでひげ剃り用の皿(36)のようにあごに食い込んでいるじゃないか。まあどちらでも同じか。さあ、じいさんに会いにいこう」。

ふたりは老公爵の部屋に行き、ドン・カルロスは公爵を窒息させんばかりに抱きしめようとしました。それが当時のフランス宮廷で流行していたスマートなやり方だったのです。それからこう言いました。

「伯父さん、あの大使の御仁はあなた宛の手紙を僕によこしたんだが、ちゃんと風呂屋のところに忘れてきましたよ。まあ結局同じことですけどね。グラモンやロクロール[37]や他のみんなからよろしくとのことです」。

「カルロスよ」公爵は言いました。「あいにくそのような紳士はひとりとして知らんな」。

「それは残念なこと」カルロスは言いました。「たいそう気のいい連中ですよ。でも僕の将来の義姉さんはいったいどこなんです？　さぞかしいい人だろうなぁ」。

　そのときブランカが部屋に入ってきました。ドン・カルロスはなれなれしく歩み寄るとこう言いました。

「素晴らしいお姉さま、われらがパリの風習では、女性にはキスをするものなのです」。

　そして実際にキスをしました。驚いたのはエンリケで、というのも自分がブランカに会うときには常に彼女はお付きの女中《ドゥエニャ》たちに囲まれていて、手に接吻をすることとすら考えられなかったのです。

　ドン・カルロスはなおも礼を欠いた言動を続けました。それを目にしたエンリケは深く心を痛め、公爵は眉をひそめるのでした。とうとう公爵はこう言いました。

「早く旅装束を解きにいくがよい。今晩は舞踏会を催す。言っておくが、ピレネー山脈の向こうで気が利いているとされることは、こちら側では無作法と見なされるのだぞ」。

カルロスはたじろぐこともなく、次のように答えます。

「伯父さん、僕はルイ十四世が廷臣に賜わった新しい軍服を着ていきますよ。そうすれば、あの方がやることなすこと、どんなに偉大な君主であるかがお分かりになります。美しい従姉をサラバンドの踊りに誘ってみます。これはもともとスペインの舞踏なのですが、われらフランス人がそれをどのように作り替えたのかぜひご覧になってください(38)」。

このように言うとドン・カルロスはリュリ(39)の歌をハミングしながら退出していきました。エンリケの方はこうした奇矯な振る舞いにたいそう心を痛め、公爵とブランカに向かって詫びようとしました。それは無益な試みでした。公爵はすでにカルロスに非常に悪い印象を抱いている一方、ブランカの方は、それと正反対だったからです。

舞踏会が始まりました。ブランカはスペイン風ではなく、フランス風の衣装で姿を現し、皆を驚かせました。彼女が言うには、この衣装は大叔父である大使から贈られたものとのことです。皆はただただ驚くばかりでした。

ドン・カルロスはなかなか姿を見せません。とうとう現れたときには、ルイ十四世の宮廷風の服装をまとっておりました。それは銀で刺繡された青い膝丈の上着に、同じく銀の刺繡の入った白いスカーフ、同じような飾り紐、アランソン・レース(40)でできた折り返し襟、頭には巨大なブロンドの鬘《かつら》といったものでした。こうした出で立ちはそれ自体がすでに壮麗でしたが、オーストリア系のここ何代かのスペイン国王が非常に地味な服装をスペイン国内に持ち込んでいたため、ますます立派に見えたのです。フレーズ襟(41)も廃されてしまいましたが、それがあればこちらの服装もまだしも引き立ったでしょう。代わりに、今日では治安警察官《アルグワシル》や司法官がつけているような付け襟が採用され、ドン・カルロスが巧みに指摘したように、スカラムーシュの衣装にそっくりでした。

粗忽者ドン・カルロスは、衣装からしてスペインの騎士たちとはたいそう異なっていたのですが、さらに部屋に入ってくるやり方でますます目立つことになりました。というのも、だれかれにお辞儀をしたり挨拶をしたりなどはこれっぽっちもせず、かろうじて声の届くところから楽団に向かって次のように怒鳴ったのです。

「やめんか、ろくでなしども！　サラバンド以外の曲を演奏したら、ヴァイオリンで耳に一発食らわせてやるぞ」。

それから持参した楽譜を配ると、ブランカを迎えにいき、部屋の中央に連れて一緒に踊り始めたのです。

父も、このときのカルロスの踊りは見事だったと認めています。ブランカは生まれつきとても優美な娘なのですが、この際はいつも以上の実力を発揮しました。サラバンドが終わると、貴婦人たちは皆立ち上がって、ブランカを褒め称えました。ただし口では彼女を褒めつつも、目はカルロスに向けられており、彼こそが自分たちの賛美の真の対象なのだとほのめかしていました。ブランカはそれを見誤りませんでした。貴婦人たちがひそかに評価したことで、彼女の目にはこの若者がますます素晴らしく映ったのです。

その晩はもはや、ドン・カルロスはブランカのもとを離れませんでした。兄が近づいてくると、こう言うのです。

「エンリケ兄さん、何か曲線でも計算しにいったらどうだい。結婚したらブランカに退屈な思いをさせる時間はたっぷりとできるんだから」。

ブランカは大笑いをし、カルロスの侮辱をさらに勢いづかせます。あわれなエンリケはすっかり混乱して引き下がりました。食事の準備ができると、ドン・カルロスはブランカに手を貸し、ふたりして食卓の上座に向かいました。公爵は眉をひそめました。でもエンリケはどうか弟につらい思いをさせないでほしいと頼むのです。食事の間ドン・カルロスは、ルイ十四世が催した数々の夜会について皆に語りました。とりわけ王自身が太陽の役を演じた《オリンピアでの艶事》という新しいバレエの話をしました。(42) ドン・カルロスによれば、自分はその踊りのステップをよく知っており、ブランカならディアーナの役を演じられるだろうとのことです。カルロスはその他の役柄についても同じように割り当てていき、皆が食卓から離れる頃には、すでにバレエの配役は済んでいました。エンリケは舞踏会の場を後にしました。ブランカは彼がいなくなったのに気づきもしませんでした。

翌朝、エンリケはいつもの時間にブランカのもとにご機嫌伺いにいきました。彼女はカルロスと一緒にステップの練習をしているところでした。このようにして三週間が過ぎました。公爵はむっつりと陰気になりました。エンリケは苦悩にさいなまれました。カルロスは不謹慎な事をべらべらとしゃべっていましたが、その言葉を町の女性たちはまるで神託であるかのように心にしまいこむのです。ブランカは、パリのモードや《オリンピア》のバレエで頭がいっぱいでした。自分のまわりで何が起こっているのかまるで分かっておりませんでした。

ある日、皆が食卓についていると、カルロスは宮廷からの速達を受け取りました。大臣からの手紙です。彼は大声で読み上げましたが、そこには次のように書かれていました。

ドン・カルロス・デ・ベラスケス殿
国王陛下は、貴君とブランカ・デ・ベラスケスとの結婚を認められ、また貴君に大貴族《グランデ》の称号を賜り、さらに砲兵隊大将の任を与えられる。
敬白

「これはいったい何だ?」と公爵は激昂して言いました。「なぜカルロスの名が書かれている? ブランカが結婚するのはエンリケのはずだ」。

父は、どうか黙って聞いてほしいと公爵に頼み、次のように言いました。

「閣下、私にもなぜこの手紙で、自分の名前のあるはずの箇所に弟の名が書かれているのか分かりません。ただそれが弟のせいでないことは間違いありません。いや、誰のせいでもないのです。このように名前が入れ替わったのは神さまの思し召しなのです。実際、閣下もお気づきでしょう、ブランカお嬢さまは私には全く無関心で、反対にドン・カルロスにぞっこんであることを。ですから彼女と結婚し、彼女の財産やさまざまな称号を受け継ぐのはドン・カルロスであり、私には何の権利もないのです」。

公爵は娘に声をかけると次のように言いました。

「ブランカ、こうした話を信じねばならぬのか?」

ブランカは気を失い、涙を流しましたが、とうとう自分はカルロスを愛していると告白しました。

絶望した公爵は、父に次のように言いました。

「もしやつがおまえから恋人を奪い去ったにしても、砲兵隊大将の任まで奪い取ることはできぬ。その任を得たのはおまえだ。それに加えて、私の財産の一部をおまえにやろう」。

「閣下」エンリケは答えました。「閣下の財産はすべてお嬢さまのものです。大将の任については、国王陛下はそれを弟に与えられました。確かにそれでよかったのです。今の私の心のありようでは、この職にも、それ以外の職にも就けません。身を引くことをお許しください。どこか清らかな庵にでも行って、祭壇の下で涙を流し、私たちのために苦しまれた方に苦悩を捧げようと思います」。

父は公爵の屋敷を出て、カマルドリ会（第二十六日参照）の修道院に入り、そこで修練士（誓願に先立つ修練期にある者）の服を身にまといました。ドン・カルロスはブランカと結婚しました。式はひっそりと執り行なわれました。公爵は参列を断りました。ブランカは父親を絶望で打ちのめしましたが、自らが引き起こした不幸に心を痛めてもいました。平素は横柄なカルロスも、まわりの人々が皆悲しんでいるのにやや戸惑っておりました。

公爵は深刻な病に倒れました。彼はカマルドリ会修道院に、信頼できる従僕アルバールを遣《や》って、エンリケ修練士を町に呼び戻す許可を願い出させました。アルバールは修道院に行き、用件を伝えました。カマルドリ会修道士たちは何も答えてくれませんが、それは口をきくのを禁じられているからなのです。それでも彼を修練士の独房に連れていってくれました。父は藁《わら》の上に横たわり、裸で、胴の真ん中を鎖でつながれていました。父はアルバールだと分かると、こう言いました。

「わが友アルバールよ、昨日私が踊ったサラバンドはどうだった？　ルイ十四世もご満悦だったよ。だが、あの楽隊のろくでなしどもの演奏はひどかったなぁ。それでブランカは何て言っている？　ブランカ！　ブランカ！　困ったやつだな、返事をしてくれよ……」。

そう言うと父は鎖をじゃらじゃらと鳴らし、身もだえすると、激しい卒中の発作を起こしてしまいました。アルバールは涙にかき濡れて退出し、公爵に自分が目にした悲しい物語を語りました。

その翌日、公爵の尿道炎は胃にまで及び、人々はもう彼の命は助からないとあきらめました。死の間際に、公爵は娘の方を向き、こう言いました。

「エンリケもすぐに私の後を追うだろう。私たちはおまえを許す」。

それが公爵の最後の言葉となりました。言葉は、血管に入り込んだ毒のように、ブランカの心に忍びこみました。彼女はいたましい憂鬱に落ち込みました。

新公爵となったカルロスは、できる限り若妻の気を紛らわせようとしました。でもそれが無理だと分かると、そのまま妻を悲しみに沈むがままにし、自分はパリからラ・ジャルダンという名の高名な遊《あそ》び女《め》を呼び寄せたのです。ブランカは修道院に入りました。

砲兵隊大将の任は公爵には向いていませんでした。それでも彼は何とか試みましたが、栄達を極めるには至らなかったので、官を辞し、今度は宮廷での職を求めました。国王陛下により侍従長に命じられ、公爵はラ・ジャルダンとともにマドリードに移り住みました。

父はカマルドリ会修道院で三年を過ごしました。人のよい神父たちが熱心に世話を焼き、天使のような忍耐力で接してくれたので、とうとう父は正気を取り戻しました。父はマドリードに行って、大臣に面会を求めました。大臣は父を書斎に招じ入れるとこう言いました。

「ドン・エンリケ殿、あなたの一件は国王陛下のお耳に入っている。陛下はあのような手違いが起こったことについて、私と私の部局にご立腹されていた。私は「ドン・カルロス・ベラスケス」と署名されているあなたの手紙を陛下にお見せした。それは大事にしまってある。ほら、これだ。教えてもらえぬか、なぜ自分の名前を書かなかったのだ?」

父は手紙を手に取ると、自分の筆跡を認めました。そして大臣にこう言ったのです。

「今思い出しましたが、ちょうどこの手紙に署名をしているときに、弟の到着を知らされたのです。それで嬉しくなって、自分の名前の代わりに弟の名前を書いてしまったのでしょう。ただ私が不幸になったのは、この手違いのせいではありません。たとえ辞令が私の名で発せられていたにしても、私にはこの職を全うできなかったでしょう。でもようやく精神状態も回復しました。あの当時国王陛下があたためられていた計画を今では実行できると思います」。

「親愛なるエンリケ」大臣は言いました。「要塞建設の計画は全て流れてしまった。そして宮廷では、[43]済んだことは二度と口にしないのがしきたりなのだ。あなたに提供できるのはセウタの司令官の地位だけだ。現在空いている官職はそれしかないのだ。しかもあなたは国王陛下に拝謁することなく発たねばならない。はっきり言うが、この地位はあなたには役不足だろう。その年齢でアフリカの岩山に隠遁するというのも、何ともむごいことだ」。

「だからこそ」父は答えました。「その地位をお受けいたします。思うに、ヨーロッパを離れればこの過酷な運命から逃れることもできましょう。新天地に行けば、もっと幸運な星の導きのもとで、幸せと心の安らぎを見出せるでしょう」。

父は急ぎ司令官着任のための仕度金を貰い受けました。それからアルヘシラス（セウタの対岸にあるスペインの港湾都市）へ行って船に乗り、無事にセウタへと到着しました。船から下りると、父は何とも甘美な気持ちを味わいました。長い嵐の後、ようやく港へたどり着いた思いだったのです。

新司令官としての父の最初の仕事は、自分の務めを熟知することでした。それは単に職務を果たすためだけでなく、できうる限り上手にこなすためでした。相変わらず要塞建設に関心を抱いていましたが、実現させようとは考えていませんでした。というのもこの要塞は野蛮な敵に囲まれているため、攻撃をはね返すべく常に強固に造られていたからです。父は持てる天分のすべてを、警備隊と住民の生活環境の改善に用いました。この不便な立地が許す限りの楽しみを彼らに与えようと努めたのです。そのためには、代々の司令官が手にしてきたあまたの利得を自ら放棄さえしました。こうした振る舞いのおかげで、父はこの小さな町の住民に慕われました。父はさらに、自分の管轄下に置かれた国事犯たちにも数多くの配慮を見せました。ときには、彼らのために自らに課せられた厳格な規則を枉《ま》げ、家族との手紙のやり取りを容易にしたり、その他の楽しみを与えたりもしました。

セウタで、あらゆる事柄が可能な限り改善されたとき、父は再び精密科学の研究に没頭し始めました。当時、学問の世界はベルヌーイ兄弟(44)の論争で侃々諤々《かんかんがくがく》の大議論でした。父はふざけてこの兄弟をエテオクレースとポリュネイケース(45)と呼んでいましたが、実のところ、この論争にきわめて深い関心を抱いていたのです。父はしばしば匿名の文書を送って論戦に参加しました。その文書は、双方の陣営にとって思いがけぬ助太刀となりました。等周問題(46)に関する難問がヨーロッパの四大幾何学者の判定に委ねられたときには、父はいくつかの分析方法を彼らに送りました。それはまさに解法上の傑作とも言えるものでした。このような解法を考え出した人物が匿名を守るなどとは思いも寄らず、人々はそれらはやはりくだんの兄弟のどちらかが考案したのだろうと見なしました。それは誤りでした。父は学問を愛していたのであり、学問がもたらす名声についてはどうでもよかったのです。数々の不幸のせいで、父はとっつきにくく内気な人間になっていました。ヤコブ・ベルヌーイは、まさに完全な勝利を収めようというときに亡くなりました。弟が戦いの盟主として残ります。しかしこの弟は、曲線の一要素しか考察していないため間違いを犯していることが、父には分かっていました。それでも学問の世界をうんざりさせているこの戦いを長引かせるつもりは父にはさらさらありませんでした。ただベルヌーイは平和に暮らすことのできない人間でした。彼はロピタル侯爵(47)に宣戦布告し、数年後には、ニュートンその人に嚙みついたのです。これらの最後の論争の要因は、微積分学の分析にありました。ライプニッツがニュートンと同時期に発見したものですが、英国人はそれを国家の威信にかかわる問題と見なしています(48)。

このように、父は人生最良の数年間を、遠くからこれらの大論戦を眺めることで過ごしたのです。そこでは、世界でも選《え》り抜きの天才たちが、人類がかつて鍛えた最も鋭利な武器を用いて刃を交えていました。

父は精密科学をこよなく愛していましたが、だからと言って他の学問をなおざりにしていたわけではありません。セウタの岩山には数多くの海の生物が棲みついていました。それらは植物に極めて近い特性を持ち、動物界と植物界の架け橋となっています。父はいつも、そうした生物をいくつか瓶に入れて飼っており、その驚異的な生態を観察して楽しんでおりました。物理学の研究もまた興味深いものでした。ジャン・レイ(49)は化学者で、一六三〇年に著作を出版しておりますが、彼は金属質の石灰に関する明快な概念を構築しました。ロバート・ボイル(50)とその弟子メーヨー(51)はさらにその実験を進化させています。父は同じ実験を自分でも試し、そこに改良を加えました。また父は、古代のあらゆる書物を集めた書庫を持っていました。歴史の原泉とも呼べるものです。父が本を収集したのは、ニコラウス・ベルヌーイが『推論術』(52)の中で展開した確率論の原則を、事実から拾い出した証拠によって補強しようと考えたからです。この話は、先日少ししましたね（第四十五日参照）。こうして父は観察と瞑想の間を行ったり来たりしながら思索することで生きていましたが、ほとんど常に自室に閉じこもっておりました。絶えず神経を張りつめていたので、自分の人生のあの痛ましい時期、不幸の極みから正気すら失ってしまったあの時期のことは忘れておりました。でも心が息を吹き返す折もありました。それはとりわけ一日の仕事で頭脳が疲れきった夕刻に起こるのです。父には町に出て気晴らしを求める習慣がなかったので、そうした際には、家のテラスに出て、海と、遠くにイベリア半島が見える水平線を眺めるのでした。その眺めは栄光の日々を思い起こさせます。当時は家族に慈しまれ、恋人から愛され、立派な人たちから尊敬され、人間に許される幸福をひとつ残さず束ねたかのような思いでした。あの輝ける時代には、自らの青春の炎に燃え上がる一方で、公爵の壮年の知性にも照らされ、父の心は人生の喜びをもたらすあらゆる感情と、人知の名誉となるあらゆる理論に開かれていたのでした。そして父は思い出すのです。弟が自分から恋人と財産と名誉を奪い去ったこと、そして自分自身は藁の上に横たわり正気を失っていたことを。ときどき父はギターを手に取って、あの運命のサラバンドを演奏することもありました。あれがブランカの気持ちをドン・カルロスに向けさせたのです。この音楽を聞くと父ははらはらと涙を流しました。そしていったん泣いてしまうと気持ちは鎮まるのでした。こうして十五年の歳月が流れました。(53)

ある晩、セウタの副長官が用があるといって、父の家にやってきました。見ると、父はあの深い憂鬱に沈み込んでいます。少し考え込んだ後、副長官は父にこう言いました。

「親愛なる司令官、どうか小官の言葉に耳をお貸しください。あなたは不幸なお方だ。苦しんでおられる。それは秘密でも何でもなく、私たちは皆存じ上げております。小官の娘も知っております。あなたがセウタに赴任されたとき、娘は五歳でした。以来一日たりとて、誰かがあなたについて尊敬の念を込めて話すのを娘が聞かなかったことはありません。何と言っても、あなたは私たちの小さな町の守り神なのですから。娘のイネスはよく小官にこう言ったものです。「司令官さまがあんなに苦しんでいらっしゃるのは、苦しみを分かち合う人がいないからだわ」。どうか小官の家にお越しください。そのほうが、ここで波の数を数えるよりもずっとよいでしょう」。父は導かれるままに、イネス・デ・カダンサの家を訪れました。そして彼女と結婚し、一年後に私が生まれたのです。

私というちっぽけな人間がこの世に生まれたとき、父は私を抱きあげ、天を見上げて次のような祈りを唱えました。

「指数関数にとって無限性を持つ約分不能な累乗よ、あらゆる増加数列の最終項よ、わが神よ！　あなたは今またこの世に、感じやすいひとつの存在を投げ出されました。もしこの子が、その父がかつてそうであったように、みじめな人生を送らねばならないのであれば、どうかこの子に減算の記号をつけてやってください！」

このように祈ると、父は私を胸に抱きしめ、こう言ったのです。

「いや、かわいそうな子。おまえは決して私のように不幸になってはいけない。私は聖なる神の名にかけて誓う。おまえには決して数学は教えない。おまえはサラバンドを学ぶのだ。ルイ十四世のバレエや、私が思いつく限りの無作法をすべて覚えるのだ」。

それから父は私の上に涙をぽたぽた落とすと、私を助産婦に返したのです。

さて、ひとつ私の人生に生じた運命のいたずらに注意を払ってみてください。父は決して私に数学を教えず、代わりにサラバンドについての深い知識を授けるという誓いを立てました。それがどういうことでしょう！　結局、事態は正反対となってしまったのです。精密科学について私は広い知識を持っています。でも私は学ぶことができなかったのです。サラバンドを、とは申しません。だってあれはもう時代遅れですからね。他のどの舞踏をも私は学べなかったのです。実際、英国のコントルダンス(54)を見れば、踊り手ふたりが数式で表せる図形を描いているのは分かります。でも実際に自分で踊れるようにはならなかったのです。

ベラスケスがここまで語ったとき、ジプシーの族長はつづきは翌日にしてくれないかと頼んだ。その日は、これまでとだいたい同じように過ぎた。

第四十七日

皆はいつもの時間に集まり、ベラスケスに物語のつづきを話してもらえないかと頼むと、彼は次のように語った。

ベラスケスの物語のつづき

どのようにして私が生まれたか、そして私を抱きながら、どのように父が幾何学的な祈りを唱え、その上で私には決して幾何学は教えないと誓ったか、お話しいたしました。

私が生まれておよそ六ヶ月後、父は港に小型のジーベック船（地中海で使われた三本マストの小型帆船）が入ってくるのを目にしました。船はいかりを下ろすと、短艇を陸地に向かわせます。短艇からは、高齢のため腰の曲がった老人が下りてきましたが、身なりは、かつてベラスケス公爵の部下の将校たちが着ていたのと同様でした。つまり緑色の膝丈の上着に金と緋色の飾り紐、垂れ袖（肩から腕を覆うように垂れた袖）にガリシア風のベルトを締め、そして肩帯には剣を吊るしていたのです。父は望遠鏡を覗き込み、あの老アルバールの姿を認めたように思いました。実際その通りでした。アルバールは歩くのに難儀していました。父は港まで走っていきました。そしてこの老僕を抱きしめたのです。ふたりともこの瞬間、胸がいっぱいになり、天にも昇る思いでした。それからアルバールは父に対し、自分はウルスラ会修道院に隠遁したベラスケス公爵夫人の使いとして来たのだと告げました。そして一通の手紙を手渡しましたが、そこには次のように書かれていました。

ドン・エンリケさま

どうぞ思い出してくださいまし。実の父を死に追いやり、あなたの人生を台無しにしたあの哀れな女を。

良心の呵責に苛まれ、改悛に努めてまいりましたが、修道の厳しさゆえあやうく命を落とすところでした。ただアルバールによれば、もし私が死ねば、夫である公爵は晴れて自由の身となり、再婚して子供でもできれば、一族の財産はそちらに渡りかねない、逆にもし生き延びれば、あなたに公爵の相続財産を残せるかもしれないとのことでした。そのように言われて、生き続けようと決心したのです。そこで厳しい断食は止めにし、苦行衣を脱いで、ただ隠遁生活と祈りだけで改悛を行なっております。

公爵は相変わらず放蕩三昧です。ただ、ほとんど毎年のように、何かしら深刻な病に罹患しています。何度となく、これであなたにわが一族の称号と財産を譲ることができると思いました。でも明らかに天は、あなたを世に埋もれたままになさろうとしているようなのです。あなたの才能には、そうした境遇は全くふさわしくありません。ご子息がひとりおられると聞きました。おそらくその子に、私の罪があなたから奪った数々の権利を残してあげられるでしょう。私はここで、その子とあなたのご利益に気を配ってまいりました。わが一族の自由領地[55]は、相変わらず分家（エンリケの父の系統）のものです。でもあなたが要求なさらなかったため、それは私の生活費のために取りおいてあった領地に加えられております。そこからの十五年分の歳入は、アルバールが届けてくれるはずです。どうぞ彼と一緒に、将来のために望ましいと思われる措置をお取りください。もっと早くご返却できなかったのは、ひとえに夫ベラスケス公爵の性格のせいでした。さようなら、ドン・エンリケさま。ただの一日たりとも、私が改悛の祈りを唱えない日はありません。またあなたとあなたの幸せな奥さまに、天の祝福を願わない日もありません。どうか私のためにお祈りください。そしてこの手紙にはお返事をくださいませんよう。

すでにお話ししましたね、父エンリケの心に、過去の思い出がどれほど強い力を及ぼしていたかを。お分かりのように、手紙はその回想をよみがえらせてしまいました。その後一年以上、父は好きな仕事に手もつけられませんでした。ただ妻の心遣いや、私に寄せる愛情、そして何にも増して、当時幾何学者たちが取り組み始めていた方程式全般に関わる解法[56]、言ってみればこれらの要因が全て合わさることで、父の心にやる気と静けさが戻ったのです。収入も増え、おかげで蔵書や実験室の備品を増やすこともできました。機材がきちんと揃った観測所を建てるまでにいたりました。申し上げるまでもありませんが、自分の好きな慈善行為にも打ち込みました。断言できますが、私がセウタを離れたとき、当地にはひとりとして真に憐れむべき人間はおりませんでした。父があらゆる天分を傾けて、各人に立派な生活の糧を手に入れさせてあげたからです。その詳細をお話しすれば、きっと興味を持っていただけると思いますが、私は自分の物語を語ると申し上げたのを忘れてはおりません。約束は守らないといけません。思い出し得る限り、好奇心というのが私が抱いた初めての感情でした。セウタの街路には、馬も、馬車も走っていないので、子供たちが危険な目に遭うことはまずありません。ですから好きなだけ走りまわっても誰も何も言いませんでした。好奇心を満たそうと、一日に百回も、港へ下りていってはまた街に戻ってきました。あらゆる家屋や、海軍造船所、店舗、工房の中に出入りし、働いている人を眺めたり、荷役についていったり、通行人に質問したりしました。どこでも私がものを知りたがるのを面白がってくれ、どこでも喜んで私の好奇心を満足させてくれます。でも父の家ではそうではありませんでした。

父は家の中庭に、別棟を建てさせていて、そこに書庫と実験室、観測所を持っていました。私は入ってはいけないと言われていました。最初のうちは気になりませんでしたが、禁じられることで逆に好奇心がかきたてられ、それが強い刺激となり、私を学問の道に突き進ませたのだと思います。私がのめり込んだ最初の学問は貝類学でした。父はたびたび海辺に行っては岩礁に入り込みましたが、そこの水は、天気が穏やかなときには鏡のように澄んでいました。父は海の生物の生態を観察し、きれいな状態の貝殻などを見つけたときには、家に持ち帰りました。子供というのは真似が好きなものですから、私も貝類に興味を抱きました。でも蟹に挟まれたり、ウニの棘に刺さったり、イソギンチャクの毒にやられたりしました。痛い思いをしたことで貝類学にはうんざりしてしまい、今度は、物理学に打ち込むようになりました。

父は、英国から取り寄せる機材を交換したり、修理したり、またそれを真似て新たに作ったりするために、職人をひとり必要としていました。そこで才能を見込んだある海軍の一等砲手に技術を教え込みました。私はほとんどいつもこの組立工見習いのもとで時間を過ごし、仕事を手伝いました。こうして実践的な知識を身につけたのですが、ひとつ私には重要なことが欠けていました。読み書きができなかったのです。

私は九歳になろうとしていました。ただ父によれば、自分の名前が書けて、サラバンドを踊れれば、それで十分だというのです。当時セウタには、修道院の陰謀のようなものに巻き込まれて流刑の身となった老司祭がいました。誰からも深く尊敬されており、わが家にもたびたび姿を見せていました。人のよいこの聖職者は、このようにほったらかしにされている私を目にすると、父に向かって、この子は宗教について何も学んでいないと指摘し、自分が教えてもよいと申し出ました。父は同意し、アンセルメ師はそれを口実に私に読み書きと計算を教えてくれたのです。のみこみは早く、とりわけ算術ではすぐに師を追い抜いてしまいました。

こうして私は十二歳になりましたが、年の割に多くの物事を知っておりました。でもそれを父の前でひけらかすのは控えておりました。そんなことをすれば、父は必ず厳しい視線を投げかけ、こう言うのです。

「サラバンドを学べ、息子よ。サラバンドを学ぶのだ。おまえを不幸にしかしない事柄は放っておけ！」

そうすると母が口をつぐむようにと私に目配せをし、会話を別の方向に向けるのでした。

ある日の食卓で、父はなおも私に、優雅に振る舞いなさいと諭しておりました。そのとき、年の頃三十ぐらいの、フランス風の衣装をまとったひとりの男が入ってきました。男は十回以上も続けてお辞儀をしました。その後でよく分からない半回転をしようとして、従僕にぶつかり、従僕が持っていたスープをひっくり返してしまいました。スペイン人であれば戸惑って何度もお詫びを言うところですが、その外国人はまるで違います。先ほど入ってきてお辞儀をしたのと同じように、高らかに笑うのです。それからひどい訛りのあるスペイン語で、自分はフォランクール侯爵という者であり、決闘をしたためフランスを去らねばならなくなった、ついては一件が片づくまで自分をかくまってもらえないだろうかと言うのです。

フォランクールが言葉を言い終えぬうちに、父は勢いよく立ち上がるとこう言いました。

「侯爵殿、あなたこそ長い間お待ち申し上げていた方です。どうぞわが家をご自宅とお考えください。ただわが息子の教育を少し手伝っていただけないでしょうか。いつの日か息子があなたのようになれば、私は自分をこの上なく幸せな父親と思うでしょう」。

父の言葉にどのような意味が込められていたか、フォランクールが知れば、おそらくそれほどよい気持ちはしなかったでしょう。でも彼は父のお世辞を文字通りに受け取り、大変満足した様子でした。そこでさらにいっそう無礼な振る舞いに及び、母の美しさや、父の年齢について何度も繰り返し当てこすりを言うのです。父はそれでも飽きることなく侯爵を褒め称え、私にも彼を崇めさせました。

夕食が終わる頃、父は侯爵に向かって、私にサラバンドを教えられるかと尋ねました。答える代わりに、私の指南役はこれまで以上に高らかに笑い始めました。大笑いし終えると、まじめな顔に戻って私たちに断言するには、ここ二十世紀来サラバンドなどを踊る者はもういない、今踊られているのはパスピエ（十七、十八世紀にパリで流行した舞曲）とブーレ（フランス・オーヴェルニュ地方の民俗舞踊）だけだと言うのです。そして彼はポケットから舞踏教師がポシェット（舞踏教師が生徒の自宅でレッスンをする際に用いる小さなヴァイオリン）と呼ぶあの楽器をひとつ取り出して、このふたつの舞曲を演奏しました。演奏が終わると、父は彼に向かって大まじめにこう言いました。

「侯爵殿、今その楽器をお弾きになられましたが、それを扱いこなせる貴族はほとんどおりますまい。きっと舞踏教師であられた経験があるのでしょうな。あなたはますます私の目的にかなった方となりました。どうか明日より早速、息子の教育を始めて、完璧なフランス宮廷の貴族に仕立て上げてもらえませんでしょうか」。

フォランクールが認めて言うには、さまざまな不幸な出来事のせいで、確かに一時期、舞踏教師に身を落とした日々もあったが、それでもやはり自分は貴族なので、若い貴族の教育を手がけるのはまさに適任であるとのことでした。そこで翌朝から早速、私は舞踏と行儀作法を学ぶ運びとなりました。でもその前に、この日の夜、父が義父カダンサ氏と交わした会話のこともご報告しておかねばなりません。それについてはその後ほとんど考えてもみませんでしたが、今、頭によみがえってきました。きっと皆さんにも興味を持っていただけるでしょう。

その日は好奇心に駆られて、私は新しい先生のそばを離れませんでした。街を駆け回ろうなどとは考えもしませんでしたが、ただ書斎の近くを通りかかると、激昂した父が大声でカダンサ氏に次のように言うのが聞こえたのです。

「お義父上、これが最後の警告ですぞ。もしアフリカ奥地に送金し続けるのでしたら、あなたを大臣に告発します」。

「親愛なる娘婿よ」カダンサは答えます。「われらの秘密を知りたいのであれば、これほど容易いことはない。私の母はゴメレス一族の者で、その血があなたの息子にも流れているのだ」。

「カダンサ殿」父は言いました。「私がここで指揮を執っているのは国王陛下のためであり、ゴメレス一族だの、一族の秘密だのはどうでもよいことです。お心づもりを、明日早速、大臣に私たちの会話について報告を上げますので」。

「そしてあなたのほうは」カダンサが言います。「大臣から、今後われら一族については報告を上げてはならないと通告されるのを覚悟なさるがよい」。

ふたりの会話はそこで終わりました。その日一日、夜にいたるまで、ゴメレス一族の秘密のことが頭から離れませんでした。でも翌朝、あのいまいましいフォランクールが私に最初の舞踏の稽古をつけてくれたのです。それは彼が期待していたのとはまるで異なる展開となり、その結果、私の頭脳は真っすぐに数学へと向かうようになったのです。父はこの最初のレッスンに立ち会おうとしました。母も同席しました。このように敬意を払われてフォランクールは意を強くし、自分は貴族だと称していたのをすっかり忘れて、わが技芸と呼ぶところの舞踏を称える演説をかなり長々とぶちました。それから、私の足がひどい内股だと指摘し、そうした歩き方は恥ずべきもので、名誉ある人間の資質ではないと認めさせようとしました。そこで私はつま先を外側に向け、平衡の法則に反する状態で歩こうとしました。でもフォランクールは満足しません。さらに私にポアント（バレエのつま先立ち）をさせようとするのです。とうとういらいらして、またからかい半分で、私の背中をどんと押しました。私は前のめりに倒れてひどく痛い思いをしました。フォランクールは謝ってしかるべきところを、詫びるどころか、私に対して怒り狂い、不愉快きまわりないことを口にするのです。彼がもう少しスペイン語に長けていれば、自分の言い回しは不適切だと悟ったかもしれません。私はセウタ中の住人から親切にされるのに慣れていました。だからフォランクールの発した言葉は、堪え難い侮辱に思えたのです。私は傲然と彼のところに行き、ポシェットを奪うと、地面にたたきつけました。そしてこのような無礼な男から舞踏を習うことなど金輪際ないと宣言したのです。

父は私を叱りはしませんでした。重々しく立ち上がると、私の手を引き、中庭のはずれにあった天井の低い部屋に連れていったのです。私を部屋に入れ、鍵をかけた上で、こう言いました。

「ここから出るのは舞踏を習うときだ」。

それまで自由気ままに振る舞うことに慣れていたので、こうして監禁されるのは当初耐え難く思えました。私は長い間泣きました。そして涙をためた目を正方形の大窓に向けたのです。天井の低いこの部屋にあったただひとつの窓です。私は小さく四角い窓ガラスを数え始めました。縦に二十六枚、横にも同じ数だけあります。私は、あの人のよいアンセルメ師の授業を思い出しました。それは掛け算で止まっていました。

縦の窓ガラスの数を、横の窓ガラスの数と掛け合わせてみました。すると驚いたことに、全体の窓ガラスの数と一致したのです。徐々にすすり泣きは減り、苦しみも前ほどではなくなりました。縦から横から、一列、二列と取り去っては計算を繰り返してみました。こうして、掛け算というのはただ足し算の繰り返しに過ぎず、面積というものも、長さと同様、値を求められるのだと理解できたのです。

また部屋の床に張られていた石のタイルで計算を繰り返してみました。それも成功しました。私はもう泣きはしませんでした。心臓はうれしさに高鳴っていました。あのときのことを話していると、今でも感慨深いものがあります。

お昼頃、母が黒パンと水差しを持ってきてくれました。母は目に涙をうかべて、どうか父の願いに従ってほしい、フォランクールのレッスンを受けてほしいと私に頼みました。母が願いを述べ終わると、私はやさしく母の手に接吻しました。そして、紙と鉛筆を持ってきてほしい、もう自分のことで心を痛めないでほしい、なぜならばこの天井の低い部屋でたいそう快適なのだからと言いました。母は驚いた様子で立ち去ると、頼んだものを届けてくれました。それから私はとてつもない熱意を傾けて計算に取り組みました。自分は今、世にも素晴らしい発見をしているのだと信じ込んでいたのです。実際、数の持つ特性は、それまで考えてもみなかった真の発見でした。

自分が空腹なのに気がつきました。黒パンをちぎると、母がそこにローストチキンと豚肉の塩漬けを仕込んでくれていたのが分かりました。こうした心配りをうれしく思い、勇気凛々として、計算のつづきに取り掛かりました。夕刻には明かりが届けられました。私は夜遅くまで計算に取り組みました。

翌日、一枚の窓ガラスの辺を等分してみました。すると、$\frac{1}{2}$と$\frac{1}{2}$で、面積は$\frac{1}{4}$になると分かりました。今度は窓ガラスの辺を三分割してみます。そうすると、$\frac{1}{9}$が得られ、それによって分数の性質が理解できました。$2\frac{1}{2}$を$2\frac{1}{2}$に掛け合わせたとき、2^2のかたわらに直角定規が得られ、その値が$2\frac{1}{4}$であった時にはますます得心がいきました[57]。

私はなおも数に関する実験を推し進めました。ある数に同じ数を掛け、得られた解を自乗すると、もとの数を三回（ママ）掛け合わせたのと同じ結果が得られると分かりました。こうした素晴らしい発見のすべては、別に代数学の記号で表されていたわけではありません。私はそんなものは知りませんでした。ただ自分のいた部屋の窓ガラスについて、ある独特な記号表記を作り出していたのです。それは優美さにも明快さにも欠けてはいませんでした。

幽閉されて十日後に、母が夕食を持ってきて、こう言いました。

「かわいい子、よい知らせがあります。フォランクールは脱走兵だと分かったのです。あなたの父上は軍からの脱走を憎んでおられるので、船に乗せて発たせました。だからあなたも間もなくここから出られるでしょう」。

自由を取り戻せると聞いても平然としていたので、母は驚きました。父もすぐにやってきました。先ほどの母の言葉を認め、つけ加えて言うには、友人のカッシーニとハドリー[58]に手紙を書いて、今パリとロンドンで最も流行っている舞踏は何かと問い合わせているとのことです。父の記憶には、かつてどのように弟カルロスがくるっと一回転しながら部屋に入ってきたか、その様子が刻み込まれていました。父はとりわけそれを私に教え込みたかったのです。

話の途中で、父は私のポケットから手帳がはみ出しているのを見て、奪い取りました。父がまず非常に驚いたのは、そこに数字や、父の知らない記号がびっしりと書きつけられていたことです。私はそれが何であるのか、また自分が何をしていたのかをすべて説明しました。父がますます驚き、満足そうな気配を見せたのを私は見過ごしませんでした。父は、私がどのようにひとつひとつ発見を重ねてきたのか、注意深く聞くとこう言いました。

「この窓は、縦横双方に二十六枚のガラスが嵌められているが、もし下に二列増やし、なおも正方形を保とうとすると、何枚のガラスがつけ加えられることになるか?」

私は躊躇せず答えました。

「下の辺と縦の辺にそれぞれ二列で五十二枚、さらにその二列が交わる角で四枚のガラスを使って小さな正方形を作ることになります」。

この答えに父は強い喜びを覚えましたが、さりげなくそれを隠そうとします。次に父はこう言いました。

「では下辺に無限小の線分を一本引くとすると、出来上がる正方形はどのようなものになる?」

私は少し考え、こう言いました。

「そうなると窓の両辺と同じ長さの帯が二本得られますが、隅の正方形はというと、それも無限小ということになり、私にはどのようなものやら見当もつきません」。

すると父はよろよろと椅子の背もたれに寄りかかり、両手を組み合わせ、天に顔を向けるとこう言ったのです。

「ああ神よ、ご覧になりましたか。この子は二項定理を見抜いたのです。放っておいたら、微分学まで理解してしまうでしょう」。

父の様子に私は怖くなりました。父のネクタイを解くと、助けを呼びました。父は意識を取り戻すと、私を両腕にかき抱いてこう言いました。

「わが子よ、計算などは放っておくのだ。サラバンドを学ぶのだ。よいな、サラバンドを学ぶのだぞ！」

幽閉は解かれました。その晩、私はセウタの城壁を一周し、歩きながら心の中で父の言葉をこう繰り返したのです。

「この子は二項定理を見抜いた、この子は二項定理を見抜いた！」

このとき以来、私は日々めきめきと、数学の力をつけていきました。父は相変わらず、それを学んではならぬと厳しく言っておりましたが、ある日、ふと足下を見ると、騎士ドン・アイザック・ニュートンの書いた『一般算術』(一七〇七年刊のニュートンの数学書)が置いてありました。ほとんど意図的に父が置き忘れていったと考えざるをえません。また何度か、父の書斎が開けっ放しになっているのにも出くわしました。私は抜かりなくその機会を利用したものでした。でも別の折には、父は、社交界に出ても恥ずかしくないように私を教育すると言い張ります。部屋に入るときには、私にくるっとひと回りさせ、自らハミングしたり、近視のふりをしたりしました(59)。そして涙にかき濡れて私にこう言うのです。

「息子よ、おまえはやはり無作法な振る舞いをするように生まれついてはおらぬ。おまえの人生も、私と同じく、幸せなものにはならぬな」。

十五年の歳月が流れました。生活の単調さをかき乱すような事件は何も起こりませんでしたが、それでも日々私たちが蓄積していく新たな知識のおかげで、父にとっても私にとっても、その生活はたいそう変化に富んだものでした。父は私に対して見せていたあの慎重な態度を捨て去りました。確かに、私に数学を教えたりはしません。反対に、父は私がサラバンドのみを学ぶよう全力を傾けたのです。それゆえもはや父には何ら心にやましいところはなくなり、心ゆくまで精密科学に関する事柄について私と語り合うことができたのです。こうした会話が交わされるたびに、私の熱意に火がつき、前にも増して私は研究に没頭するようになりました。

もし母が生きてくれていたら、私の喜びには何ひとつ欠けるものはなかったでしょう。でも一年前、恐ろしい病を得て母は私たちのもとから奪い去られてしまったのです。父はそこで、亡き母の妹を家に迎え入れました。名はドニャ・アントニア・デ・ポネラスといい、年は二十歳、半年前に未亡人になった女性でした。彼女は母とは異母姉妹でした。カダンサ氏はひとり娘を嫁がせてしまうと、家の中でひとりぼっちになったような気がし、自分も再婚しようと決めたのです。ふたり目の妻は結婚から六年後、娘を出産するときに亡くなってしまいましたが、その娘がアントニアなのです。アントニアはその後、ドン・ゴンザルベス・デ・ポネラスという男と結婚しましたが、結婚後一年で、夫は亡くなってしまいました。

この若くてきれいな叔母は、母が使っていた居室に移り、わが家で采配を振るうことになりましたが、なかなかうまくやってのけました。彼女はとりわけ私に注意を払ってくれました。日に二十回も部屋に入ってきては、ココアはいらないか、レモネードはどうか、他にいるものはないかと聞いてくれるのです。

こうして訪ねてこられるたびに計算が中断されるので、私はたびたび不愉快な思いをしました。たまたまドニャ・アントニアが姿を現さない時には、彼女の小間使いがその代理を務めます。女主人と同じ年齢、同じ気質の娘で、名前をマリカと言います。でも私は常に彼女たちに振り回されていたわけではありません。ふたりのどちらかが部屋に入ってくると、計算中の数値を記号に置換してしまうようになりました。そして邪魔者が出ていくとまた計算を再開するのです。

ある日、対数計算をしていると、アントニアが部屋に入ってきて、テーブルの脇にあった肘掛け椅子に腰を下ろしました。それから暑い、暑いと不平を言って、胸につけていたスカーフを外すと、折りたたんで椅子の背にかけます。このような様子から、どうやら長居をするつもりらしいと見て取ると、私は計算をやめ、対数表を閉じてしまいました。それから対数の特質について考えをめぐらせ、名高いドン・ネイピア(60)が対数表を完成させるのに払ったとてつもない苦労について思いを馳せてみました。すると私を困らせることしか望まないアントニアは、椅子の背後に回りこみ、両手で私の目をふさぐとこう言ったのです。

「さあ、計算してごらんなさい、幾何学者さん」

叔母の言葉は、本当に挑戦をしかけているかのように聞こえました。ここのところ、対数表を頻繁に使っていたので、多くの対数が記憶に刻み込まれていました。言わば、そらで覚えていたのです。突如、対数を求めようとする数字を三つの因数に分解してみようと思いました。対数が分かっていたので、三つの因数が導き出されました。暗算でそれらの和を求め、アントニアの手を振り払うと、完成した対数を、小数点ひとつ落とさず書きつけました。アントニアは私の振る舞いにむっとし、部屋から出ていきがけに、かなり無礼にこう言い放ちました。

「ばかな幾何学者!」

おそらく彼女は、私の用いた計算方法では、約数が1となる素数にしか適用できないと批判したかったのでしょう。それはその通りなのですが、それでも私のしてのけた計算は、数学に深い造詣がなければ不可能であり、あのような折に私をばか者扱いするのは確かに間違いでした。しばらくすると、小間使いのマリカがやってきて、つねったりくすぐったりしようとしました。でも頭には彼女の女主人の言葉が残っており、私はややつっけんどんに追い払いました。

これから物語は、私の人生のある特別な時期にさしかかります。私はそのとき、自分の知識を新たなやり方で用い、それらをひとつの目的に向かわせていきました。学者の生涯をたどれば、まるで雷に打たれたかのように、ある原理がふと脳裏に浮かび、その原理から導き出される結果を敷衍《ふえん》して、いわば「体系」というものにたどり着くことが分かります。そのとき学者は勇気と力を奮い起こし、既知の事柄に立ち返り、いまだ欠けている知識を獲得します。それぞれの概念をあらゆる角度から検討し、組み合わせ、分類します。最終的に、体系を構築できない、あるいは、その実効性に満足しえない結果となったにしても、少なくとも体系を放棄するときには、着想以前より知識は増えているし、前には気づかなかった真実を発見してもいるのです。私にも、体系を構築する瞬間がやってきました。その最初の着想は、これからお話しする事情によって生まれたのでした。

ある晩、私は夕食の後で、計算をしておりました。複雑微妙な微分方程式を解き終えたところに、叔母のアントニアが、ほとんど肌着姿で部屋に入ってきました。そして私にこう言います。

「かわいい甥御さん、あなたの部屋に明かりが見えると、眠れないの。あなたのなさる幾何学というのは、それほど素晴らしいものなのね。ぜひ私にも教えていただきたいわ」。

これほど得意なことはありませんでしたので、一も二もなく叔母の望みを受け入れました。石盤を取ると、ユークリッドの最初のふたつの命題を示してあげました。三つ目に取りかかろうとすると、叔母は石盤を取り上げ、こう言ったのです。

「おばかな甥御さん、幾何学は、どのようにして子供を作るかを教えてくれて?」

叔母の言葉は最初、ばかげたものに思えました。でもよく考えてみると、彼女が尋ねたのは、もしかすると、自然界で行なわれるさまざまな繁殖の形態、杉の木から地衣類にいたるまで、あるいは鯨のような大きな動物から、顕微鏡でないと見えない微小生物にいたるまで、ありとあらゆる生物が行なう繁殖の形態についての全般的な考え方なのではないかと思うようになりました。今思い出したのですが、最大と最小について、つまりそれぞれの動物が持つ思考の数についてかつて考察した経験がありました。生殖、妊娠、そして教育にさかのぼることでその第一要因を見つけたのです。私が発見したのは、動物界全体に当てはまる、次元は異なるが同種の作用に関する独自の体系だったのです(61)。想像力は瞬く間に燃え上がりました。人間の思考と、その思考の結果である行動に幾何学がいかなる役割を果たすかを垣間見たように思いました。一言で言えば、自然界のあらゆる事象に数学を適用する可能性を垣間見たように思えたのです。考えが次々と湧き上がり、胸が苦しくなりました。もっと楽に呼吸をしたいと思いました。走って城塞まで行き、何をしているのかも分からぬまま、城塞の上を三回、ぐるぐると回りました。

ようやく落ち着いてきました。朝日が昇り始めたのを見て、思いついた原理をいくつか書き残しておこうと思いました。覚書帳を取り出すと、数字を書きつけながら家の方へと向かいました。いえ、向かったと思いました。実のところは、冠塞（中央の稜堡と左右の半稜堡を備えた要塞の突角部）を右に曲がる代わりに左に行ってしまい、隠し戸を通って壕の中に入ってしまったのです。急いで自宅に戻ろうとしました。歩みを速め、相変わらずわが家に向かっていると思い込んでいました。実のところは、大砲を外に出すときに使われる勾配をたどっていたのです。私は斜堤（城塞を取り囲む傾斜をつけられた壁）の上に出ました。

家に向かっていると信じ込んだまま、覚書帳に数字や記号を書きつつ、できるだけ速く歩きました。走ったところで無駄で、いつまでたっても到着しません。何しろ町とは反対の方角に進んでいたのですから。とうとうその場に座り込むと、本格的に計算に取りかかりました。

しばらくして顔をあげると、アラブ人たちに取り巻かれていました。セウタではよく耳にするので、彼らの言葉は知っていました。そこで彼らに向かって、自分が何者であるかを伝え、もし父のもとへ連れ戻してくれるなら、まずまずの身代金を払ってもらえるだろうと請け合いました。

身代金という言葉は、アラブ人の耳には常に心地よく響くものです。私を取り囲む遊牧民たちは、へつらうように頭目の方を振り返りました。儲け話となる答えが返ってくるのを期待しているようです。長老《シャイフ》は、考えこむかのような、まじめな様子で、長い間あごひげを撫でていました。それから私にこう言ったのです。

「よいか、ナザレの若者よ、われらはおまえの父親を知っている。あれは神を畏れる男だ。おまえについても聞いている。噂によれば、父親同様、真人間だが、神がおまえから理性の一部を取り上げなさったとのこと。それを悲しむのではない。神は偉大だ。自分のお好きなように、理性を与えたり取り上げたりなさる。頭のおかしい人間というのは、神のお力と、人間の知恵の虚しさの生き証人なのだ。善悪の区別のつかぬ、頭のおかしい人間というのは、かつて無垢の状態にあった人間のようなものだ。第一級の清らかさを持っている。われらは、頭のおかしな人間を、聖者を呼ぶのと同じくマラブー（イスラームの聖者）と呼んでいる。われらの信仰はそのように教えるのだ。であるからおまえに対してわずかでも身代金を取れば、罪となる。一番近いスペインの詰所まで連れていってやろう。そこからわれらはすぐに引き返す」。

白状すると、長老《シャイフ》の言葉に、頭をがんと殴られた思いでした。

「何ということだ！」私は心の中で言いました。「ロックとニュートンの後を追って、人類の知性の限界にまでたどり着いたはずだったのに。ロックの原則をニュートンの計算で支え、形而上学の深淵に確かな歩みを刻んだはずだったのに。その結果はどうだろう？　頭がおかしいと思われ、もはやまともな人間とは呼べぬ、愚かな存在と見なされているのだ。かつて栄光を夢見た微分学だの積分学だのは滅びてしまえ！」

このように言うと、覚書帳を取り出し、ビリビリに破いてしまいました。そしてさらに嘆きをこう続けたのです。

「ああ、父上！　僕にサラバンドや、その後考え出された無作法一般を学ばせたのは、全くもって正しいことでした」。

それから無意識のうちに、私はサラバンドのステップを練習し始めました。まさに父が自分の不幸を思い出したときにしたのと同じ振る舞いでした。

先ほどまで熱心に何かを覚書帳に書きつけていたのに、今度はそれを破り捨て、果ては踊り出したのを見て、アラブ人たちは、敬虔な思いを込めて次のように言いました。

「ハムデュラ、アッラー・ケリム！　神は偉大なり、神を礼賛せよ！」

それから彼らはやさしく両脇を抱えて、一番近いスペインの詰所に連れていってくれたのです。

ここまで語ったベラスケスは、悲しんでいるか、あるいは放心してしまったかのようだった。話の糸口を見つけ出すのに苦労しているのを見て、私たちはつづきは翌日にしてもらえないかと頼んだ。

第四十八日

皆はいつもの時間に集まった。私たちはベラスケスにつづきを話してほしいと頼んだ。彼は次のように語った。

ベラスケスの物語のつづき

これまでお話ししたのは、宇宙を支配する秩序について考えをめぐらせた私が、どのように未知なる数学の応用法を発見したと思い込んだかということでした。それから、叔母のアントニアが無遠慮で場違いな言葉を吐いたのをきっかけに、ばらばらだった考えがひとつにまとまり、体系として完成した顚末をお話ししました。最後に、頭がおかしい人間と思われていると知り、この上ない高揚から、落胆の淵に落ち込んだ次第もお話ししました。白状いたしましょう。この意気消沈した状態は、長く苦しいものでした。眼を上げて、誰かを見る気にもなりません。皆が結束して、私を仲間はずれにし、悪口を言っているように思えたのです。かつては大きな喜びを与えてくれた書物も、堪え難い嫌悪感をもたらすようになりました。そこに書かれた内容は、愚にも付かぬ戯言の寄せ集めにしか思えませんでした。もう石盤を手にすることもなく、計算もしなくなりました。脳が弛緩し、思考は停止してしまいました。

父は私が意気消沈しているのに気づくと、わけを話すようにと言いました。私は長い間、黙っていました。とうとう父にアラブ人の長老《シャイフ》から言われた言葉を伝え、正気を失った人間と見なされる苦しみについて語りました。

父はがくりと頭をたれ、目は涙でいっぱいになりました。長い時間押し黙った後に、同情のこもった眼差しを向け、こう言いました。

「息子よ、それではおまえは、頭のおかしな人間と見なされているのだな。私は三年の間、実際に頭がおかしくなってしまった。おまえがぼんやりしていることや、私がブランカを愛したことが、われらの苦しみのそもそもの原因ではない。われらの不幸はもっと遠方に由来するのだ。自然の力は限りなく豊かかつ多様なので、どんなに揺るぎない規則であろうと破られることがある。自然は、個人的な損得を人間のあらゆる行動の原動力とした。だが無数の人間の間に、自然はまた、奇妙な性格を持った者を作り出した。こうした人間は、愛着の対象を自分の外に据えているので、自己愛というものをほとんど感じない。学問に熱中する者もいれば、公益に熱を上げる者もいる。他人が行なった発見を、わがことのように喜び、国家のための諸制度を、自分たちに恩恵を与えてくれる何物かのようにありがたがる。自分自身の利益は決して考えない習慣のせいで、彼らの運命そのものが左右される。他人を利用するなど決してできない。たとえ幸運が向こうから近づいてきても、捕らえようなどとは思いも寄らない。

たいていの人間にあっては、自我は決して働きを止めない。他人が与えてくれる忠告、手助け、友誼、友情には彼らの自己愛が隠されている。自分の利益となれば、どんなに離れたものにでも夢中になるが、それ以外にはまるで無関心でいる。たまたま自分の利益に無頓着な人間に出くわしたりすると、それを理解できず、何か隠し事をしているのではないか、うわべを取り繕っているのではないか、あるいは頭がおかしいのではないかと推測する。ゆえにそうした人間は仲間はずれにされ、悪口を言われ、アフリカの岩山へと遠ざけられるのだ。

息子よ、われらはふたりして、この追放された種族に属しているのだ。だがわれらにもわれらなりの楽しみがあるので、それを教えてやろう。私はあらゆる手立てを尽くして、おまえを自惚れ屋、愚か者に仕立て上げようとした。だがその努力は天の意向に反していた。こうしておまえは、感じやすい魂と良識ある精神とを備えた人間となったのだ。それゆえ、われらにもわれらなりの楽しみがあることをおまえに教えてやらねばならぬ。それらは人知れず、孤独なものだが、甘美で、混じりけのないものでもある。

まったく、あのときの喜びといったら！　私が匿名で書いた論文をドン・アイザック・ニュートン殿が評価してくれて、著者を知りたいと言っているという話だった。私は名乗り出なかった。だがさらに努力を傾け、新たな思索を行なうことで、自分の知性を拡充させていった。私の頭はそうした思索でいっぱいになり、はち切れそうになった。そこで家を出て、セウタの岩山に思索の内容を打ち明けにいき、それを自然に託し、貢ぎ物として創造主に捧げたのだ。苦しかった頃の思い出がよみがえり、高ぶった気持ちにため息と涙が混じったが、同時にそこには喜びもあった。おかげで思い出したのだ、身のまわりに、私が癒せる不幸があることを。自分が、神のご意思、創造の業《わざ》、人類の叡智の一部であるように思えた。自分の精神、人格、運命は、個人としてではなく、何か大きな集団に属しているかのように立ち現れたのだ。

激情の時代はこのようにして過ぎ、私は本来の自分を取り戻した。おまえの母が行き届いた優しい気遣いを見せることで、日に百回も気づかせてくれたのだ。私が、この私がだぞ、おまえの母が愛情を向けるただひとりの人間であるのだと。内向きだった私の魂は、自分に寄せられる感謝と、愛情に開かれていった。おまえが子供だった頃はいろいろと世話を焼かされたが、そのおかげで、私は優しい感情を抱くのにも慣れていった。

今ではおまえの母は私の心の中にしか生きていない。私の頭は歳のせいで弱ってしまい、豊かな人類の知性に何かをつけ加えることはもはやかなわぬ。だが私は、その宝のような知性が日々充実していくのを見てうれしく思うのだ。それが拡大していく様を追うのは、実に楽しい。そこに見出す興味のおかげで体が不自由なのも忘れられる。退屈はまだ私の生活に入り込んではいない。

息子よ、これで分かったろう。われらにもまたわれらなりの楽しみがあることを。もしおまえが、私が常々望んでいたように、愚か者になっていたならば、人生の苦労を逃れられなかっただろう。アルバールがここに来たとき、弟の消息を伝えてくれたが、その話を聞いて私は羨ましいというよりもむしろ哀れみを覚えた。「公爵は」とアルバールは言った。「宮廷というものを熟知しておられ、陰謀があってもやすやすと見抜いておしまいになられます。ただ野心の声に従って立身出世をもくろまれると、あまりにも高く飛びすぎたとすぐに後悔されるのです。あるときは大使に就任され、国王陛下の代理として、できうる限りの威厳を示されました。でも厄介事が生じると即座に召還されてしまいました。ご存知の通り、公爵は入閣もされました。慣例にしたがって、欠員の出た大臣職に就かれたのですが、一級補佐官がどんなに負担を軽くしてくれても、それを上回る怠慢ぶりで、結局辞任するほかなかったのです。今や公爵を信用する人はひとりもおりません。それでも些細な口実を見つけて国王陛下に近づいては、その寵を得ているように見せかける術には長けています。ただ死ぬほど退屈されており、無聊から逃れようと何かをしても、結局は、自分を押しつぶす怪物の重くのしかかる手の下に落ちてしまうのです。自分自身のことを絶えず考えて、多少とも退屈をまぎらわせてはいるのですが、行き過ぎた自己愛のせいで、少しでも気にくわない事柄があると心が掻き乱され、生きているのすら苦痛となるのです。最近は頻繁に病に冒され、これほど用心してきた自分の身もいつの日か消えて無くなるのだと気づかれました。そう考えると、どんな楽しみも台無しになってしまうのです」。

おおよそ以上がアルバールの語ったことだ。話を聞いて、私から奪った財産や名誉に囲まれる弟よりも、人知れずここにいる自分の方がもしかしたら幸せだったのかもしれぬと思った。息子よ、セウタの住民には、おまえは少し頭のおかしい人間と映った。

それは彼らが単純な人間だからだ。だがいつの日か社交界に出ていけば、おまえは必ずや不当な仕打ちを受ける。身を守らねばならないのは、まさにそうした不当さに対してなのだ。最良の方法はおそらく、侮辱には侮辱で返し、中傷には中傷で応え、不正義には不正義という武器で闘うことだろう。だが恥辱を物ともせぬこうした振る舞いは、われらのような人間にはふさわしくない。であるから、もし誰かから嫌がらせを受けたら、自ら身を引くのだ。自分のうちに閉じこもり、心を本来の養分で養うのだ。そうすれば幸せになれるだろう」。

父の言葉に深い感銘を受けました。私は心を奮い立たせ、体系を仕上げる作業を再開しました。同時にまた、このときから私は実にぼんやりとした人間になってしまったのです。誰かに話しかけられてもほとんど耳に入らず、最後のいくつかの言葉が記憶に刻まれるだけです。その言葉に対して、話しかけられてから一時間も二時間も経った後に答えるのです。また時には、どこに行くのか分からぬまま歩いていることなどもありました。盲人のように道案内が必要だったかもしれません。ただぼんやりとした状態が続いたのは、私の体系にある程度のまとまりがつくまでのことで、今ではほとんど普通に戻りました。

「私には」レベッカが言った。「あなたはまだときどきぼんやりされているように思えましたが、ご自身が普通に戻ったとおっしゃるのですから、おめでとう、とどうか言わせてください」。

「ありがとうございます」ベラスケスは言った。「ただ体系が完成する間際に、ある思いがけない出来事が起こり、私の運命はすっかり変わってしまったのです。今後は難しくなってしまうでしょうね。体系の構築が、とまでは言いませんが、たぶんもう、十時間から十二時間ぶっ通しで計算することなどできなくなってしまうでしょう。要するに、皆さん、天の思し召しで私はベラスケス公爵となり、大貴族《グランデ》として、巨額の財産を相続するのです」。

「何ですって! 公爵さま」レベッカは言った。「それをまるでお話の添え物のようにおっしゃるのね。他の人ならきっとそこから話し始めたでしょうに」。

「確かに」ベラスケスは言った。「こうした係数は個人の価値を増大させるものですね。でも私は、ことの起こった順番通りに語るべきだと思ったのです。ですからあとお話しするのは、次のような事柄になります」。

今からおよそ四週間ほど前、ディエゴ・アルバール、あのアルバールの息子ですが、その彼がセウタにやってきて、父にベラスケス公爵夫人からの手紙を渡したのです。手紙には次のように書かれていました。

ドン・エンリケさま

神がまもなくあなたの弟、ベラスケス公爵を自らのもとへお召しになるでしょう。私たち一族の世襲財産に関する独自な取り決めにより、あなたは弟の相続人にはなりえず、大貴族《グランデ》の称号はご子息に渡ることになります。私の軽率な行ないのせいであなたが失った財産をご子息にお返しすることで、四十年の改悛を終えられるのをうれしく思います。お返しできないのは、ご自分の才能によってあなたが獲得されたであろう栄光です。しかし私たちはふたりとも、永遠の栄光の門のそばまで来ております。この世の栄華など、もはや意味がありません。最後に今一度、罪深いブランカをお許しください。そして神のご加護によってあなたに恵まれたご子息を、どうか私たちのもとへとお送りください。二ヶ月来、私は公爵を看病しております。彼は、自分の相続人に会いたいと望んでおります。

ブランカ・デ・ベラスケス

この手紙によってセウタ全体が喜びに包まれました。それほど皆は私の幸福を望んでくれていたのです。ただ私はこの歓喜に加わる気になれませんでした。セウタは私にとって全世界だったのです。外に出たのは、抽象的な問題を夢中で考えていたときだけでした。城壁の向こう側、ムーア人が住む広大な地方に目を向けても、風景画か何かを見ているようでした。歩くことのできない、目を楽しませるためだけの平野に思えたのです。そもそも、セウタの外で何ができるでしょう? この町のどの壁にも、私が炭で落書きした方程式が残っています。どの休憩所に行っても、以前そこで考えに耽り、得られた答えに満足したという思い出がよみがえります。ときには、叔母のアントニアと小間使いマリカに悩まされもしました。でもその後で落ち込んだあのうつろな状態と比べたら、彼女たちのちょっとした妨害など何でもありません。長時間瞑想しなければ計算はできませんし、計算ができなければ、幸せはありません。私はそのように考えていたのです。でも結局は出発しなければなりませんでした。

父は海岸まで見送ってくれました。祝福のため私の頭上で両手を組み合わせると、こう言いました。

「息子よ、おまえはこれからブランカに会う。彼女はもはや、おまえの父に栄光と幸せをもたらすはずだったあの目もくらむばかりの美しさを保ってはいない。おまえが目にするのは、歳月が蝕み、改悛で醜くなった顔立ちだ。だがなぜ彼女はこれほど長い間、自分の父がすでに許している罪を嘆いたのだろう？　私はと言えば、彼女を恨んだことなど一度たりともない。確かに栄光ある役職に就いて国王陛下に仕えることはかなわなかったが、四十年の間、セウタの岩山で、善良な人々の役に立ってきた。彼らはブランカに感謝せねばならぬ。彼らは皆、彼女の美徳を聞き及び、彼女を祝福しているのだ！」

父はそれ以上言葉を続けられませんでした。嗚咽で胸が詰まってしまったのです。セウタの住人たちは皆、私の旅立ちに集まってくれていました。彼らの目にあるのは、別れの悲しみと、私の運勢が変わったことへの喜びでした。

私は出帆し、翌日アルヘシラスの港に入りました。そこからコルドバへ向かい、アンドゥハルで一泊しました。アンドゥハルの旅籠の主人は、よく分からない幽霊の話をしてくれましたが、私は一言も聞いていませんでした。旅籠で一夜を過ごし、翌朝かなり早く出発しました。従僕がふたり同行し、ひとりは私の前を、もうひとりは後ろを歩きました。マドリードでは仕事をする暇はないだろうと思い、覚書帳を取り出すと、体系の中でまだきちんと証明されていない計算をいくつか始めました。私の乗ったラバの規則正しいゆっくりとした歩みは、この種の作業に好都合でした。このようにしてどのくらいの時間が過ぎたかは分かりません。突然乗っていたラバが止まりました。見ると、ふたりの絞首刑者が吊るされた絞首台の下にいます。顔はゆがんでいるようで、恐ろしくなりました。あたりを見回しても、従僕たちの姿はありません。大声で呼びましたが、戻ってきません。結局、目の前の道を進むことにしました。日が落ちると、一軒の旅籠に着きました。広壮で造りはしっかりしているものの、打ち捨てられ、人の気配はありません。

ラバを厩舎に連れていき、部屋に入りました。そこに誰かの夕食の残りがありました。ヤマウズラのパテ、パン、アリカンテ産のワイン一瓶です。アンドゥハルを発ってから、何も口にしておらず、腹ぺこだったので、パテに手をつけても構わないだろうと思いました。そもそも持ち主がいないのです。また喉もからからでした。あまりに急いで飲んだからでしょう、アリカンテのワインが頭にかっと上りましたが、気づいた時にはすでに手遅れでした。

部屋にはそれなりに清潔な寝台がありました。服を脱ぐと、横になり、眠りこみました。ただその後、理由は分かりませんが、はっと目が覚めました。真夜中を告げる鐘の音が聞こえます。近くに修道院でもあるのでしょう、翌日行ってみようと思いました。

しばらくすると中庭で物音が聞こえます。従僕たちが到着したのだろうと思いました。でも何とも驚いたことに、叔母のアントニアが小間使いのマリカとともに入ってきたのです！　マリカは二本のろうそくの入ったランタンを掲げており、叔母は一冊の手帳を手にしていました。

「かわいい甥御さん」叔母は私に言いました。「お父さまがこの手帳を渡すようにと、遣わされたのです。とても重要なものだそうです」。

私は手帳を受け取ると、表紙に「円積問題の証明[62]」と書かれているのを目にしました。父がこのような無益な問題に取り組んだためしなどないのを知っておりました。手帳を開いてみます。問題はごく一般的なやり方で考察されており、あらゆる曲線族[63]

に関して検討されていました。その式は $y^m = 2ax - x^m$ となります。いかにも父が使いそうな解法で、円積問題自体は証明されていないものの、手帳には多くの巧みで新しい近似法が書かれていると思いました(64)。ただしいろいろと形を変えてはいても、結局、問題はデイノストラトスの平面曲線(65)であるように思えました。

叔母は、旅籠にひとつしかない寝台を私が使っているのだから、自分にも半分、場所を空けてほしいと言います。私は、手帳の内容に心を奪われていたので、その言葉は耳に入りませんでした。機械的に叔母に場所を空けると、マリカは私の足下で横になり、私の膝を枕にしました。

もう一度、証明をやり直してみました。最初見つけたと思った間違いがどこにあったのか分からなくなってしまいました。でもあったのは確かなのです。三ページ目をめくってみます。一連の証明済みの定理は極めて巧みだと思いました。それらを使えばあらゆる曲線を正方形に変え、その周囲の長さを算出できるのです。結局、等時線(66)の問題は、初歩の幾何学の法則で解決できるのです。私はうれしいやら、驚くやら、またアリカンテ産のワインで陶然としていたせいもあり、こう叫びました。

「ああ、父上はとてつもない発見をやってのけられたぞ!」

「よかったわ！」叔母が言いました。「では、はるばる海を越えて、この数字のなぐり書きを持ってきたお礼にキスしてくださいな」。

私は叔母にキスをしました。

「私もまた」とマリカが言いました。「海を渡ってきましたわ」

マリカにもキスをしなければなりませんでした。

また問題に取り組もうとしましたが、同衾のふたりが両腕でぎゅっと抱きしめてくるので、どうしても身を放すことができません。でももう身を放そうなどと考えていなかったのです。というのも、自分の体内に計測不能な感情が沸き起こるのを感じたのです。体のあらゆる表面、とりわけふたりの女性に触れている箇所で、新たな感覚が生まれます。それは接触曲線(ある点で接する二本の曲線)のいくつかの特性を思い起こさせました。

私は自分が何を感じているのか突き止めようと思いました。でも頭はもはやいかなる思考の糸をも追えません。とうとう私の感覚は無限上昇級数へと展開し、その後に続いたのは、眠りと、たいそう不快な目覚めでした。先ほど、ふたりの絞首刑者が顔をしかめていたあの絞首台の下で目が覚めたのです。

幸いなことに手帳が手元にあったので、計算を再開しました。その間に、どなたかが輿に乗せてくださり、ラバに乗った修道士の方がずっと聖水をかけてくれました。私は修道士に好きなようにさせ、覚書帳と鉛筆を手にすると、積分と称される問題に再び取り組みましたが、そこには反理(故意ではない過ち)が溢れていました。数字の書き方は確かに父のものでしたが、手帳の内容を記したのは絶対に父ではないと思いました。

以上が私の生涯の物語です。関心を持っていただけたかどうかは分かりません。ただこちらの美しいご婦人は別で、この方は、女性にはまれに見る精密科学に対するセンスを持っておられるようです。

「公爵さま」レベッカは答えた。「あなたの体系についてお話しくださるか、少なくともそれを完成するために何を出発点とされたのかを教えてくださらなければ、物語は完全とは言えませんわ」。

「お嬢さん」ベラスケスは言った。「体系という言葉を使ったのは言い過ぎだったかもしれません。この言葉が意味するのは、確実な概念の総体なのですから。私はまだそのような概念を抱くには至っておりません。私たちは盲《めしい》なのです。何か里程標に触れれば、どこかの道の終点にいると分かります。だからと言って、町の全体図を聞かれても困るのです。ただお望みとあれば、私の考えのいくつかをご紹介いたしましょう。

目に見えるあらゆるもの、眼前に広がる広大な地平線、私たちの感覚が感じ取るあらゆる自然界の事物、これらは全て無機物と有機物とに二分できます。両者を隔てるのは器官の有無ですが、元素のレベルでは全く同一です。ですからお嬢さん、あなたの身体を構成する元素は、私たちが座るこの岩の中にも、またその岩を覆う草の中にも見つけられるでしょう。実際、あなたの骨にはカルシウムが含まれているし、肉にはケイ質土が、胆汁にはアルカリが、血液には鉄分が、涙には塩分が含まれているのです。脂肪分は、可燃物質と大気元素の化合物です。反射炉に入れれば、あなたをガラスの小瓶にしてしまうこともできるし、そこに金属質の石灰を加えれば、あなたからとても素敵な望遠鏡の対物レンズを作り出すこともできるのです」。

「公爵さま」レベッカは言った。「素敵な喩えですわね。でもどうかお続けになって」。

公爵は、知らぬ間に、美しいユダヤ人女性に何かお世辞めいたことを言ったのだと思った。彼は優雅に帽子を取ると、次のように話を続けた。

「無機物の元素には、有機化とまでは言わぬものの、少なくとも化合へと自発的に向かう傾向がうかがえます。元素は結合し、分離し、また別の元素と結合します。何らかの形態を取ることもあります。そこから考えられるのは、元素の有機化は可能だが、元素が自ら有機化することはないという事実です。胚となるものがない限り、元素はこの別種の化合状態、その行き着くところは生命ですが、そこに移行することはできません。

動物磁気(67)と同じく、生命はその働きによってしか知覚されません。生命の第一の働きは、有機体の中での内部発酵を抑制することです。それは腐敗と呼ばれ、器官を持つ肉体から生命が失われると、直ちにその内部で始まります。ですから古代の哲学者のひとりはあえて、生命とは塩であると言ったのです。

生命は、たとえば卵のように液体中に長く潜伏できます。あるいは種子のように、固体中に潜伏することもできます。状況が好転すると、それは芽吹くのです。

生命は全身にみなぎります。血液のような流体の中にも生命は存在しますが、血液は血管の外に出ると腐敗してしまいます。

生命は胃壁の中にもあり、胃の中に入るあらゆる無生物を溶解する胃酸から胃壁を守ってくれます。

生命は、肉体から切り離された四肢にも、一定の時間、留まっています。最後に、生命には繁殖という特性があります。生殖の神秘と呼ばれるもので、自然界の万物と同様、不可思議極まりません。

有機体はふたつの大きなグループに分けられます。ひとつは燃焼させると不揮発性のアルカリが得られるもの、もうひとつは揮発性のアルカリを多く含んでいるものです。植物が前者、動物が後者となります。

動物の中には、生き残るための工夫によって、植物のはるか下位に位置しているように見えるものもあります。海に浮いている生きた粘液体や、雌羊の脳に寄生する水泡体がそれに当たります。

また高度な組織形態を持つ動物もいます。ただし、意思と呼ばれるものをそこに明確に認めることはできません。それゆえサンゴが、餌とするプランクトンを捕食するために触手を広げるとき、この動作は体組織の反応と見なせるのです。ちょうど、花が夜になると閉じ、昼間は光の方向を向くのと同様です。

ポリプ（管状の体を持ち触手で餌を取る腔腸動物）が腕を広げ、触手を開くときに見せる意思めいたものは、新生児の意思と比べても差し支えありません。新生児はまだ思考は行ないませんが、願望を持っています。新生児においては、意思は思考に先立ちます。それは欲求や苦痛の直接的な結果なのです。

確かに、長いこと窮屈な体勢に置かれた手足は伸びたいと願って、私たちにそうした願望を抱かせます。胃もまた意思を持っているように見えますが、それが私たち自身の意思とは正反対となる事例もよく見られます。好きな食べ物を前にすると、唾液腺は膨張します。口蓋もまた同様です。理性がそれを抑えつけるのは、時としてたいそう難しくなります。

ひとりの男が長い間何も食べず、何も飲まず、体を縮こまらせたまま、禁欲生活を続けたと想像してみましょう。そうすると、男の体のいくつかの部分は、同時に異なる事柄を欲求させるでしょう。

生理的欲求から直接的に生じるこうした意思は、成体のポリプにも、新生児にも等しく見出されます。それはより高次の意思の最初の現れで、体組織が完成していくに応じて発達するものなのです。

新生児における意思は、思考に先立ちますが、思考にもまたいくつかの要素があります。

深遠な思想を持つある古代の哲学者は、形而上学的考察においてたどるべき真の道筋を示してくれました。この哲学者の発見に何か新たな事柄をつけ加えたなどと考える人たちも、私に言わせれば、そこから一歩たりとも前進していません。アリストテレスに先立つはるか以前から、イデアという言葉は、ギリシア人の間では「像」を意味していました。そこからまた、「偶像」という語も派生しています。アリストテレスは自分の考えをひとつひとつ検討した結果、あらゆるイデアはひとつの像、つまり感覚に対して与えられた印象に由来していることを突き止めました。そこから導かれるのは、どんなに発明の才に富んだ人であっても、何かを生み出すのは不可能だという事実です。神話学者は、男性の上半身と馬の胴体、女性の上半身と魚の尻尾を組み合わせます。キュクロープス（ギリシア神話に登場する片目の巨人）からは片目を取り去り、ブリアレオース（ギリシア神話に登場する、百本の手と五十個の頭を持つ巨人）には無数の手をつけ加えます。でもそれで何かを発明したことにはならないのです。発明というのは人間の能力を超えたものだからです。アリストテレス以来認められているのは、感覚の中にすでにあったもの以外、思考には何も存在しないということです(68)。

でも今日では、さらに深遠な思想を持つと自負する哲学者たちが現れ、次のように言っています。「確かに、感覚の仲介がなければ、魂が能力を発達させることができないのは認めよう。だがひとたび能力が発達すれば、魂は、感覚に含まれていなかった事物を知覚するようになる。例えば、宇宙、永遠、数学的真実といったものを」(69)。

正直に言うと、こうした新しい考え方を私はよしとしません。抽象化とは、単なる引き算に過ぎないように見えます。抽象化するためには、何かを除かねばなりません。頭の中で、部屋にあるものを空気にいたるまですべて取り除けば、そこに純粋空間が得られます。ある持続した時間から、始まりと終わりを除けば、永遠が得られます。頭の中で、ある知性を持った存在から肉体を取り除けば、天使とは何かが分かります。線から太さを取り除き、ただ長さと、長さによって描かれる平面上の図形のみを考慮すれば、エウクレイデスの原論(古代ギリシア数学を確立した書物、ユークリッド原論)にたどり着きます。人から片目を取り去り、身長を大きくすれば、キュクロープスが得られます。すべては感覚が受け取る像なのです。新たな学説を立てる学者たちが、引き算に還元できない抽象化の例をひとつでも示してくれるならば、私はその方の弟子となりましょう。そのような事態が起こるまで、私は老アリストテレスに忠実でありたいと思います。

イデア（像）という語は、視覚にもたらされる印象だけに関わるのではありません。音は私たちの耳を刺激し、聴覚とは何かを教えてくれます。レモンを噛めば歯にしみて、酸とは何かを教えてくれます。

私たちの感覚は、印象を引き起こす原因が無くとも、印象を受ける能力を備えていることに着目してみてください。レモンをかじってと言われたら、考えるだけで唾液が出て、歯がつーんとします。騒々しい音楽は、オーケストラが演奏を止めた後も長い間、耳に鳴り響きます。現在の生理学では、眠りや夢がどういうものなのかをまだ説明できません。でも夢に関して言えば、私たちの肉体器官は意思とは無関係に働くことがあり、その器官は、感覚に印象を受けた場合、言い換えれば、頭に思い浮かべた場合と同じ状態に置かれるのです。

そこからまた以下のような結論に至ります。つまり生理学がもう少し進歩するまでは、思考とは脳が受ける印象であると、真理認識（形而上学的な体系を指すアリストテレス哲学の用語）的に考えるべきなのです。それは、意識的であろうと無意識的であろうと、原因不在の場合に脳が感じる印象のことです。考えてもみてください。印象というのは、それを引き起こす原因について考えるだけでは、さほど強くはありません。ただ興奮すると、第一印象と変わらぬほど強烈になるのです。

ここまでの一連の定義と結論を追うのは、少し難しかったかもしれませんね。さあ今度は、問題について新たな見方を示してくれる考察をいくつか行なってみましょう。

動物には、体の組成が人間に近いものがいますが、そうした動物はすべて、脳と呼ばれる臓器を持っているようです。その反対に、体の組成が植物に近い動物には、この器官は認められません。

植物もまた生きており、そのうちのいくつかは動きます。反対に海の生き物の中には、植物と同様、移動、つまり場所を変えるための運動を全く行なわないものがおります。また私が見た別の海の動物は、動き方が私たちの肺のように常に一定で、意思によるとはまるで見えないものがありました。

体の組成がより高度な動物は、願望を持ち、考えを抱きます。ただし抽象化ができるのは人間だけです。

ただすべての人間がこの能力を同じ程度に保有しているわけではありません。山間地に住む甲状腺疾患(かつてヨウ素を含む食品が不足していたヨーロッパの山間地で多く見られた疾患)の患者は、腺組織が弛緩するため、この能力が欠けております。また感覚がひとつかふたつ失われた場合、抽象化が非常に困難になります。聾啞者は抽象化されたものを理解するのに非常に苦労します。それでも、指自体が問題となっていない場合に、五本、あるいは十本の指を見せると、数の概念を理解します。人が祈り、ひれ伏す姿を見ると、目に見えない存在があるのを理解します。

盲人に対しては、事はもっと簡単です(70)。言語は、人間の知性にとって重要な道具であり、抽象化された内容でも、言葉はまるごと説明できるからです。そもそも盲人には気晴らしが不足しており、そのため物事の組み合わせに全く特異な才能を見せるのです。

しかし生まれつき目が見えず、耳も聞こえない子供を想定した場合、その子はいかなる抽象化をも行なえないとまず断言できます。その子は味覚、嗅覚、触覚に由来する物事は理解できるでしょう。それらを夢に見ることすらできるでしょう。悪戯をして罰を受ければ、おそらく同じことは繰り返さないでしょう。その子に記憶が欠けているわけではないからです。しかし悪という抽象観念については、いかなる巧みな技を用いたとしても、理解させられないと思われます。その子は決して良心というものを持たないでしょう。長所や欠点というものも意味をなさないでしょう。ですから、その子が殺人を犯したにしても、公正に罰することはできないでしょう。ここにふたつの人間の魂があります。いずれも神の息吹から生まれたものですが、互いに非常に異なっています。一体なぜでしょう？　片方には、視覚と聴覚が欠けているからです。

エスキモーやコイ・コイン(71)と、教養ある人間との間には、今の例と比べれば小さいものの、まだまだ非常に大きな隔たりがあります。その違いの原因は何でしょう？　それはもはや、ある感覚が欠けているからという問題ではありません。むしろどれぐらいの回数、思考を行なってきたか、どれぐらいの回数、物事を組み合わせてきたかによるのです。旅行者の目で世界の土地を見た人、歴史上のあらゆる出来事を学んだ人というのは実際、頭に無限のイメージを持っています。農民にはそのようなものはありません。こうした人が、考えを組み合わせたり、突きあわせたり、比較したりすれば、知識と知性を持つにいたるのです。

ニュートンには、常に考えを組み合わせるという習慣がありました。そして彼が収集した無数の考えの中に、たまたま地面に落ちるリンゴと、軌道をめぐる月の結びつきがあったのです。

そこから以下のような結論にいたります。つまり、知能の違いとは、獲得されたイメージの量と、そのイメージを組み合わせる巧みさにあるのです。こう言ってよければ、そうしたイメージの数と組み合わせの複比[72]となっているのです。ここでもう少し注意して聞いていただけますか？

体の組織が単純な動物には、おそらく意思も思考もありません。その動作はオジギソウと同じく無意識的なものです。それでも、ポリプは小虫を捕食しようと触手を伸ばします。あちらよりもこちらの小虫を好んで飲み込むことがあり、そこからポリプは、美味しい、あまり美味しくない、不味いという考えを持つと想定できます。そしてポリプが不味い小虫を吐き出す能力を持つのであれば、ポリプにも意思があると考えて差しつかえないでしょう。最初の意思とは、食欲という生理的欲求であり、それがポリプに八本の触手を伸ばさせるのです。ポリプが飲み込んだ小虫は、ポリプにふたつないし三つの考えをもたらします。ある小虫を吐き出し、別の小虫を飲み込むというのは選択の意思であり、ひとつないし複数の考えに由来するものなのです。

こうした考えを新生児に応用すれば、その最初の意思は生理的欲求に直結すると分かります。子供が自分の口を乳母の乳房にあてがおうとするのと同じ欲求です。ひとたび乳母の乳を味わうと、新生児にはひとつの考えが芽生えます。それは外部から自分の感覚にもたらされた、ひとつのはっきりした印象となるのです。

同じように新生児はふたつ目の観念を獲得し、三つ目、四つ目、と身につけていきます。観念はそれゆえ、ある意味、番号を振れるものなのです。私たちはすでに、観念は組み合わせ可能であると確認しました。ですから、観念には、組み合わせ計算とは言わずとも、少なくとも演算の法則を当てはめることができます。私が組み合わせと呼ぶのは、集合のことで、順列ではありません(73)。したがってＡＢというのは、ＢＡと同じ組み合わせになります(74)。

それゆえ、ふたつの記号は、一通りにしか組み合わされません（ＡＢ）。

三つの記号からふたつを選ぶとなると、三通りに組み合わされます（ＡＢ、ＡＣ、ＢＣ）。そしてこれら三つをひとまとめにすると、全部で四通りとなります（ＡＢ、ＡＣ、ＢＣ、ＡＢＣ）。

四つの記号からふたつを選ぶとなると、六通りの組み合わせが生まれます（ＡＢ、ＡＣ、ＡＤ、ＢＣ、ＢＤ、ＣＤ）。四つの記号から三つを選ぶと、組み合わせは四通りになります（ＡＢＣ、ＡＢＤ、ＡＣＤ、ＢＣＤ）。四つをまとめるとひとつとなり、合計で十一通りになります（ＡＢ、ＡＣ、ＡＤ、ＢＣ、ＢＤ、ＣＤ、ＡＢＣ、ＡＢＤ、ＡＣＤ、ＢＣＤ、ＡＢＣＤ）。

五つの記号の組み合わせは、全部で十六通りになります。

六つの記号……………………五十七通り
七つの記号……………………百二十一通り
八つの記号……………………二百三十六通り
九つの記号……………………四百九十五通り
十の記号………………………千十三通り
十一の記号……………………二千三十五通り(75)」。

第四十九日

皆はいつもの時間に集まり、レベッカはベラスケスに声をかけてこう言った。

「公爵さま、昨日、天地創造の話をしてくださるというお約束でしたわね。(76) そのお話でも、やはり創造には六日かかるのかしら?」

「そうです、お嬢さん」ベラスケスは答えた。「創世紀の第一章は、真理の霊感を受けて書かれたのだと思います。ただあのヘブライ人の立法者モーセが、自分の用いる表現の持つ力のすべてを実際に感じていたかは分かりません。霊感を受けるというのは、学んだり、考えたりするのとはまるで異なるのです。モーセは「日」という言葉を使っていますが、太陽が創造されるのはようやく四日目のことです。それまでの日というのは、私たちが考えているものとは違う性質なのです。闇から光へと移り変わる、何がしかの期間なのです。聖書は言っています。「ヴァイヒ　エレブ　ヴァイヒバカラ――イオウム　アチェド」と(77)」。

「ヘブライ語をご存知なのね」レベッカは言った。「驚いてしまうわ。記憶力を使う学問は、なかなか精密科学と同時には学べないと思っていたのに」。

「そんなに困難だとは気づきませんでした」ベラスケスは言った。「私は歴史も死語も、数や次元を学ぶのと同時に習得したのです。でも確かに、記憶しておかねばならない概念はすべてあらかじめ、注意深く並べておくようにしました。いわば体系的記憶というものを作り上げ、それぞれの根本概念にあらゆる派生概念を伴わせたのです。人に何かを聞かれれば、そこから小冊子のように考えを引き出せるでしょう。ただどの冊子を選ぶべきか迷ってしまい、そのためときどき私はぼんやりしているように思われるのです。でも大多数の会話において、人はあまりにも軽々とひとつの話題から別の話題に移ってしまうと認めねばなりません。まるで以前目にした、全速力で駆けさせている馬から馬へと飛び移る現代のヌミディア人（北アフリカに住むベルベル系の半遊牧民）のようです。チェスをするのに手紙を使った人がいると聞いたことがあります。一手進めるのに、郵便配達が来る日を待つのです。それこそ会話のあり方というべきものです。聞かれた事柄にその日のうちに答えるのでは、正しいことは言えないと思います」。

「そのようにおっしゃるのであれば」レベッカは言った。「お話を途中でさえぎってはいけませんね。以後注意いたしましょう。[78]ですからどうか早く、ベレシート　ブルエロヒム　ハ　シャマイム　ヴェ　ハ　ウレトの説明をしてくださらないかしら」。

「何ですと！」ベラスケスは言った。「ヘブライ語をご存知なのですか。驚きですね。でも私の驚きを述べるのはまた別の機会に譲るとして、ご所望の証明をしてみましょう。創世記の最初の言葉から始めますよ[79]」。

ベラスケスの体系

「はじめにエロヒム（ヤハウエ）は天と地とを創造された。地は形なく、混じりあっていた。シャンシェクが淵のおもてにあり、エロヒムの息吹が水のおもてを揺り動かしていた。」

ヘブライ語の「ランシェク」[80]（ママ）をそのまま残して訳したことにご注意ください。本来、「闇」を意味するのですが、フェニキア人の書物を通してギリシア神話に入り、「混沌」を指すようになりました。ちょうど「夕べ」「夜の始まり」を意味する「エイレブ」が、「エレブ」に変わったのと同じです。

「地は形なく、混じりあっており、水に覆われていた」とありますが、確かに「混沌」をこれ以上正確に言い表すことはできないでしょう。何しろ実際、天体が球形をしているのは、元々それらが流体であったことを示しているのです。流体は引力の法則にゆだねられると、球形を取ります。葉の先にくっついている水滴を見れば分かりますし、水銀の粒が、この半金属（水銀は実は金属）と親和性を持たない何らかの物質の上に広がるときに、丸くなることからもそれは窺えます。金属は、坩堝《るつぼ》の中で熱せられると丸まります。地球は球状をしています。それゆえかつては流体だったのです。また粘土は、土の中で最も高い溶解性を持ちますが、どろどろになるには、水分が五分の一含まれていなければなりません。それゆえ混沌には、粘土が二兆立方リュー（約四立方キロメートル）以上含まれており、ほぼすべてが石と結合しました。今でも、加熱すれば、粘土から石を分離させられます。いわゆる結晶水（物質の結晶の中に化合されて含まれている水）と呼ばれるものです。原始の土にほんのわずかでも水分を加えると流体になったというのはありうることです。ただそれはあまり重要ではありません。知るべきなのは、モーセが言うように、原初の地球は、さまざまなものが混じりあい、どろどろで、水に覆われた塊であったという事実なのです。さあ次は、水のおもてを覆っていたエロヒムの息吹とは何だったのかを見てみましょう。

ルー、つまり息吹ですが、これは魂や命をも意味します。たとえばマルタ島の住民のような、キリスト教徒のアラブ人は、煉獄にいる魂を救うための喜捨を乞うときに、「アッラ・ルーア、アッラ・ルーア」と言います。モーセは、エロヒムの息吹が水のおもてを揺り動かしていたと言っています。つまりそこにはすでに生命が広がっていたのです。

でも動物、あるいは植物の生命とはいったい何なのでしょう。それは、たとえば卵のような液体の中にも、種子のような固体の中にも宿ります。状況が改善するまで、芽吹くのを待っているのです。それは質量を計測できないあらゆる要素、たとえば熱や光についても同様です。

モーセは、生命がすでに混沌の中、とりわけ水のおもてに芽生えていたと言っています。おそらくこの段階では、生命体というのは、シロキクラゲ目の菌類や、糸状の緑藻類や、発光性の足糸（貝類が岩などに付着するために分泌する繊維）に過ぎなかったのでしょう。動物でも植物でもありませんが、生きていて、刺激に対して感応する力を持っているのです。でも、次の節にまいりましょう。

「エロヒムは言われた。「光あれ」。こうして光があった。エロヒムは光を見て良しとされ、闇から光を分けられた。エロヒムは光を「昼」と名づけられ、闇を「夜」と名づけられた。夕べがあり、朝があった。第一の日である。」

太陽がまだ存在していないのにご留意ください。創造された光というのは、一点から放射するものではなく、いくつかの彗星の周りに見られるようなぼやっとしたものだったのです。太陽が存在しないのであれば、時間の分割もまた存在しないことになります。だからこの第一日というのは、不確定な時間の広がりとしてしか考えられないのです。混沌が夜、創造された光が昼となります。第六節に移りましょう。

「エロヒムは言われた。「水の間に広がりあれ。水と水を分けよ」。エロヒムは広がりを造り、広がりの下の水と広がりの上の水を分けられた。そのようになった。エロヒムは広がりを「天」と呼ばれた。夕べがあり、朝があった。第二の日である。」

いま「広がり」と訳したルーキアという語ですが、ギリシア人の聖書解釈学者たちはそれをステレオーマ、つまり「天空」としておりました。その方が、空は固体であるという彼らの考えに合致したのです。でもルーキアには「広がり」という意味しかありません。金箔を作る職人は、天幕の下でまず金をルーキアに伸ばし、それを糸状に切っていくのです(81)。

ここで、一六三〇年にジャン・レイというフランス人の科学者が行なったいくつかの実験について一言触れておかねばなりません。これらの実験は、後に英国でロバート・ボイルとその弟子メーヨーによって再現されました(82)。私の父と私も、その実験に取り組み、以下のような事実を発見しました。つまり化学的方法を使えば、三種類の空気、いや空気状の流体が得られるのです。最も軽い空気は圧力をかければ水となります。中間の空気と重い空気が混じり合うと、呼吸可能な気体となるのですが、地球上の大気はそれで構成されています。

大気が形成される以前には、軽い空気が少しずつ中間の空気と混じり合って、絶え間なく降る雨となりました。そしてこの中間の空気が、重い空気と持続的に混じり合うと、大気となるのです。その特性は、電気を帯びると、雲になるのです。地球の大気はそれゆえルーキア、あるいは高い水と低い水の間に置かれた広がりなのです。

これらの空気の混合体は、圧力をかければ、短時間、たとえば一日二十四時間で形成されるのですが、時間の分割はまだ存在しないので、この一日もまた不確定な時間の広がりとなるでしょう。夕べと朝については、さまざまな方法で説明できます。おそらく、彗星の周りに見られるように、ぼやっと散在する光が片側から照射され、地球の自転速度は非常に緩やかなので、丸い地球の表面のあらゆる部分が次々にその光にさらされたのかもしれません。また地球がたどる巨大な軌道上にありながら、光は地球とはかけ離れた位置にあったのかもしれません。あるいは光そのものがその軌道を描いていたのかもしれません。可能性は山ほどあり、ひとつの説明に定められません。ですから第三日にまいりましょう。

「エロヒムは言われた。「天の下の水は一つ所に集まれ。大陸よ、現れよ」。そのようになった。エロヒムは大陸を「地」と呼び、水の集まった所を「海」と呼ばれた。エロヒムはこれを見て、良しとされた。」

創造主が海から大陸を分けるのに使った力は、北極の方に向く磁力でした。正確な実験が何度も重ねられ、あらゆる物質は少しく磁力に影響されていることが証明されました。鉄はすぐれて磁気を帯びた物質ですが、原始の粘土には大量の鉄分が含まれていました。粘土に含まれている黄土（酸化鉄を含む黄色い土、オーカー）を見ればそれが分かりますね。

原始の粘土は、それゆえ北極に引きつけられ、後には長い帯状の土地が残りました。それがホーン岬（南米大陸最南端）、トマシン（タスマニアか）、喜望峰となったのです。この時期の地球の自転速度は増しており、そのため諸大陸は赤道の方向に拡がりました。また自転によって、極地の土地は平坦になり、その一方で、地磁気極（磁軸が地表と交わる地点）のあたりでは粘土がこぶのように盛り上がり、韃靼《だったん》高原（モンゴル）となったのです。

こうした説明を続けずとも、同じ現象が月にも生じたのが容易にお分かりになるでしょう。名高いリッチョーリ(83)が最近、月の地図を出版しました。いつも持ち歩いているので、それを使って説明して差し上げましょう。

月では、地磁気極はティコのクレーター（月面南部にある巨大なクレーター）にあるようです。そこには大陸がいくつかの山とともに隆起しているのが見えます。山が生まれたのは、さまざまな土地の陥没によるもので、陥没した箇所は、湿りの海、雨の海、雲の海と呼ばれます。月にある隆起した土地は、これらの穴が開いたためにできたのだと、かなりはっきり分かっています。言ってみれば、月の粘土が、地磁気極の方へ隆起していった跡が辿れるのです。プルートーの陸地、ポセイドニオスの陸地、その他の陸地はおそらくそのまま残りましたが、これらの場所には石灰岩が多いのです。少なくとも、地球の南極海で起こったのはこうした現象でした。この地域の土壌は、サンゴの繁殖にたいへん適していて、サンゴだけでできた島がいくつも見られます。

南極では大洋が生まれましたが、一方で地中海は大陸の中央に形成されました。そもそもヨーロッパも、防波堤のような土地で仕切られた一連の海に過ぎませんでした。月において、静かの海が、ある種の防波堤によって、メネラオスの陸地やマニリウスの陸地から隔てられているのとほぼ同様です。

地球の内海の海面はみな同じ高さではありません。たとえば最も海面が高い海のひとつにアドリア海があります。ヴェローナでは高所に化石が見られますが、それらの化石に似る動植物はもはや生息していません。

ここでまた、地球と月の類似についてお話ししなければなりません。月には、海、あるいはくぼみがありますが、そこには、より明るい場所、つまりあまり深くえぐれていない場所があるのがお分かりかと思います。私の言葉をもっとよく理解していただくために、それらを「くぼ地」と呼びたいと思います。月では雨の海に、コペルニクスの丘に向かういくつものくぼ地があります。静かの海と豊かの海には、危難の海の方向にくぼ地があります。湿りの海にも、雲の海にもくぼ地があります。それは地球でも同様でした。昔のアドリア海の深くえぐれた部分が現在のアドリア海であり、くぼ地はロンバルディア地方となります。

新しいバルト海は、古いバルト海の深くえぐれた部分で、くぼ地は今のポーランドに当たります。この古いバルト海はかつて、シレジア山脈によって古いゲルマニア海から分かたれていました。より北側では、ユトランドまで続く川によって隔てられていたのです。

昔のゲルマニア海のくぼ地はドイツ全域となりますが、海の西側の境界は、ヴォージュ山脈、アルデンヌ山脈、英国の山稜、ヘブリディーズ諸島(スコットランド西岸に広がる島嶼部)となります。

囲いとなるこうした境界線は今でもそれと分かります。フランスでは全土で貝殻がたくさん見つかりますね。この地が大きく隆起したからです。フランスはかつて内海の一部でしたが、その海の境界となるのは、東はヴォージュ山脈とアルデンヌ山脈、北は英国の山稜、ヘブリディーズ諸島、フェロー諸島、グリーンランド、西はアメリカ大陸、パナマ山稜、ペルーを縦断するアンデス山脈でした。南にはかつて南極を支え、今では海に沈んだ大陸がありましたが、その名残がアフリカ大陸、カナリア諸島、マデイラ諸島(北大西洋にあるポルトガル領の島々)、スペインです。私は、こちらの海を西大西洋と呼んでいます。この海と狭い地峡で分かたれている、もうひとつの内海は東大西洋と呼びましょう。こちらの海のくぼ地は、サハラの大砂漠、アラビアとセンナール(現在のスーダン)の地です。えぐられた部分は、地中海、紅海、ペルシア湾となります。現在のアトラス山脈(アフリカ北西部に東西に伸びる山脈)はかつては島で、南側にくぼ地をいくつか持っていました。以上が、当時の地球のありさまです。

「そしてエロヒムは言われた。「地は種を持つ草と、それぞれの実と芽を地上に持つ果樹を芽生えさせよ」。そのようになった。地は、それぞれの種に応じた草を、それぞれの種に応じた実をつける木を芽生えさせた。エロヒムはこれを見て、良しとされた。夕べがあり、朝があった。第三の日である。」

先ほども見た通り、混沌のさなかにあって、大地にはすでに生命が芽生えておりました。すなわち足糸や、糸状の緑藻類、シロキクラゲ目の菌類、その他の生き物がいたのです。それらは動物でも植物でもありませんが、生きており、刺激に対して感応する力を持っていました。その死骸は、原始の粘土と同じ時期に、北半球へ運ばれます。死骸が何世代も蓄積して、植物性の土、つまり腐植土ができました。それがなければ、植物は存在できません。

まず重い空気が大量にあり、そこにほんの少量の中間の重さの空気が混じらない限り、植物はやはり存在できません。植物や木々が生きるためには、中間の重さの空気が必要なのです。

人間の手で植物を改良できることを考えれば、混沌にあったシロキクラゲ目の菌類が、まったく新たな環境に置かれて別形態を取り、それが恒常的になったというのも驚くには当たりません。生命というのはいくつかの法則に基づいて、繁殖していくからです。

それまでは光は散在していました。次の時期には、光は収束して、一点から放射するようになり、大気を温め、季節をめぐらせます。木々が今日見るような形を取るためには、これらの条件がすべて必要だったのです。本文に戻りましょう。

「エロヒムは言われた。「天の広がりにふたつの光るものがあって、昼と夜を分け、季節のしるし、日や年のしるしとなれ」。そのようになった。エロヒムはふたつの大きな光るものを造られた。大きな方に昼を治めさせ、小さな方に夜と星々を治めさせられた。

エロヒムはそれらを天の広がりに置いて、地を照らさせ、昼と夜を治めさせ、それらを分けられた。エロヒムはこれを見て、良しとされた。夕べがあり、朝があった。第四の日である。」

先にも見た通り、散在する光はとうの昔から存在していました。エロヒムは巨大な星をひとつ創造したのですが、それは二重の特性を持っていました。まずあらゆる天体の中心となること、それと同時にあらゆる光の粒子を自分に引きつける、こう言ってよければ、その粒子をまとうことです。ですから、太陽の見かけの直径と、固体の星である核部分の実際の直径とは区別しなければなりません。

正確な計算を積み重ねることで、見かけの太陽の密度は、実際の太陽の四分の一であると証明されました。つまり私の考えでは、この星の体積は、光輪に囲まれて見える部分の四分の一なのです。

見かけの太陽の体積は、地球の体積のほぼ百三十六万九千倍になるので、太陽の実際の体積は、地球の三十四万二千倍に過ぎません。それでもその直径は、地球の六十六倍になります。そこからまた、光輪を含めた大きさは、地球の百四万倍となります。(84)

月について言えば、後にこの衛星を構成する物質は、この時期に引力の法則に委ねられ、非常にゆっくりと集まり始めていました。月が完成したのは、ずっと後のことです。ギリシアのいくつかの民は、自らをプロ・セレーネー、つまり「月より前に存在する者」と呼んでいます。おそらく実際にそうなのでしょう。(85) 第五日に移ります。

「エロヒムは言われた。「水は生き物が跳ね回るのに沸き立て。鳥は地の上、天の広がりの下を飛べ」。エロヒムは鯨や、跳ね回って水を沸き立たせるあらゆる生き物を造られた。エロヒムはまた、それぞれの種に応じて翼ある鳥を造られた。そしてこれを見て、良しとされた。エロヒムはそれらのものを祝福して言われた。「産めよ、増えよ、海の水に満ちよ。鳥は地の上に増えよ」。夕べがあり、朝があった。第五の日である。」

本文では、魚と鳥は生ける魂と呼ばれています。生命はすでに混沌の中にありましたが、次に植物という、より高度な生体に宿ったのです。そしてさらに完成度の高い生体が、生ける魂、つまりネフシホイフー(86)となるのです。

刺激に対する反応は、混沌にいた糸状の緑藻類や、シロキクラゲ目の菌類にも見られました。むろんそれは植物にも見られ、あらゆる植物は、寒さ、暑さ、光の作用を受けるのです。いくつかの植物では、刺激に対する反応は極めて顕著になります。

第五の日に造られたもののうち、中心を占めるのがこの刺激に対する反応で、それは感覚となります。

ひよこは孵化すると、空腹という感覚を覚えます。餌を食べて、消化します。次に空腹という感覚がまた起こり、先ほどの餌を食べる前と同じ状態に戻ります。そうした折に、生ける魂は初めて思考を得るのです。思考(イデア)という語は、ギリシア語で「像」を意味します。最初の活動段階において、生ける魂は鏡と比較できるでしょう。鏡は、そこにさらした物体を映し返してきます。あるいは、一度演奏した曲を自動で繰り返すクラヴサン[87]に比較してもよいでしょう。

空腹という感覚が、最初に口にする餌に関する像と結びついて、最初の意思が生まれます。

その意思が阻害されると、最初の怒りが生まれます。餌を他のひよこと分かち合わねばならない状況から生じるものです。

こうして生ける魂は、想像力、意思、情念を持つようになります。エロヒムはそれら全てを良しとし、次の段階ではさらに改良を加えます[88]。

「エロヒムは言われた。「地は、それぞれの種にしたがって、生ける魂を産み出せ。這うもの、四足の獣を産み出せ」。そのようになった。エロヒムは四足の獣、這うものを、それぞれの種に応じて造られた。これを見て、良しとされた。

エロヒムは言われた。「我々にかたどり、我々に似せて、人を造ろう。そして海の魚、空の鳥、地を走る獣、地を這う鳥（ママ）を支配させよう」。エロヒムは御自分にかたどって人を創造された。エロヒムにかたどって創造された。

エロヒムは男と女を創造された。そして彼らに言われた。「産めよ、増えよ、地に満ちて地を従わせよ。海の魚、空の鳥、歩く獣、地の上を這う生き物を支配せよ。見よ、種を持つ草と実をつける木を、あなたたちに与えよう。それがあなたたちの食べ物となる。空の鳥、地の獣、地を這うもの、身を養わねばならぬすべての命あるものには、それを食べさせよう」。エロヒムはこれら全てを御覧になって、良しとされた。夕べがあり、朝があった。第六の日である。

天地万物は完成した。第七の日に、エロヒムは安息なさった。第七の日を祝福し、聖別された。」

こうして地上には、エロヒムに似せて造られた存在が現れたのです。似ていると言っても、おそらく相当かけ離れているのですが、その特徴をいくつか指摘することはできます。まずは人間と、ネフシホイフー、つまり鳥や四足動物が持つ生ける魂とはどのように違うのかを見てみましょう。

生命の特性のひとつは繁殖ですが、青年期のように生命が満ちあふれている時期には特に繁殖が盛んになります。ヒトは、他の哺乳類と同様、必ず繁殖を行ないます。ですから聖書に書かれているようなやり方で哺乳類が生命を持つにいたったのは必然だったのです。

実際、空腹が子供にとっての最初の感覚となります。乳を飲めば、最初の喜びが得られ、喜びを記憶することが最初の思考となります。乳母が乳を飲ませなければ、最初の悲しみが生まれます。そこまではヒトも動物も同じです。でもやがて違いは顕著になります。動物の思考は、ある種、機械的に組み合わされていくようです。母親のイメージは乳房を想起させますが、乳離れするとそれは消えてしまいます。母親は子に好意のようなものを抱くように見えますが、実のところ、それは妊娠期に子の命が母の命の一部であったことから生じる親近性に過ぎないのでしょう。

動物はふたつの思考をひとつに組み合わせているように見えます。ただそれは常に自分自身に帰着します。ある種の音を聞けば、飼葉桶《かいばおけ》を思い出しますし、鞭が振り上げられれば、苦痛を思い出すのです。

狩をする動物にあっては、生きるための必要から、組み合わせの能力は常に鍛えられます。それは習慣となり、論理と呼ばれるものに近づきます。

組み合わせの能力は飼い慣らされた動物の場合、さらに鍛えられます。毎日飼い主の顔を見ることで、愛着心が生まれ、美徳と呼ばれるものの芽生えがそこには認められます。

でも獣の心が到達できるこの最終地点は、ヒトの乳児にすでに認められるものです。

何しろ乳児の抱く最初の感情は、乳母に対する強い愛着なのですから。生ける魂の最終段階は、知性を持つ魂の第一段階に過ぎないのです。

子供は最初の印象を感じるとすぐに、組み合わせを行なうようにと命じる体内の声を聞きます。子供は、触り、探し、確かめ、思い出し、比べ、まね、泣き、名前をつけます。放っておけば、ひとりで言語を作り出してしまうでしょう。瞬く間に成長する子供を前に、両親はおおいに喜び、観察している人は驚きを覚えます。

観察者がもし幾何学に通じていれば、そこに組み合わせの法則があるのを見抜くでしょう。実際、脳は次々と印象を受け、子供はそれをひとつ、またひとつと拾っていきます。まず最初の印象を受け、それからふたつ目、三つ目と受け取っていくのです。こうした印象は組み合わせ可能となります。つまり演算の原則が適用できるのですが、それを置き換えの原則と混同してはなりません。

私が思い描く演算では、ABはBAと同じ組み合わせです。ですからふたつの記号はひと通りにしか組み合わさりません(89)。

三つの記号からふたつ取り出すと、組み合わせは三通りになり、記号三つを合わせたものが加われば、全部で四通りの組み合わせができます。

四つの記号からふたつ取り出すと、組み合わせは六通りになります。三つを取り出すと、四通りになり、全部で十一の組み合わせができます。
五つの記号だと、二十六の組み合わせができます。
六つの記号……………五十七通り
七つの記号……………百二十一通り
八つの記号……………二百三十六通り
九つの記号……………四百九十五通り
十の記号………………千十三通り
十一の記号……………二千三十五通り

日頃少しでも計算をする習慣のある人ならば、こうした級数はすぐに無限に到達するのが分かるでしょう。そして、たとえ脳が受ける印象の数が同じだとしても、それらを組み合わせる能力には大きな違いがあるので、そこから生じる知性の違いはすぐに無限となるのも分かるでしょう。

子供は乳離れするとすぐに、抽象化と呼ばれる一種の組み合わせを覚えますが、それは実のところ引き算に過ぎません。物事について、特徴のひとつのみを捉えるという作業です。たとえば数字などは最も単純な抽象化ですが、いかなる動物の頭脳にも理解させられはしません。

この最初の抽象化、ないし引き算から、より高度な段階に進みます。部屋からあらゆるものを取り除けば、純粋空間が得られます。

ある持続した時間から、始まりと終わりを除けば、永遠が得られます。知性を持った存在から肉体を取り除けば、天使とはどのようなものかが分かります。

物事を特徴のひとつによって捉えられるようになると、特徴に応じて物事を並べること、つまり分類も容易になります。かくして、良い行動と悪い行動が区別され、良心が形成されます。このようにして美徳が生まれるのです。動物は抽象化を行なわないので、美徳を持ちません。だから善行も、悪行もなしえないのです。それは抽象化をまだ行なわない、したがって良心の芽生えていない子供も同様です。

一般的に、頭脳の良し悪しは、思考の量と、それらを組み合わせる能力に比例すると言えます。ニュートンは絶えず組み合わせを行なう習慣を持っていました。だからリンゴが落ちるのを見て、月に引力があるという結論を得たのです。

膨大な数の組み合わせを一瞬で行なう力こそ、おそらく世界を創造し、それを創造の法則に委ねた神の特性のひとつなのでしょう。

以上をまとめると、原初の世界はどろどろの塊で、一方からの引力に委ねられて、球形を取りました。

その後磁気力が強まり、原始の粘土はそれによって北半球に引き寄せられ、大陸となりました。さまざまな流体が結合して、大気となりました。

単純な組織を持つ生体が、混沌の住民となりました。その死骸は原始の粘土とともに引き寄せられ、腐植土となり、植物が育つようになりました。

次の時代に、動物が現れ、植物を餌として食べたり、自らが他の動物の餌となりました。

最後に、神に似せて造られた人間が現れました。つまり、組み合わせを行なう能力と、その能力を与える内なる声によって、人間は、自らの途方もないモデルである神とわずかな類似を見せるのです。

モーセは物理学者でも、形而上学者でもありませんでした。それでも彼の言葉のすべては、物理学と形而上学の原理と一致しているのです。ですから、モーセの宇宙開闢説が霊感を受けて書かれていないなどという、神を信じぬ方がおられれば、どうぞ証明していただければと思います。

ベラスケスはこれほど長い間話をしたので疲れた様子だった。私たちは、彼の体系のつづきを話すのは翌日にしてくれるよう頼んだ。その日はこれまでと同じように過ぎた。

第五十日

皆はいつもの時間に集まった。レベッカはベラスケス公爵に、彼の体系の説明のつづきをしてもらえないかと頼んだ。彼は次のように語った。

ベラスケスの体系のつづき

エロヒムが人間を大地に置き、「産めよ、増えよ」と言われたところまででしたね。この原始の種族をモーセは「エロヒムの子たち」と呼んでいますが、彼らは後にアダムの娘たちと結ばれます。それについては後でまた触れましょう。さしあたっては、私たちの地球が当時どのような状態にあったかという問題に立ち戻らねばなりません。

西大西洋の境界となっていたのは、アメリカ大陸、スペイン、ヴォージュ山脈、アルデンヌ山脈、英国の山稜、北側は、グリーンランドからフェロー諸島へと続き、さらにヘブリディーズ諸島へといたります。南側では、この海はブラジルをカーボベルデ(アフリカの北西沖に浮かぶ火山群島)につなぐ大陸によってせき止められていました。この大陸からは、細長い高台が伸びていましたが、今残るのは、カーボベルデ諸島、カナリア諸島、マデイラ諸島だけで、かつてはスペインの山脈につながっていました。

ヴォージュ山脈、アルデンヌ山脈、英国の山稜の東には、昔のゲルマニア海がありました。この海の西側の境界は、シレジア山脈と、デンマーク、ノルウェーにまで伸びる山々でした。

このふたつの海の南に、東大西洋があり、ペルシア盆地(イラン高原)全域とセンナール(90)を飲み込んでいました。東側の境界は、フージスターン山脈(現在のイラン西部地域)、アラビア・フェリクス山脈(アラビア半島南部)、エチオピア山脈、最後にアフリカを横につらぬく山脈で、これは先ほど申し上げた細長い高台につながっていました。

現在のアトラス山脈は、当時は島でした。

昔のアドリア海の海面は、東大西洋よりも上でした。

昔のカスピ海の海面は、おそらく東大西洋よりも三百ピエ高いものでした。

昔のバイカル湖は、これらの海よりも高いところに位置していました。この湖は、現在の海抜で五千ピエの高所にあり、南側は韃靼高原、西側をベーリング地峡、北側はシベリア山脈、東側はダウリヤ山脈(アルタイ山脈)に囲まれていました。

高地に盆地がいくつもあり、そこには淡水湖が見られました。アルメニア盆地、高エチオピア盆地、その他多くの盆地です。

海面の高さがさまざまに異なるこれらの海は、細長い土地で分かたれていましたが、山がちのものもあれば、平地のものもありました。平地には、象やサイの系統の、毛で覆われた大型動物が生息していました。そこには人間は住めませんでした。今日、韃靼高原に人が住んでいないのと同じです。化石の中に人骨がまったく見つからないのはそういう理由なのです。

エロヒムが最初に造った人間は、海を南側で支える支脈にしか住めませんでした。つまりヒトがいたのは、インド、フージスターン、アラビア・フェリクス、エチオピア、アフリカ南部、アメリカ、最後にアトランティス大陸ですが、これはアフリカとアメリカをつなぐ一種の地峡に過ぎませんでした。ヒトはまた、いくつかの島や半島にも住んでいました。現在ではアトラス山脈となった、昔のアトランティスや、かつては半島だったシリアなどです。

さてここからは、こうした最初の人間とはどのようなものだったのかを見てみましょう。

すでに見た通り、生ける魂、つまり動物には、受け取った考えを組み合わせるという特質がありました。ただこうした組み合わせは緩慢で、ほとんど無意識に行なわれ、抽象化にいたることは決してありませんでした。

反対に、ヒトの子供は、極めて高度な組み合わせの能力に恵まれており、それによって絶えず自分の外にあるものに関心を抱くのです。考えを組み合わせていくことで、口をきけるようになるのとほぼ同時に抽象化ができるようになります。

ただこの極めて高度な組み合わせの能力も、きちんと管理をし、また、刺激を与えない限り、伸びていきません。現代の子供がこれほど早くから抽象化ができるのは、慣習と言葉を通じてそのやり方を伝えてもらえるからなのです。

言葉を話さず、人に放っておかれた子供というのは、決して抽象化にはたどり着かないでしょう。自分の考えを分類したり、良い行ないと悪い行ないの区別もできないでしょう。善行も、悪行もなしえないでしょう。スペインの探検家たちは、いくつかの島で未開人を発見しましたが、彼らはある種の本能で盗みや殺人をはたらき、悪いことをしたなどとはまるで思わないのです。

以上がおそらく、エロヒムが大西洋の南岸に住まわせた最初の人間なのです。彼らが私たちの姿に近づくのは、何世代も経て、十分な数の組み合わせと抽象化を重ね、それらが父から子へと言葉を使って伝えられてからです。推論だけでこのように述べているのではありません。歴史が証明しています。

フェニキア人のサンクニアトンは、紀元前十三世紀の人ですが、万物の起源や古代の事物に関心を抱いていました。オフラのギデオンの家に寄宿していたことがあり、その家族の何人かをバリートの教義に改宗させてもいます[91]。
サンクニアトンはユダヤ人の歴史を、ギデオンの家で見つけた文書に沿って書いています。フェニキアについては、アモン人（古代パレスチナのセム系民族）が保管するトート神[92]の書に沿って書いています。サンクニアトンの描き出す混沌は、モーセのものとほぼ変わりません[93]。

それから知性を持った動物が創造され、次にようやく最初の人間、つまりモーセがエロヒムの子供たちと呼ぶものが創造されます。サンクニアトンによれば、それが数世代続き、各世代で、生きていくための最低限の必需品を手に入れる手段が考案されたといいます。

次に来るのが、サートゥルヌスとレアー[94]の物語です。着目すべきなのは、この神話が、私が東大西洋と呼ぶ、昔の地中海を取り囲むあらゆる地域で見られるという点です。シチリア島でも、イタリアでも、クレタ島、小アジア、フェニキア、フージスターン、最後にディオドロス[95]によって慣習が伝えられるあのアトランティスの人々にもそれは見られるのです。これらの地域は、海によって互いに容易に交渉ができました。ただこの海の一部は、ホルムズ海峡と、バベル・マンデブ海峡[96]が開けたときに干上がってしまいました。次に話はまた、地球の形成と原始の粘土に戻らねばなりません。

ここで指摘すべきなのは、火山がある場所ではどこでも、噴火によって花崗岩、つまり地殻に穴が開いているという事実です。火山は、硫黄と鉄の塊が水を介して結合することで形成されます。

こうした化学反応は、粘土の後退によって生まれた大きな空洞で起きました。空洞の深さはかなりのものです。チュニスの近くのボン岬半島（チュニジア北東部にある地中海に突き出た岬）のような岬を見ればそれは分かります。明らかに、ひとつの山が半分に裂けて、片方が崩落したのです。ここでの海深は相当なものです。それゆえ山が崩落しても、海に飲まれてしまうのです。沿岸を航海する船乗りたちにはおなじみの現象です。晶洞（岩石の中に形成された空洞、ジオード）、あるいは鷲の石と呼ばれるものを見れば、原始の粘土がどのように退行、硬化していったのかが、小さい規模で分かります。固体部分と比較すると、空洞の大きさは巨大です。粘土を流体化させる水が五分の一、含まれていたことによるのです。それゆえこれらの空洞の上にあった地域は、次々と崩落していきました。

昔の地中海の海面は、当時、大西洋より三百から四百ピエ高いものでした。ホルムズ海峡とバベル・マンデブ海峡は同時に開かれました。昔の地中海がそこに流れ込み、インドとアフリカの間に広がって、前方にあった支脈をすべてなぎ倒し、海水で洗ったのです。こうした海の拡張はほとんどの海峡で見られ、水捌け口とは何かを教えてくれるのです。

このとき、それまで海面下にあった多くの土地が干上がりました。センナール、アラビア・デセルタ（アラビア半島北部からシリアとイラクにまたがる砂漠地帯）、スエズ地峡、サハラ砂漠です。このときまた、例のアトランティスも島であることを止め、今日アトラス山脈と呼ばれるものになったのです。

ただ、もうひとつのアトランティスがあり、そちらは海に沈んでしまいました。これは島ではなく大陸で、トリニダード島（カリブ海の島。現在のトリニダード・トバゴの主島）からカーボベルデ諸島まで線を引き、ブラジルからギニア沿岸までもう一本、線を引くと、その輪郭が分かります。この大陸は北側では、西大西洋を、東大西洋、つまり昔の地中海から分ける堤防のようになって伸びていました。堤防の切れ目は、今でもサレ(97)からタンジェの海岸に沿っていくとはっきり分かります。断ち切られたような高台になっているのです。

アトランティス大陸は、アフリカ沿岸に向かってこの堤防のような土地と分断されています（この箇所、草稿の文章は不完全）。海はまず南東の方角に流れ込み、ホーン岬と喜望峰を隔てる巨大な水の広がりとなりました。

西大西洋が大洋と合わさったとき、カレーでゲルマニア海の水路が開け、そこに海水が流れ込み、幅が広がって、ドーヴァー海峡となりました。昔の水捌け口そのものです。こうしてドイツの土地が干上がりました。同じ現象が、昔のバルト海でも発生しました。

ホルムズとバベル・マンデブの水捌け口は最古のものです。それが作られた時代を示す伝承はひとつもありません。分かっているのは、神話上の人物であるテューポーンが、セルボニス湖(98)で死んだということだけです。この湖は地峡にあり、昔の地中海があふれ出た後でできたものです。

それから東地中海の水があふれ、アトランティス大陸が沈みますが、その伝承は今日に伝わっています。

次いでグリーンランドをフェロー諸島に結び、フェロー諸島をスコットランドに結んでいた堰堤《えんてい》が海に沈みます。

ドーヴァー海峡では、海水は東から西に向けて流れています。したがって、カレーでゲルマニア海の水路が開いたわけですが、そのときには大西洋の海面はすでに今の高さになっていました。

それからスコットランドとノルウェーを結ぶ堰堤が海に沈みます。

これらの例によって、地質学的事実を年代記のように表せるというのがお分かりですね。少なくとも、こうした事実は順々に生じているのです。この後に起こった事柄については、時代を正確に確定していきましょう。

ヘブライ語の聖典を正しくたどり、第二のカイナン[99]の言葉に依拠すれば、アダムが創造されたのは紀元前三九四〇年と定めることができます。神はアダムを、四つの川の水源となる地に住まわせました。ファシス川、ユーフラテス川、ティグリス川、そして四本目の川はフージスターンを流れていました。こうした地理学の情報をもってすれば、エデンのあった場所を特定するのも難しくはありません[100]。それは現在のヴァン湖（東部アナトリアにあるトルコ最大の湖）とオルーミーイェ湖（イラン北西部にあるこの国最大の塩湖）がその底部となる盆地にあったのです。この時代には、平野から海水が引いたばかりで、人は住めませんでした。

第一章でモーセがエジプト人の文体を使っている点に着目することには意味があります。彼は「神々は造られた」と言っています。エジプト人は、プタハと言う代わりに好んでニ・ウヌティと言います。神を複数形で呼び、動詞は単数形にするのです。

水の上を渡る精霊とは、エジプト人にはよく知られた象形文字のことです。

ただ第二章では、モーセはヘブライ語の文体を使って「ジェロ・エロヒムはアダムの鼻に精気を吹き込まれた」と言っています。最初の人間たちについては、エロヒムはただ「産めよ、増えよ」と言うだけです。

生理学者たちは次の事実を発見しました。すなわちヒトや動物にあっては、フェイシャル・アングル（額と鼻を結ぶ直線と水平方向との角度）が小さいものは、より情念や動物的欲求に囚われやすく、角度が垂直に近いものは、より沈思熟考に適しているのです[101]。

古代エジプト人というのは、もともとエチオピアのメロエ（ナイル川中域にあった黒人都市）からやって来たアトランティスの人々でした。彼らの顔の水平角度は極めて鋭角であったと分かっています。メンフィスのスフィンクスを見れば、彼らの奇妙な顔立ちが想像できます。

アトランティスの人々は、喧嘩っ早い性格でした。その子孫であるクシュ人[102]がやたらと暴力を振るうのを見てもそれは分かります。

反対にアダムの一族は、額が垂直で、胸の色は白く、気質は弱々しく、心臓の鼓動もゆるやかです。彼らの一生はゆったりと過ぎていきますが、子だくさんです。長命なのがその直系の子孫の特徴ですが、モーセが次のように語る、他の部族の血の混じった一族はそうではありません。

「エロヒムの息子たちは、アダムの娘たちの美しいのを見て、自分の好む者を妻に娶《めと》った。そこで巨人ネフィリムが生まれ、名高い人間ギベルとなった[103]。」

半神（エロヒムの造った最初の人間）の時代はマネト[104]によって定められ、この時代の最終年が、紀元前三六六五年に当たります。

ただその子ネフィリムたちはさらに長生きでした。ここで問題となる一族は、ソドムの谷[105]の住人です。セトの子孫は、ヘルモン人と呼ばれる部族になりました。彼らはヘルモン山に住んでいましたが、そこはまたサニールとも呼ばれ、谷の北に位置します。結婚が行なわれたのはこの場所です[106]。

センナール[107]の土地は七世紀前からもはや海ではありませんでしたが、紀元前三三九〇年には、動物の餌となる葉が生い茂っていました。そこにひとつの王国が生まれ、それを治める者は羊飼いと称しました。その国にはさまざまな政体が認められ、それらは後にエドム[108]の王や、イスラエルの士師の治める国でも見られました。自らを羊飼いと称するこれらの王の治世は、百年以上に及びます。彼らが長命なのは、その血にアダムの子孫の血が混じっているからなのです。

アダムの子孫の額は高くそびえていましたが、その血が混じる種族はおかげで高い知性を持つことになりました。彼らは頭脳を鍛えたので、頭蓋骨はさらに高くそびえ、組み合わせを行なうのにますます適するようになりました。

すでに見たとおり、アダムの娘たちは美人でした。この美貌という特性は、長命とともに、アブラハムにいたるまで直系の子孫に伝わります。サライは六十歳を過ぎてなお、ファラオであるクルイに激しい恋心を抱かせました(109)。美貌という特性は、アブラハムの娘たちから完全に失われたわけではありません。画家が、いわゆる「聖母マリアの顔」のモデルが欲しいと考えた場合、それをオリエントのユダヤ人女性に求めることになります。

長寿のおかげで、人間の頭脳は力強く鍛えられました。セトが死んだとき、その七代目の子孫に当たるレメク(110)は、すでに百七十五歳でした。セトは八百年の間、空を観察し、彼ひとりで古代人の天文学の総体を作り上げました。それによれば、六百年で天体はひとめぐりするとされます。

セトが最初の息子をもうけたとき、アダムの子孫たちは神の名を唱えるようになっていました。この高度な抽象化は、自然と彼らの頭に芽生えたのです。混血の種族の場合は、そうではありませんでした。センナールでは、敬虔な作り話に訴えねばなりませんでした。ヴァネスという名のトリトン（ギリシア神話における半人半魚の海神）が海から現れ、偉大なる真理を教えにきたと考えられたのです。エジプトではその真理は象徴記号によって包み隠されました。

世界がこのような状態であったとき、彗星が現れました。それはその後も六回、姿を現し、地球の軌道と火星の軌道の間を抜けていきました。

彗星の尾は、紡錘形の光の集合で、光が太陽に対して持つ引力の働きによって、太陽とは反対側に向きます[111]。

このとき、彗星の尾は本体から完全に切り離され、太陽光と結びつきました。

発光体に常に含まれる電気を帯びた物質によって、蒸気が地球の周りを覆うことになりました。これらの蒸気は太陽引力の影響を受けません。地球の大気圏に入り、雨となって降りました。

地球は彗星に再び接近しましたが、八時間後に、再び太陽の方に戻りました。ただしその軌道はもはや同一ではなく、五日と六時間分、拡張していました。

聖アウグスティヌスの著作にも書かれている通り、金星の軌道も変化しました[112]。潮の満ち引きは驚くべきほど顕著になり、満潮時には海水は内海へと流れ込みました。

バイカル湖は他の海に比べて増水しましたが、それはこの湖が引力により近いところにあったからです。バイカル湖の湖水は岸からあふれ、毛で覆われた象やサイを押し流しました。それらは極海まで流されていきました。

バイカル湖の水は中国に押し寄せ、有名な洪水を引き起こしました。この帝国の年代記が日付を記録しています[113]。ギリシア語の聖典にしかその名をとどめない族長カイナンの言葉を思い起こせば、ヘブライ語の聖典の日付と完全に一致します。被害は甚大でしたが、この大洪水は神の大きな恩寵のひとつと考えられます。そのおかげでヨーロッパが生まれたからです。実際、かつて海の底だった土地からは、スエズやサハラのような不毛な砂漠しか生まれませんでした。

大洪水の折に、高地にあった湖の多くは決壊し、あふれ出た水は湖を取り巻く高台を押し流し、流れで丸くなった小石が混じる腐植土で平野を覆いました。こうしてヨーロッパには人が住めるようになり、ヤペテ[114]の子らが移り住みました。

注意していただきたいのは、ノアの子孫は皆、父方ではアダムの血を引いていますが、母方ではアトランティスの人々の特徴を強く受け継いでいるのです。とりわけハムは、顔の水平角度が極めて鋭く、黒い肌をしておりました。それはその子孫であるクシュ人にも受け継がれています。ニムロド、あるいは反逆者という名の、この種族の族長のひとりは、アジアを荒らし、文明の発展に反旗を翻しました(115)。ニムロドが死ぬと、セムの子孫のニムスが帝国を築き、平和の技法を知らしめました(116)。その技法はまたエジプトでも磨かれました。

社会変動が立て続けに起こり、エジプトの言葉とアッシリアの文字が失われました。ヨーロッパがアジアで見出したのは、ばらばらに散らばったそのかけらだけでした。そのため人類のあらゆる知的創造物を作り直さざるを得ませんでしたが、おそらくそれこそが神のご意向だったのでしょう。とりわけ学術的には、ノアの預言が成就されたことになります。「神がヤフェトの土地を広げ、ヤフェトはセムの天幕に住んだ」（「創世記」九・二十七）。

プラトンはエジプト人の象徴記号をいくつか取り上げ、神性について高度な概念を練り上げたので、彼自身が「神のような」という異名を取ることになりました。徳高い師が、美と誠実についてすでに彼の注意を向けさせていたのです(117)。

道徳は論理の上にしか打ち立てられません。それは心の問題ではなく、頭脳の問題なのです。人間の魂は改善可能な方向に向いていましたが(118)、くだらないことがあれこれと試みられ、衰弱していきました。

そのとき、天の声がパレスチナに響き渡りました。それは涙と苦しみの原理を、隣人への愛と辱めに対する赦しを、そして慈悲を告げたのです……。

このように言うと、ベラスケスは帽子を取り、祈るように両手を組んだ。

レベッカは微笑んだが、その様子は私にはあまり好ましく思えなかった。彼女は言った。

「公爵さま、あなたが体系を構築されたとき、信仰に導かれていたことはよく分かりましたわ。でもあなたの信じる宗教の教えには、何か頭を悩ませる方程式はないのか、教えていただけません？」

宗教という言葉を聞いて、ベラスケスはたいそうまじめな顔つきになった。でも自分がからかわれているのだと気づくと、むすっとした様子になった。しばらく何かを考えていたが、やがて次のように答えた。

「あなたが幾何学を話題にされたので、私も幾何学者としてお答えいたしましょう。無限大について言うときには、私は8を横向けに倒して書き、それを1という数で割ります$\left(\frac{\infty}{1}\right)$。無限小について言いたいときには、1を書いて、それを無限を表す記号で割ります$\left(\frac{1}{\infty}\right)$。でも計算で用いるこうした記号は、言いたいことをまるで伝えてくれません。無限大とは、星でいっぱいの夜空が無限倍にあるということです。無限小とは、原子の中でも最小のものを無限に分割していくことなのです。ですから私が無限という言葉を使っても、それが何であるかは自分でも分かりませんし、何かを表現しているわけでもないのです。

それでは無限大や無限小について、理解も表現もできないのだとすれば、どのようにして、無限に偉大であると同時に無限に賢く、無限に力強く、また無限に善良で、あらゆる無限なるものを創造された方を言い表せましょう。ここで教会が助けをもたらしてくれます。というのも教会は、単一を壊すことなく、単一に含まれる三という数字を提示してくれるからです(三位一体のこと)。

自分の理解を超えるものに、異を唱えられましょうか。それにはただ従うだけでいいのです。

教会が選びとったこの表現は、すでにヘルメス・トリスメギストス[119]の著作に見られるし、フィロン[120]はそれをアレクサンドリアのギリシア語を話すユダヤ人たちに広めていました。人々はそうした考えに慣れ、より神の啓示を受けやすくなっていたのです。

このようにいつの時代も、見かけは人間が行なうようにして、至高の神のご意向が達成されるのです。神は雷鳴の中に自らの声を聞かせたり、星の夜に自らの掟を火を吹く文字で描くこともできたでしょう。

でも至高の神はそうなさいませんでした。神はより高度な教義を、古代の神秘の中に隠されたのです。ちょうどどんぐりに、将来私たちの子孫の頭上で日陰を作る森を込められるようにです。私たち自身も、そうとは知らずに、さまざまな要因に取り巻かれて生きていますが、そこから生じる結果は後世を驚かせることになるのです。このようにして至高の神のご意向は達成されるのです。だからこそ私たちは、摂理という名を神に与えるのです。神がこのように振る舞うのでなければ、私たちはそれを力と呼んだでしょう」。

ここでベラスケスは考え込んだ様子で私たちの元を離れると、孤独な瞑想に浸りにいってしまった。

私は、これほど学識のある人間が宗教に対してこれほど大きな敬意を払うのを見て、感慨を覚えた。そのとき以来、思い上がった若者が不信心を装うのを見ると、ベラスケス公爵と彼の体系を思い出すのだった。

第五デカメロン　終わり

第六デカメロン

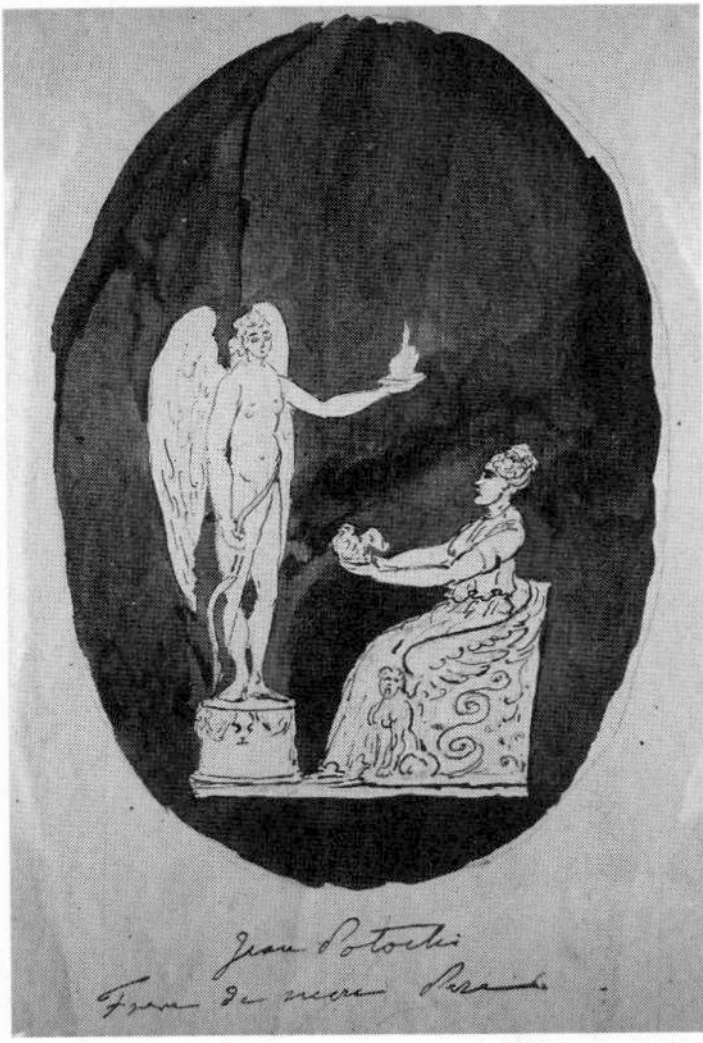

ポトツキ画

第五十一日

メキシコ人たち(第五デカメロン冒頭に登場したトレス・ロベラス侯爵一行)は、当初考えていたよりも長い時間を私たちと過ごす結果になったが、とうとうこれを最後に出発することにした。彼らはジプシーの族長に一緒に来ないかと誘ったが、族長は取り合わなかった。族長は、自分のことは決して他言しないでほしい、自分につきまとう謎はどうかそのままにしておいてほしいと頼むのだった。かの紳士たちは、将来のベラスケス公爵に対して、どれほど敬意を抱いているかを伝え、私に対しても、ありがたいことに友情を結んでくれた。私たちは谷の入り口まで見送り、夕方になって湖に戻ってきた。食後、ジプシーの族長にはたっぷり時間があったので、皆は物語のつづきを話してくれないかと頼んだ。族長は次のように語った。

ジプシーの族長の物語のつづき

思い出していただきたいのだが、私はふたりの公爵夫人と、愛想のよいトレドの騎士と四人で夕食を取り、トレドの騎士から、自分が高慢なベアトリスの夫であると告げられたのだ（第四十日参照）。馬車の準備ができていて、私たちはソリエンテの城へ向けて出発した。そこで新たな驚きが待っていた。二歳になる小さなベアトリスを女中《ドゥエニャ》から抱かせてもらったのだ。この女中はレトラーダ通りで偽のレオノールに仕えていた女性だった。名前をドニャ・ロサルバといい、女の子は彼女を自分の母だと思っていた。

ソリエンテはタホ川のほとりの、世界で最も風光明媚な場所にある(1)。だが私が自然の魅力に心を奪われる時間はほとんどなかった。父親としての思い、恋する気持ち、友情、心地よい信頼感、注意深い心遣い、言わばこの短い人生において幸福と呼ばれるものが一刻一刻を満たしていたのだ。こうした生活は六週間ほど続いたように思われる。マドリードに戻らねばならなかった。私たちは日が暮れてから到着した。

私は女公爵を屋敷に送り届け、階段の下まで腕を貸した。彼女はたいそうしんみりとしていた。

「ドン・ホアン」彼女は言った。「ソリエンテではあなたはベアトリスの夫だったけど、マドリードではまたレオノールの寡夫に戻るのよ」。

彼女がそう言っているとき、階段の手すりの後ろに人影がふっと動くのに気づいた。首根っこを押さえてやり、明かりのところに引きずってくる。ドン・ブスケロスだった。こそこそと何かを探っていたのだろう、それにふさわしい罰を与えて、懲らしめてやろうとした。だが女公爵が目配せをしたので、手を止めた。この目配せはブスケロスもちゃんと見ていた。やつは鉄面皮ぶりをまた存分に発揮し始めた。

「奥さま」やつは言った。「あなたの壮麗なお姿をもう少し拝見したいという誘惑に抗しきれなかったのです。あなたの輝く美しさが、まるで太陽そのもののようにこの階段を照らし出さなければ、私が隠れていたのもきっと気づかれなかったでしょうに」。

このようにお世辞を言うと、ブスケロスは片膝をついて深々と頭を垂れ、立ち去った。

「もしかしたら」女公爵は言った。「さっきの言葉を聞かれたかもしれないわ。ドン・ホアン、彼と話をして、注意を逸らしてきてください」。

女公爵はひどく心配そうだった。私は彼女のもとを離れ、道でブスケロスを捕まえた。

「義理の息子君」やつは言った。「先ほどはわが輩を棍棒で百叩きにしようとしたが、そんなことをしたら大きな間違いを犯すところだったよ。第一に、君の継母（かつてのシミエント嬢）の夫に対して払ってしかるべき敬意を欠くところだった。つけ加えて言うと、わが輩はもう、かつて君が知っていたような下っ端の人間ではない。今では上流社会に出入りし、わが輩の才能は宮廷や大臣からも評価されている。アルコス公（ブスケロスの主人）は大使としての赴任先から戻られた。国王陛下のお気に入りだ。公のかつての恋人ウスカリツ夫人は、また未亡人になられたが、わが輩の妻の親友でもある。われわれは鼻高々で、怖いものなど何もない。君のほうだが、義理の息子君、女公爵に何と言われたのか少し教えてくれたまえ。わが輩に話を聞かれたのではないかと、おおいに心配している様子だったね。言っておくが、アビラ夫人だのシドニア夫人だのというのは、君のあのさえないトレドの騎士と同様、われわれには気に入らないね。

ウスカリツ夫人は、トレドの騎士に袖にされた（第三十八日参照）のを許していない。君たちがお揃いでソリエンテに何をしにいったのかはよく分からないが、留守の間にちゃんと手は打っておいた。君たち部外者は何にも知らない。何しろ生まれたての赤ん坊と同じぐらい無邪気なんだからな。メディナ侯爵は、正真正銘シドニア家の出なのだが、公爵の称号を求めていて、自分の息子をあの幼い女公爵（エレオノーラとメディナ・シドニア公爵の娘。第二十三日参照）と結婚させようとしている。女の子はまだ十二歳にもならないが、何てことはない。侯爵はアルコス公の旧友だが、アルコス公はポルトカッレーロ枢機卿(2)のお気に入りで、枢機卿ときたら宮廷で飛ぶ鳥を落とす勢いだ。全てはうまくいくはずだ。女公爵にそう言ってあげるとよい。ああそうだ！　義理の息子君、君が聖ロケ教会の正面玄関にいた物乞いの子供だと分からなかったなんて思ってもらっちゃ困るよ。あの当時、君は検邪聖省ともめていたね。わが輩はあの法廷に関わる事柄には興味はないのだ。ではごきげんよう、さらばだ」。

　ブスケロスは去っていった。やつが昔と変わらぬ詮索好きで、厄介者であることが分かった。だがその才能をより上流の社会で発揮しているようだった。

　翌日、トレドの騎士とふたりの公爵夫人と食事をした。私は、前日自分が交わした会話について話した。それは思っていた以上の効果をもたらした。トレドはすでに容姿が衰え始め、女性に好かれたいという気持ちを失っていた。当てにしていたオロペサ(3)の引退がなければ、仕事で一旗揚げたことだろう。彼は別の道を探していたのだ。アルコス公が帰還したのも、公がポルトカッレーロ枢機卿のお気に入りなのも彼にはおもしろくなかった。

シドニア公爵夫人は、自分が社交界で老婦人扱いされる日が来るのを恐れているようだった。アビラ女公爵は、宮廷や国王陛下の寵愛の話を耳にすると、いつも以上に傲然となるのだった。そうした折には、たとえ友情で結ばれていたとしても、ふたりの間にある身分の差がはっきりと感じられた。

数日後、シドニア公爵夫人の家で食事をしていると、ベラスケス公爵（幾何学者ベラスケスとは別人）の侍臣がやってきて、主人がこれから訪問すると告げた。この貴族は当時、花の盛りの年齢だった。顔立ちは美しく、常に身にまとうフランス風の衣装のおかげで、他に抜きんでた存在だった。話術も、他のスペイン人よりはるかに巧みだったが、それというのも、スペイン人は往々にして無口になるからだ。スペイン人がギターを弾いたり、葉巻を吸ったりするのはそのためだろう。ベラスケス公爵は反対に、ある話題から次の話題へ軽々と移り、機会を見つけては公爵夫人たちに何かとお世辞を言うのだった。おそらくトレドの騎士の方が機知はあっただろうが、彼の機知は時々にしか発揮されない。その代わり、隠語はとめどなく出てくる。ベラスケス公爵も隠語は使うが、それほど不快なものではない。この時、公爵は聞き手のふたりが上機嫌なのに気づいていた。そこで大笑いしながらシドニア公爵夫人にこう話しかけた。

「本当に奥さま、これほど奇妙で、素晴らしいことはないでしょうね！」

「何のことかしら？」公爵夫人は答えた。

「そうです、奥さま」ベラスケス公爵は言った。「美しさ、若さという点では、あなたも他の多くの女性と変わりませんが、間違いなくあなたは、最も若く、最も美しい義母となられるのです」。

これまで公爵夫人はこのように考えたためしはなかった。歳は二十八で、彼女より若い女性はすでにいくらでもいた。公爵が教えたのは、若くあるための新たな方法だったのだ。

「そうなのです、奥さま」ベラスケスは続けて言った。「まさしくその通りなのです。国王陛下は私に、お嬢さまとメディナ侯爵のご子息との結婚を取り結ぶよう命じられたのです。陛下は、シドニア家という名家が絶えてしまわないようにと願っておられます。貴族たちも皆、陛下に感謝申し上げねばなりません。そして奥さま、あなたがお嬢さまの手を引いて祭壇に誘《いざな》うお姿を拝見するのは、何と素晴らしいことでしょう。慶事は皆で分かち合わねばなりません。私ならば、わが娘と同じ衣装を身につけますね。つまり、銀の花が浮き織りにされた白い繻子のドレスを着るのです。パリから布地を取り寄せるのをお勧めします。最上の店をお教えしましょう。新郎の衣装は私が担当する予定です。ブロンドの鬘《かつら》をかぶるフランス風にするつもりです。ではさようなら、奥さま方。ポルトカッレーロさんが言うには、私を大使館で引き立ててくださるとのことです。いつもこのように楽しく働ける職をいただければよいのですが」。

ベラスケス公爵はふたりの貴婦人を眺めたが、その眼差しからどちらの女性も、自分こそ相手よりも強い印象を彼に残したと思い込んだ。彼は何度か片膝をついてお辞儀をし、同じ回数だけくるくる回って出ていった。それがフランスで礼儀作法と呼ばれるものなのだ。

ベラスケス公爵が出ていくと、長い間、誰も口をきかなかった。女性たちは、銀糸で浮き織りがされた繻子のドレスについて考えていたのだろう。だがトレドの騎士の考えが向いたのは、現在の政局だった。

「何だって！」彼は叫んだ。「枢機卿は、アルコス家やベラスケス家の連中しか登用しないつもりなのか？　言ってみれば、スペインで一番軽薄なやつらだ。もしフランス側がそういう心づもりならば、オーストリア側につかねばならないな」。

実際、トレドの騎士は早速、当時オーストリア皇帝の大使を務めていたハラハ伯爵(4)を訪ねに出かけた。公爵夫人たちはプラド（マドリード東部の大通り）に行き、私も馬でお供した。

やがて一台の美しい馬車とすれ違ったが、そこにはウスカリッツ夫人とブスケロス夫人がすました顔で乗っていた。アルコス公が馬で続いている。公の後から従うブスケロスは、この日まさにカラトラバの騎士に叙されたばかりで、その十字架をかけていた。やつの姿を見て私は凍りついた。自分もまたカラトラバ騎士団の十字架をかけていたからだ。それを得たのは、自らの働き、とりわけ私の誠実な振る舞いのおかげで、そのため高名な友人が何人もできたのだ。だが今や、同じ十字架が、自分の最も軽蔑する男の胸にかかっている。こう言おう。私は呆然となった。ウスカリッツ夫人の馬車とすれ違った場所から一歩も動けなかった。馬車がプラドを一周して戻ってくると、ブスケロスは私がさっきと同じ場所にいるのを見て、親しげに近づいてきてこう言った。

「お分かりかね、すべての道はローマに通ずってわけさ。とうとうわが輩も、君と同じカラトラバの騎士に叙されたよ」。

腹が立った私は答えた。

「ブスケロス君、それは認めよう。ただ騎士であろうがなかろうが、今度、私が行く家のまわりをこそこそ嗅ぎ回っているのを見つけたら、虫けら同然の扱いをしてやるからな」。

ブスケロスはこれ以上ないほど愛想のよい様子になって、こう答えた。

「義理の息子君、今の言葉について少々説明してもらう必要があるな。馬を馬丁にあずけて、一緒に近くのレモネード屋に来てもらえないか」。

私たちはそこに行き、テーブルについた。ブスケロスは冷たい飲み物を注文すると、何やらよく分からぬ演説をした。店には最初、私たちしかいなかったが、やがて何人かのワロン人衛兵隊の士官が入ってきて、テーブルに座るとココアを注文した。

ブスケロスは小声で私に言った。

「わが輩がアビラ女公爵の家で隠れていたから、いささかご機嫌斜めというわけだね。だがあのとき耳にした言葉には、その後おおいに考えさせられたよ」。

それからブスケロスは、ワロン人衛兵隊の士官を見ながらげらげらと笑い始めた。次にこう言った。

「なあ、女公爵はこう言っていたぞ。「あなたはレオノールの寡夫、ベアトリスの夫」ってな」。

するとブスケロスは、またげらげらと笑い始めたが、相変わらず視線はワロン人衛兵隊に向けたままだった。やつはこうした小細工を何回か繰り返した。ワロン人は立ち上がり、店の片隅に行って、何やら私たちのことを話しているようだった。その時、ブスケロスの姿が突然消えた。

ワロン人たちは、私のテーブルへ近づいてきた。そのうちのひとりが、たいそう慇懃に私に話しかけ、こう言った。

「仲間と自分は、あなたとあなたのご友人が、自分たちの何をご覧になって、大笑いされたのか知りたいと存じます」。

私は答えた。

「大尉殿、ご質問はまことにもっともです。私の連れは何度も大笑いをしましたが、なぜなのか私にも皆目分かりません。はっきり申し上げますが、私たちの会話はその大笑いとは何の関わりもなく、ただ家庭の事情について話していただけなのです。そこにはこれっぽっちも面白いことはありませんでした」。

「騎士殿」ワロン人の士官は言った。「正直に申し上げると、閣下のご返答には、全く納得がいきません。ですが名誉にもご返答いただいたのですから、仲間に伝えましょう」。

ワロン人たちは話し合いをしているようだったが、やがて返答を持ち帰った士官と口論になったようだった。

士官は私の方に戻ってきて、こう言った。

「騎士殿、仲間と自分は、あなたのご親切な説明をどう取るべきか、意見が一致しませんでした。仲間たちは、これで満足すべきと考えております。残念ながら自分は彼らとは意見が異なり、それをおおいに遺憾に思うがため、事態がおおごとにならぬよう、仲間の一人ひとりに決闘を申し込みました。あなたに関してですが、騎士殿、確かに相手にすべきはブスケロス殿であるのは認めましょう。ただあえて申し上げれば、彼の評判から考えると、決闘をしたところで何ら名誉にはならないでしょう。一方、閣下はブスケロス殿と一緒におられた。のみならず、ブスケロス殿が笑っておられたときに、自分たちの方を見ておられた。したがって、ことを深刻にしないために も、腰に帯びる剣を使って、お互いの言い分に決着をつけるのがふさわしいように思われます」。

士官の仲間たちは最初、自分たちとも、また私とも喧嘩をしてはならないと説得しようとした。でも彼らは士官の性格を知っていた。そこで忠告はやめ、彼らのひとりが私の助太刀に名乗り出てくれた。

そろって決闘の場所に行った。私は士官に軽傷を負わせたが、同時に右胸の下を突かれてしまった。針でちくりと突かれたかに感じたが、しばらくすると、猛烈な震えが襲ってきて、意識を失って倒れてしまった。

ジプシーの族長がここまで語ると、呼びにくる者があって、話は中断された。族長は、一党の問題を片づけにいってしまった。

カバラ学者が私の方を向いてこう言った。

「騎士殿、間違いでなければ、アバドロ殿に傷を負わせた士官というのは、他ならぬご尊父その人ではなかろうか？」

「その通りです」私は答えた。「父がつけていた決闘の記録書（第三日参照）にそのように書かれています。加えて父は、次のように記しています。自分とは意見を異にする他の士官との関係が深刻にならぬよう、その日のうちに三人の士官全員と決闘を行ない、全員に傷を負わせた」。

「騎士さま」レベッカは言った。「お父さまはとてつもなく慎重に振る舞われましたのね。ことが深刻になるのを恐れて、一日に四度も決闘をする決心をされたのですから」。

レベッカが父に投げかけた冗談は、全く気に入らなかった。言い返そうとしたが、散会となり、翌日まで皆が集まることはなかった。

第五十二日

私たちはいつもの時間に集まり、ジプシーの族長にはたっぷり時間があったので、物語のつづきを次のように語った。

ジプシーの族長の物語のつづき

私は意識を取り戻した。両腕を瀉血《しゃけつ》してもらっているのが分かった。ふたりの公爵夫人とトレドの騎士が泣いている姿がちらりと目に入った。またも気を失なった。十週間もの間、眠ったような状態、いやほとんど死んだような状態にあった。目を疲れさせてはいけないというので、雨戸が閉め切られ、包帯を替えるときには、目隠しがされた。とうとう何かを見たり、しゃべったりしてもよいという許可が出た。医者が二通の手紙を持ってきてくれた。一通はトレドの騎士からだった。任務を帯びてウィーンに向けて出発したと書かれていたが、どのような任務かは推測できた。二通目はアビラ女公爵からだったが、筆跡は彼女のものではなかった。レトラーダ通りの家が捜索され、屋敷には監視までついているとのことだった。結局、彼女は自分の地所に引きこもってしまった。スペインで言うところの、領地《エスタド》に戻ったのだ。

手紙を二通とも読んでしまうと、医者が再び雨戸を閉めさせたので、私はじっくりと考えにふけった。事態は極めて深刻だった。それまでは、人生は花咲く小道のように思えていたが、今ではいばらのとげが感じられるのだ。

二週間後、プラドを一周してもよいという許可が出た。だが歩いての散歩はできず、私はベンチに座った。そこに、決闘の際、助太刀を務めてくれたワロン人の士官がやってきた。彼によれば、決闘相手の男は、私の命が危ぶまれている間ずっと悲嘆に暮れていたという。そしてぜひ抱擁させてほしいと言っているという。私はそれを許してやった。実直な決闘相手は足下に身を投げ出し、私を抱きしめると、涙で息を詰らせた。そしてこう言って、去っていった。

「アバドロ殿、あなたのために決闘する機会をどうぞいただきたい。それが叶えば私の人生最良の日となるでしょう」。

その直後に、ブスケロス氏がいつもの厚かましさで近づいてくるのが見えた。やつは言った。

「義理の息子君、いささか高い授業料を払うことになったね。本来であれば君を懲らしめるのはわが輩の役目だったのだが、わが輩ではとてもあのように見事な仕置きはできなかっただろう」。

私は答えた。

「義理の父上、勇敢な男から剣のひと突きを受けても一言も文句はない。腰に帯びた剣はそうした事態に備えるためなのだ。それはそうと、この一件で君が演じた役割を思うと、棍棒百叩きでも、まだ足りないと思うね」。

「義理の息子君」ブスケロスは続けて言った。「棍棒を頂戴すること自体願い下げだが、この場合、極めて無作法にもなる。なぜなら前回われらが会った時以来、わが輩は重要人物、副大臣になったようなものなのだから。それについては、少し詳しく説明してあげねばならないだろう」。

ポルトカッレーロ枢機卿猊下は、わが輩がアルコス公の後ろに控えている姿を何度かご覧になり、はっきりと親しみを込めた微笑みを向けてくださるようになった。それに意を強くして、わが輩は謁見の日に、思いきってご機嫌伺いに行ってみた。すると猊下はわが輩の方へ近寄られて、小声でこうおっしゃったのだ。

「ブスケロス君、君は、町の事情によく通じた人物のひとりだという噂だね」。

それに対してわが輩は、なかなかの機知を見せて、こう答えた。

「猊下、国の統治に長けているという評判のヴェネツィア人は、町の事情こそ、政治家が知っておくべき事柄のひとつに数えているのです」。

「うまいことを言うね」と猊下は答えられ、なおも何人かとお話をされて、引き下がられた。

十五分後、執事が近づいてきて、こう言った。

「ドン・ブスケロスさま、夕食にお招きするようにとの猊下のお言葉です。拝察するに、夕食後、お話もなさりたいようです。もしそうなった場合、あまり会話が長びかぬよう注意されるとよいでしょう。夕食にカレイをお出しするからです。猊下は食事に集中されるでしょうし、その後は早くお休みになりたいと思われるでしょう」。

わが輩は親切な助言をしてくれた執事に礼を言った。そして十五人ぐらいの人たちと、夕食に残った。

猊下はカレイをたっぷりと召し上がった。夕食後、わが輩は執務室に呼ばれた。

「どうだね！」猊下はおっしゃった。「ブスケロス君、最近、何か面白い話はあるかね？」

猊下の質問にはいささか戸惑った。何しろこの日どころか、その前の数日にも何も面白い出来事はなかったからだ。しばらく考えると、わが輩はこう答えた。

「猊下、最近、オーストリアの血を引く子供を見つけました」。

猊下は驚かれたようだった……。

「そうなのです、猊下」わが輩は申し上げた。「アビラ公とベアトリス王女との間に秘められた関係があったのを思い出してください。ふたりの間にレオノールという娘が生まれ、その子が結婚をして子供を産んだのです。レオノールは亡くなり、ウルスラ会の修道院に埋葬されました。私はそこで墓を見たのですが、その後、墓は消えてしまいました」。

「それは」猊下はおっしゃった。「アビラ家とソリエンテ家には頭の痛い問題になりかねんな」。

猊下はなおも言葉を続けられたかもしれないが、カレイのせいで早めにお休みになるとのことで、わが輩はそろそろ退出すべきだと思った。それが、だいたい三週間前だ。ところで義理の息子君、墓は本当に、以前見つけた場所にもうないんだ。ちゃんとそこには「ここにレオノール・アバドロ眠る」と書いてあったのに。猊下の前で君の名前を出す気はなかった。別に秘密にしておこうというのではない。君の名を出すのはまた別の機会に取っておいたんだ。

私の散歩に付き添う医者が、数歩下がったところにいた。彼は、私が真っ青になって、気を失いかけているのに気づいた。そこでブスケロスに対し、職務上、自分は会話をやめさせ、患者を家に連れて帰らねばならないと告げた。

私は家に戻った。医者は鎮静剤をくれ、雨戸を閉めさせた。私はじっくりと考えをめぐらせ、屈辱的な思いに駆られた。

「こうなるのだ」私は心の中で言った。「自分より身分の高い人とつきあいをするとこういう目に遭うのだ。女公爵は私と結婚してくれたが、結婚生活はないも同然だった。架空の女性レオノールのせいで政府からは怪しまれるし、自分が軽蔑する男のばかげた話を聞かされるはめにもなる。だからと言って、身の潔白を示そうとすれば、女公爵の秘密を明かすことになるし、彼女の高慢ぶりからすれば、決して私の言葉を認めたりはしないだろう」。

それから二歳になるあの小さなベアトリスを思い浮かべた。ソリエンテで抱きあげたことがあったが、わが娘とはあえて呼びはしなかった。

「ああ、わが子よ」私は叫んだ。「おまえの人生はどうなるのだろう？　修道院にでも入るのか？　いや、私がおまえの父親である限り、そんなことはさせない。おまえの人生のためならば、どんな分別だって捨てられる。命をかけても守ってやる！」

子供のことを考えると、ほろりとなった。涙にかき濡れたが、やがて血まみれとなった。傷口が開いてしまったのだ。外科医を呼び、新しい包帯を巻いてもらった。それから女公爵に手紙を書いて、彼女が私につけてくれた召使いのひとりに届けてもらった。

二日後、またプラドに行ってみると、大騒ぎになっていた。国王陛下が死に瀕しておられるとのことだった。どさくさ紛れに自分の一件も忘れ去られるだろうと思った。実際その通りになった。翌日、国王陛下は崩御され（カルロス二世崩御は一七〇〇年十一月一日）、それを女公爵に伝えるべく、私は二通目の手紙を送った。

二日後、国王の遺言書が大勢の人の前で読み上げられ、ドン・フィリップ・ダンジュー[5]が次の国王に指名されていることが明らかになった。それまで秘密は固く守られていたので、人々の驚きは大きかった。

私は女公爵に三通目の手紙を送った。彼女は三通の手紙に一度で返信してきて、ソリエンテで落ち合うことになった。私がそこに行くと、彼女は二日後に到着した。女公爵は言った。

「うまくあの人から逃げてきました。あの詮索好きのブスケロスは、狙いに向かって真っすぐ進んでいました。あのままでは私たちが結婚しているのを嗅ぎつけられてしまったでしょう。そんなことになったら、無念のあまり死んでしまいます。私は間違っているのかもしれません。でも結婚を軽蔑することで、自分があらゆる女性の、そしてあらゆる男性の上に立つように思えるのです。私の心はこのような不幸な思い上がりに囚われてしまいましたが、たとえ心が焼き尽くされようと、私は負けません」。

「でもあなたの娘は」私は言った。「どうなるのでしょう？　そして私もずっと娘に会えないのでしょうか？」

「会えますわ」女公爵は言った。「でも今はその時ではありません。あの子を人目から隠すことで、私もあなた以上に苦しんでいるのです」。

彼女は実際苦しんでいたのだろう。だが私も痛みを感じ、辱められたと思っていた。女公爵に対して抱く愛情に、いつの間にか自惚れが混じり込んでしまい、その罪に対する当然の罰が当たったのだ。

ソリエンテはオーストリア派の集会の場に選ばれた。オロペサ公爵（正しくは伯爵）、インファンタード公爵、メルガル伯爵、その他何人もの有力者が次々と到着した。また名士どころか、逆に怪しげな人物たちもやってきた。その中に、ウセダという名の男がいた。占星術師だと称していたが、私と親しくなりたげな素振りを見せた。

最後にベルレプシュという人物が到着した。亡き国王陛下の王妃(6)の大のお気に入りのオーストリア人で、ハラハ伯爵が更迭された後に、大きな権力を握ることになった。数日間、予備協議が重ねられた。それから正式な会議が、緑の毛織物をかけたテーブルを囲んで開かれた。女公爵も列席を許されていた。その心が野心に囚われているのが見て取れた。彼女は国家の重要問題に関わろうとしていたのだ。

オロペサ公爵は、ベルレプシュ氏にこう語りかけた。

「お分かりのように、ご参集のお歴々は、ここ数代のオーストリア大使がスペインの利益のために腹を割って話をされた方々だ。われわれはフランス人でもなく、オーストリア人でもない。スペイン人なのだ。もしフランス国王が亡き陛下のご遺言を受け入れれば、その孫（アンジュー公フィリップ）が間違いなくわれらの王となる。そうなったとき、どのような状況になるのかは分からぬ。だがここにいる誰ひとりとして、内戦を始めるつもりはない」。

ベルレプシュ氏が断言するところによれば、ヨーロッパ全体が武器を取ろうとしており、ブルボン家がこれほど強大な国々を一手に掌握するなどというのは決して認められないだろうとのことだった。さらに続けてオーストリア派の貴族は、ウィーンに誰か信用できる人間を派遣しなければならないと言った。

オロペサ公爵は、私に目を向けた。自分を推薦するつもりだなと思ったが、公爵はしばし考え込むと、そのような時期はまだ来ていないと答えた。

ベルレプシュ氏は、誰かをこの地に残すつもりだと言った。会議に列席する貴族たちが皆、名乗りを上げる機会を待っているのを彼は直ちに見て取った。

会議が終わると、私は庭にいる女公爵のところへ行き、オーストリアに人を派遣する話になったとき、オロペサ公爵が自分を見たと告げた。

「ドン・ホアンさま」女公爵は答えた。「正直に申し上げますと、この目的にはあなたが選ばれる予定でした。私自身が推薦したのです。文句をおっしゃりたいでしょうね。それも当然です。ただあなたに対する私の立場は申し上げておきましょう。私は生まれつき、人を愛することができない人間でした。けれどもあなたの愛情に心を打たれたのです。愛の喜びを完全に諦める前に、それがどういうものなのかを知りたいと思いました。結果として、私の性格が変わることは全くありませんでした。私の身と心についてあなたに差し上げた権利は、どんな些細なものであろうと、もはや存在いたしません。その痕跡は消し去りました。私の願いは、何年か社交界で暮らし、できれば、スペインの運命をこの手で動かしたいということなのです。その後は、貴族の子女のための教会参事会を設立し、自分がその初代の修道院長になります。ドン・ホアンさま、あなたはトレドの修道分院長（かつてのトレドの騎士）と合流してください。あの方はすでにウィーンを発ち、マルタ島に向かわれています。あなたがこれからなさる事柄には危険が伴いますので、財産は私が買い取り、ポルトガルのアルガルヴェ王国にある私の土地の抵当に入れておきます。ドン・ホアンさま、あなたが張るべき予防線はこれだけではありません。スペインには、政府の関知しない土地がいくらかあり、そこではあらゆる追跡から逃れて一生を送ることができます。あなたをある者に託しますので、その者にお尋ねください。ドン・ホアンさま、驚いておいでですね。以前はもっと優しくしてあげた折もありました。でもブスケロスの追跡が不安なのです。決意は揺らぎません」。

このように語ると、女公爵は私が考えこむのに任せた。私は大貴族たちに好意を抱けなくなっていた。

「地上の神々なんてものは呪われちまえ」私は叫んだ。「やつらは他人のことなど何とも思っちゃいないんだ。俺は貴婦人のおもちゃにされたんだ、俺を実験台に自分が人を愛せるかどうかを確かめようとし、あげくの果てに厄介払いしようというのだからな。自分や仲間の大義のために俺を犠牲にして、おめでたいやつだと思っているんだろう。何にもしてやるものか。世間で無名な俺は、静かに暮らしていけるだろう」。

最後はかなり大声になった。誰かがそれに答える声が聞こえた。

「いいえ、アバドロさん、静かに暮らしてなどいけませんよ」。

振り返ると、木々の間に、先ほど話に出たあの占星術師ウセダの姿があった。彼は言った。

「ドン・ホアン殿、あなたのひとり言が少し耳に入りました。断言しますが、騒乱の時代に静けさを求めるなど、どうかしています。あなたには庇護してくれる方々がおられるのでしょう。彼らを失ってはいけません。マドリードへ行き、女公爵の言葉通り、財産を処分しておいでなさい。それからわが城へ来るのです」。

「女公爵の話など聞きたくもない」私はすぐさま答えた。

「結構です！」占星術師は言った。「ではわが城にいる、彼女の血を引く人の話をしましょう」。


娘に会いたい思いで、怒りは収まった。確かに、自分を庇護してくれる人たちと縁を切るのは賢いやり方ではなかった。そこで私はマドリードに向け出発し、到着すると、これからアメリカ新大陸に行く予定だと告げた。家や財産は、女公爵の代理人に託した。それから、ウセダがつけてくれた従僕と出発した。この従僕は、何度も回り道をした後に、ウセダの城に連れていってくれた。あの城については、皆、ご存知だろう。あそこでここにいるウセダの息子と出会ったのだからな。


ウセダは鉄格子の門のところで私を出迎えて、こう言った。

「ドン・ホアン殿、ここではもはや、私はドン・フェリックス・ウセダではない。名はマムーン・ベン・ゲルションで、民族も宗教もユダヤなのだ（第九日参照）」。


それから観測所、実験室、そして謎に満ちた城のあらゆる箇所を案内してくれた。

「あなたの技法は」私は言った。「本当に効果があるのですか？　あなたは占星術師で、魔術師でもあると耳にしたのですが」。

「見てみたいか？」マムーンは言った。「このヴェネツィアの鏡を覗いてみるがいい。雨戸を閉めよう」。

最初は何も見えなかった。次に鏡の奥底がぼうっと明るくなった。アビラ女公爵が、子供を抱いている姿が見えた。

ジプシーの族長がここまで語ると、仲間の仕事のことで呼びにくる者があった。その日はもう族長の姿を見ることはなかった。

第五十三日

私たちはいつもの時間に集まった。ジプシーの族長にはたっぷり時間があったので、私たちは物語のつづきを語ってもらえないかと頼んだ。彼は次のように語った。

ジプシーの族長の物語のつづき

お話ししたように、ヴェネツィアの鏡をじっと覗いていると、そこに子供を抱えた女公爵の姿が見えた。それから幻影は消えてしまい、マムーンは雨戸を開けた。私は言った。

「魔術師さま、私の目をくらませるのに、魔法の力を借りるには及びませんでした。女公爵の人柄は知っております。彼女は一度、もっと風変わりなやり方で私を騙したのです。どちらにせよ、鏡の中に姿が映ったということは、彼女自身、この城のどこかにいるのでしょう」。

「その通りだ」マムーンは言った。「彼女の部屋に行って、ココアでも飲もう」。

彼は扉を開けた。私は妻の足下にひれ伏した。彼女もまた思いを隠しきれなかった。やがて自分を取り戻すと、彼女はこう言った。

「ドン・ホアンさま、ソリエンテでお伝えした事柄はすべて、あの場で言わねばならなかったことでした。真実でありましたし、私の決意は今でも揺るぎません。でもあなたが去ってから、言葉が過ぎたと後悔しました。女性というのは本能的に、ぶざまな振る舞いを嫌うものです。あなたをここでお待ちし、最後にもう一度お別れを言おうと思ったのはたぶんそのためですわ」。

「奥さま」私は女公爵に言った。「あなたは私のあこがれの方でした。これからもお姿はまざまざと心に残るでしょう。あなたの生涯において、ドン・ホアンの存在意義がもはや失われたのは認めましょう。でも先ほど見た幻影では、あなたは子供を抱いておられました」。

「また会えますわ」女公爵は言った。「私たちはふたりして、あの子の養育を引き受けてくれた方の手に委ねましょう」。

何と言えばよいのだろう！　女公爵の言葉は全く正しいとあの時は思ったし、今でもそう思っている。実際、夫であろうとなかろうと、彼女とふたりで暮らすことなどできただろうか？　うまく世間の目を欺いたにしても、従僕の目をごまかせただろうか？　彼らのせいで全てが明るみに出てしまったのではなかろうか？　そんなことにでもなれば、女公爵の人生はすっかり変わってしまっただろう。だからこそ彼女の言葉は正しいと思えたのだ。私は白旗をあげ、小さなオンディーナに会いにいった。

略式洗礼《オンドワモン》(7)だけで、正式な洗礼を受けていないのを示すために、彼女はそう呼ばれていた。

それから皆は夕食に集まった。マムーンは女公爵に言った。

「奥方、この騎士が知っておくべきいくつかの事柄をお伝えする方がよいかと思うのだが。差し支えなければ、私がその役を果たそうか」。

女公爵は同意した。するとマムーンは私の方を向き、こう言った。

「ドン・ホアン殿、あなたがおられるのは不思議な土地で、誰もがここでは秘密を抱えている。山脈には巨大な洞穴がいくつもあり、ムーア人たちが住んでいる。国外追放令が出て以来、彼らはそこから一度たりとも出たことはない。目の前に見えるこの谷には、いわゆるジプシーたちが住み着いている。ある者はイスラーム教徒、別の者はキリスト教徒、またどちらでもない者もいる。あの山の頂に、十字架の載った鐘楼が見えるだろう。ドミニコ会修道士の巡礼者宿坊だ。聖なる異端審問所も、数々の理由から、ここで起こる出来事には目をつぶっている。宿坊のドミニコ会修道士も、何も見ないふりをしている。今おられるこの家はイスラエル人の住まいで、七年ごとに、スペインとポルトガルのユダヤ人がここに集まり、安息年を祝う。ヨシュアがヨベルの年を祝って(8)以来、それは四百三十八回を数える。先ほども申し上げたな、アバドロ殿、この谷のジプシーには、イスラーム教徒もいるし、キリスト教徒もいるし、どちらでもない者もいる。最後の者たちは紛うことなき異教徒で、カルタゴ人の末裔だ。ドン・フェリペ二世の治世には、何百人もの異教徒が火あぶりにされた。数家族が小さな湖の近くに逃れたが、この湖は火山の噴火でできたという。宿坊のドミニコ会修道士は、そこに礼拝堂を構えている。以上が、アバドロ殿、小さなオンディーナのために用意された環境だ。彼女が自分の生い立ちを知ることはない。女公爵殿の忠実な女中《ドゥエニャ》が、母親代わりになっている。彼女のために、湖のほとりに小ぎれいな家を一軒建ててやった。宿坊のドミニコ会修道士が、キリストの教えに導いてくれるだろう。それ以外はすべて神の御心にお任せするのだ。ただ、このラ・フリータの湖を訪れる人たちはいるかもしれぬが」。

　話の間、女公爵ははらはらと涙をこぼした。私も涙をこらえるのに苦労した。翌日、湖に行ってみたが、それはまさにわれわれが今いるこの場所だ。この地に小さなオンディーナを住まわせたのだ。翌日、女公爵は本来の高慢さを完全に取り戻した。別れはそれほど胸打つものでもなかった。

私は海沿いの町に行って、船に乗った。シチリアに行き、一隻のスペロナーレ（船底の平たいマルタ島の船）を雇い、マルタ島へ渡った。トレドの修道分院長を訪ねてみると、彼は優しく抱きしめてくれたが、その後、部屋に私を招じ入れて閉じ込め、二重鍵をかけてしまった。

三十分後に、彼の執事がたっぷりとした食事を届けてくれた。夕方にはトレド自身が、大きな手紙の束、いや政治の世界で「封書」と呼ばれるものを持ってやってきた。翌日、私は船に乗り、カール大公[9]のもとへ赴いた。大公はウィーンにおられた。持参した封書を渡すと、マルタ島のときと同様、すぐに幽閉されてしまった。一時間後に、大公ご自身が会いにこられた。そして私を皇帝陛下のもとへ連れていき、こう言われた。

「陛下、謹んでサルデーニャの貴族、カステーリ侯爵をご紹介申し上げます。彼に侍従長の位を賜れれば幸いに存じます」。

レオポルト皇帝[10]は、下唇でたいそう感じよく微笑まれ、イタリア語でサルデーニャを離れてどれぐらいになるかと尋ねられた。

皇帝との拝謁には慣れていなかったし、嘘をつくのにはなおさら慣れていなかったので、深々とお辞儀をひとつした。

「もうよい」皇帝はおっしゃった。「余の息子カールに仕えるがよかろう」。

こうして私は否応なしに、サルデーニャの貴族、カステーリ侯爵にされてしまった。

その晩、ひどく頭痛がした。翌日には発熱し、さらに次の日には天然痘の発疹が現れた。ケルンテン（オーストリア最南の地域）の宿屋でもらってきたのだ。それは融合性発疹となり、命も危ぶまれた。ようやく治癒したが、病気から大きな余禄を得ることになった。つまりカステーリ侯爵とホアン・アバドロとは似ても似つかぬ風体となり、私は名前と同時に顔つきまで変えてしまったのだ。まして、メキシコ副王夫人になる予定だった偽のエルビラと気づく者などひとりもいなかっただろう。

病が完治すると、スペインとの通信係を申しつかった。だがドン・フェリペ殿がスペインとインドの国王に即位された[11]。臣民の心をつかむことにも成功された。こういう折には得てして、よく分からぬ悪霊が君主に取り憑き、その仕事に口出しをするものなのだ。たとえ正しい道を進んでいても、すぐに逸れてしまう。フェリペ国王とその王妃は、デ・ジュルサン[12]の言いなりとなった。さらにフランス大使を務めるデストレ枢機卿がマドリード評議会に迎えられると、スペイン人の憤激を買うことになった。その一方で、フランス国王ルイ十四世は、自分は何をしても許されると考え、マントヴァ[13]に軍を進駐させた。このとき以来、カール大公は、将来スペイン国王となる希望を抱き始められた。

一七〇三年が明けてすぐのある晩、大公は私を呼び出された。自ら数歩、私に歩み寄られると、抱擁しようとされた。いや強く抱きしめようとまでされた。こうした出迎えぶりから、何かとてつもない事件が起こったのだと悟った。

「カステーリ」大公は言われた。「トレドの修道分院長から便りはあるか？」

私は便りはないと答えた。

「全く勇敢な騎士だった」大公は言われた。

「何ですと」私は言った。「騎士だった、とおっしゃいましたか？」

「そうだ、騎士だった」大公は続けて言われた。「彼はマルタ島で、熱病にかかり亡くなった。私を、もうひとりのトレドと思ってくれてよい。さあ、友を思って泣くがよい。そしてこれからも私に忠実であれ」。

私は友を偲ぶ涙を流した。そして、もはやカステーリの名を返上する手段は失われたと悟った。自分は、大公が意のままに動かす駒のひとつに過ぎなかった。

翌年、私たちはロンドンへ赴いた。大公はリスボンへと渡り、私の方はピーターバラ卿の率いる軍に合流した。すでにお話ししたと思うが、卿とはナポリですでに知り合っていた（第四十日参照）。バルセロナが明け渡されたときも、私は卿とともにいた。卿はこのとき、降伏条件の交渉中になされた誠実な振る舞いによって、おおいに評判となった。協議中に、味方の連合軍の部隊が町に入り、略奪を始めたのだ。国王ドン・フェリペ陛下の名の下に指揮を執っていたポポリ公爵は、そのことで卿を非難した。

「英国兵たちとともに砦に入らせていただきたい」ピーターバラ卿は言った。「混乱を鎮めてきます。それが済んだら、協議を再開しましょう」。ピーターバラ卿は言葉通り実行した。そして砦から出てきて、名誉ある町の引き渡しを行なったのだ。(14)

しばらくすると大公もバルセロナにやってこられた。(15) スペインのほぼ全域を制圧していた。私はまた大公にお仕えしたが、あいかわらず名はカステーリ侯爵のままだった。

ある日、大公の後について広場を散歩していると、ひとりの男の姿を見かけた。ゆったりとしながらもせかしかしたその歩き方は、ドン・ブスケロスを思い出させた。

私は部下に後をつけさせた。男は偽の鼻をつけており、ロブスティ医師と名乗っているという。あのろくでなしに相違なく、町に忍び込んで、私たちを嗅ぎ回ろうとしているのだと確信した。

大公に報告すると、好きにしてよいと全権を任せてもらった。私はまず、衛兵隊の詰所にやつを誘い込んだ。それから閲兵の時刻になると、詰所から港に向かって、精鋭の兵士たちを二列に並べた。それぞれが、ハシバミの木でできた頑丈な棍棒を持っている。兵士たちは互いに、右腕をしっかり振ることのできる距離を取って相対している。ドン・ブスケロスは詰所から出てくると、準備は万端整い、自分がいわゆる祭りの花形になることを見て取った。やつは一目散に遁走し、振り下ろされる棍棒を半分ほど逃れた。それでも二百発以上はくらった計算になる。港で短艇に乗り込むと、軍艦までたどり着いた。そこで背中の傷を癒した。

ジプシーの族長がここまで語ると、呼びにくる者があった。その日はもう族長の姿を見ることはなかった。

第五十四日

私たちはいつもの時間に集まった。ジプシーの族長は次のようにつづきを語った。

ジプシーの族長の物語のつづき

六年もの間、カール大公にお仕えした。わが人生の美しい時期は、悲しみとともに過ぎてしまった。それは全てのスペイン人に言えることだった。騒擾は日々、終わりを告げそうになるが、決して終わりはしない。ドン・フェリペ殿の支持者たちは、フェリペ殿がデ・ジュルサンにからきし弱いことに絶望的な気持ちを抱いていた。カール大公の支持者にしても、不満の種はいくつもあった。あらゆる陣営が過ちを犯していた。誰もが間違っていた。倦怠感が世に満ちていた。

アビラ女公爵はオーストリア派の中心人物だったが、その後、フェリペ殿の方に鞍替えしたようだった。だがそこでデ・ジュルサン夫人にうんざりさせられることになった。この夫人はしばらくの間、表舞台から身を引き、ローマに隠遁していた。だがそこから勝ち誇ったように舞い戻ってきていたのだ。(16) アビラ女公爵はアルガルヴェ地方に引きこもり、修道院の設立に当たった。

シドニア公爵夫人は、娘婿と娘を相次いで失った。シドニア家は断絶した。財産はメディナセリ家(17)に渡った。公爵夫人はアンダルシアに隠遁した。

一七一一年、大公は、兄ヨーゼフを継いで、カール六世として神聖ローマ皇帝に即位された。ヨーロッパの人々は、フランスよりもむしろオーストリアを妬むようになった。スペインとハンガリーとが同一の国の支配下に入るのは好まれなかった。(18) オーストリア人たちはバルセロナを引き払い、後に残されたカステーリ侯爵に、町の人々は信頼を寄せてくれた。彼らに何とか良識ある考え方をさせようと、私は骨を折った。それは全く無駄だった。カタルーニャの人々は激情のようなものに囚われていた。自分たちだけで全ヨーロッパを相手にできると思い込んでいたのだ。(19)

そうこうするうちに、アビラ女公爵から一通の手紙を受け取った。署名はすでにバル・サンタ修道院長に変わっていた。彼女は次のように書き送ってきた。

できるだけ早くウセダのところへ行って、オンディーナに会ってください。会う前には、巡礼者宿坊の主任司祭と話をしてください。

ドン・フェリペ国王の軍隊を指揮するポポリ公爵は、バルセロナを包囲していた。彼が最初に行なったのは、カステーリ侯爵のために、高さ二十五ピエの絞首台を立てることだった。私はバルセロナの町の主だった市民を集めて、こう言った。

「皆さんが信頼してくださり、たいへん光栄に思います。ですが私は軍人ではありません。あなたたちを率いて戦うには適さぬ人間です。もし降伏という事態になれば、先方は私を引き渡すよう要求してくるでしょう。それはあまり愉快ではありません。ですからさようならを言って、皆さんとはこれでお別れした方がよいのです」。

民衆が馬鹿げた真似をするときには、できるだけ多くの人を巻き込もうとする。ひとりでも逃がさなければ、有利になると思うのだ。私もそれゆえ逃してはもらえなかった。だが私は前もって計画を立てていた。海岸ではフェラッカ船（地中海で使われる縦に長く幅の狭い軽量帆船）が待っていた。私は真夜中に乗船し、翌々日の晩に、ラ・フロリアーナで船を下りた。

アンダルシアにある漁村だ。

水夫たちには十分金を払って、帰ってもらった。私は山中に踏み込んだ。最初は方角が分からず少し苦労をしたが、やがてウセダの城が見つかった。領主ウセダは占星術を用いても、なかなか私だと分からなかった。

「ドン・ホアン殿」彼は言った。「いやむしろ、カステーリ殿、お嬢さんはとても健康で美しくなられた。それ以外のことは、宿坊の主任司祭に会って聞かれるがよい」。

二日後、古老の司祭がやってきて、こう言った。

「騎士のお方、私の勤める異端審問所は、このあたりの山々ではあまり厳しい取り締まりをしてはならぬと考えている。実際、迷える子羊たちを連れ戻そうと、いろいろと手を尽くしてはいるのだが、子羊の数はたいへん多い。彼らの真似をした幼いオンディーナには好ましくない影響が現れた。奇矯な性格の娘になってしまったのだ。キリスト教の真理について教えようとすると、注意深く耳を傾け、疑いを挟むことはまるでない。だがその後で、イスラーム教徒の祈りに加わったり、異教徒の礼拝にすら参列するのだ。さあ、騎士のお方、ラ・フリータ湖に行ってみられるがよい。あなたには権利があるのだから、あの子の心の奥底を読んでみられるとよい」。

私は尊敬すべきドミニコ会修道士に礼を言い、湖に行ってみた。北向きの岬を歩いていくと湖畔に着いた。一艘の帆船が、稲妻のような速さで湖を横切っている。その作りには感心させられた。スケート靴のように幅が狭く、前後に長いボートで、横木によって、転覆しないようになっていた。しっかりと取りつけられたマストに三角帆が張られている。オールに寄りかかった少女は、まるで湖面すれすれをかすめて飛んでいるかのようだった。

この奇妙な小舟は、私のいる岸辺に近寄ってきた。少女が舟から下りてきた。手も足もむき出しにして、絹でできた緑のドレスは体にぴったりと張りついている。髪の毛はカールしていて、それをたてがみのようにたびたび振り回している。まるで野生児だった。

「ああ、ベアトリス」私は叫んだ。「ここにいるのは本当に僕たちの子なのか？」

その通りだった。私は家に行ってみた。オンディーナの乳母《ドゥエニャ》は、数年前に亡くなっていた。そこで女公爵が自らやってきて、娘を谷間に住むある家族に預けたのだった。オンディーナは、いかなる権威をも認めない子だった。ふだんはほとんど口をきかず、木登りをしたり、岩場を駆け回ったり、湖に飛び込んだりしていた。だが賢いところも見せ、先ほど説明したあの優美な舟をひとりで設計した。彼女に畏怖を与える唯一の語、それは父親という言葉であった。言うことを聞かせたい場合は、父親の名において命じるのだ。だから私が到着したときに、人々はオンディーナを探しにいかせ、父親の到来を伝えた。彼女は震えながらやってくると、私の前でひざまずいた。私は胸に抱きしめた。何度もなでてやったが、彼女からは一言も引き出せなかった。

私たちは簡単な食事をした。それからオンディーナは小舟に乗り、私も一緒に乗り込んだ。彼女は二本のオールを取ると、沖へ漕ぎ出した。私は会話を試みた。彼女はオールを置き、話を聞きたそうなそぶりを見せた。私たちは湖の西側の切り立った岩場の近くにいた。

「かわいいオンディーナ」私は言った。「宿坊におられる神父さまたちのありがたい教えをきちんと聞いたかね？　オンディーナ、おまえは分別を持った人間だ。おまえには心があるし、信仰は導きとなるのだよ」。

こんこんと説いていると、オンディーナはざぶんと水に飛び込み、視界から消えてしまった。

私は心配でたまらなくなった。家へ戻り、大声でわめき散らした。家の者は、何でもないと教えてくれた。水の中には岩に沿って、丸天井のようになっている箇所がいくつもあり、アーケードのように他の泉へと続いているのだという。オンディーナはそうした水路をよく知っていて、潜って姿を消しても、数時間後には戻ってくるのだ。

確かにオンディーナは戻ってきた。お説教のつづきをする気にはなれなかった。先ほども言った通り、オンディーナは賢い子ではあるが、ひとけのない所で育てられ、孤独に放っておかれたので、人とのつきあい方をまるで知らないのだ。

数日後、ふだんは喜捨集めを担当する司祭が、女公爵、いやベアトリス修道院長からの使いだと言ってやってきた。司祭は彼女のもとへ案内する命を帯びており、私にも自分と同じ衣装を貸してくれた。海岸に沿って、グアディアナ川(20)の河口まで行き、そこからアルガルヴェ地方を通過して、バル・サンタに到着した。修道院はほぼ完成していた。修道院長は威厳たっぷりに面会室で私を迎えたが、侍者たちを下がらせると、優しさを見せてくれた。野心は消え去り、代わりに、なおも人を愛したいと考えていたのだ。

オンディーナのことを話そうとしたが、女公爵はため息をつき、その話は翌日にしてほしいと頼むのだった。

「あなたの話をしましょう」彼女は言った。「お友だちは皆、忘れていません。あなたの財産は彼らの手で増えました。倍以上になっています。でもどのような名でそれを受け取るかが問題です。だって、もうカステーリの名は使えないでしょうから。国王陛下は、カタルーニャの反乱に加担した人間をお許しにならないでしょう」。

私たちは長い間、この問題について話し合った。だがいずれの決心もつかなかった。数日後、ベアトリスは忍びやかに一通の手紙を差し出した。オーストリア大使から彼女に届いたものだった。私をウィーンに招待したいというありがたい仰せだった。白状するが、私の人生でこれほど鼻が高かったためしはない。これまで全身全霊で大公へのご奉公に身を捧げてきたが、皇帝となられた暁に謝意を示してくださるとは何より光栄なことだった。だが夢を見ていたわけではない。私は宮廷とはどういうものか知っていた。大公がスペイン王位を求めてむなしい努力をしておられた頃に目をかけられたことは周囲も大目に見てくれた。だがキリスト教圏で最高の君主になられた方の寵愛を受けてただで済むだろうか？ それはまずあり得ないと思えた。とりわけ、絶えず私の評判を傷つけようとするある貴族のことが気になった。他ならぬアルテイム伯爵(21)その人で、このオーストリア貴族はその後、重要な役割を演じることになる。

それでも私はウィーンに赴き、神聖ローマ皇帝陛下の聖なる膝にくちづけをした。陛下は、ご自身の領土に移り住むがよいと言ってくださった。またありがたくも、私がカステーリと名乗り続けた方がよいか、本来の名に戻った方がよいか、相談に乗ってくださりもした。陛下の恩情には感激したが、密かに予期するところがあり、お言葉に甘えないことにした。

当時、何人ものスペイン貴族が故国を捨てて、オーストリアに移住していた。ロスリオス伯爵、オイオス伯爵、バスケス伯爵、タルカ伯爵などだ。彼らと親しくなると、自分たちに倣ってはどうかと私にも勧めてくれた。

私もそのつもりだった。だが先ほどお話しした、あの見えざる敵は眠り込んでいたわけではない。やつは私と陛下の会見の模様をつぶさに知っており、スペイン大使に報告していた。スペイン大使は、私を迫害すれば、自分の任務が果たせると考えていた。当時、ある重要な交渉が進行中だった。大使はそれを紛糾させ、私の人柄や、かつて果たした役割に難癖をつけて、さらに交渉を困難にした。こうした方法は目覚ましい効果をあげた。やがて私は、自分の立場が以前とは変わってしまったことに気づいた。私がいると、誰もが気詰まりな様子だった。そんなことになるだろうと、ウィーンに来る前から予想していたので、気にならなかった。私は暇《いとま》を告げようと、皇帝陛下への拝謁を求めた。拝謁は許され、私はお言葉を賜ることなく、ロンドンに向けて出発した。スペインに戻ったのは、ようやくその年の暮れのことだった。

ベアトリス修道院長に会いにいくと、青ざめた顔で憔悴しきっていた。彼女は言った。

「ドン・ホアン、以前とずいぶん変わったと思われるでしょうね。事実、この人生ももうじき終わりになるような予感がします。どのみち、生きていてももう何の楽しみもないのですから。ああ、神さま！　どう申し開きをしたらよいのでしょう！　聞いてください、ドン・ホアン、娘は異教徒となって亡くなりました。孫娘はイスラーム教徒です。それを考えると、たまらない気持ちになります。さあ、これを読んでください」。

彼女の差し出した手紙には次のように書いてあった。差出人はウセダだった。

この上なく善良な修道院長さま

以前、洞窟に住むムーア人たちに会いにいったところ、ひとりの女性が話をしたいとのことでした。住処に行ってみると、彼女は次のように語りました。「マムーンさま、あなたはたいそう物知りでいらっしゃいます。どうか私の息子に何が起こったのかを説明してくださいませ。息子は、一日中、谷間《たにあい》の道や岩の裂け目を歩いていて、美しい泉を見つけました。その泉からたいそう美しい娘さんが飛び出してきて、息子はすっかり恋に落ちてしまったのです。水の精だと思い込んでいます。息子は長い旅に出ましたが、この秘密を解き明かすためにできる限り手を尽くしてほしいと私に頼んでいったのです」。

こんな話をムーア人の女性にされたのですが、やがてその水の精こそオンディーナに他ならないと悟りました。確かに普段から、あの子は丸天井のようになったところに潜り込んでは、別の泉から出てきたりしておりました。私はムーア人の女性に言葉をかけて、できるだけ落ち着かせてやりました。それから湖に行ってみました。オンディーナに問いただしても、無駄でした。ご存知の通り、無口な子なのです。ですが彼女の体が語りました。彼女を自分の城に連れて帰り、そこで女の子が生まれました。オンディーナは湖に帰りたがって、城から逃げ出しました。またさかんに水に潜ったため、数日後に亡くなってしまいました。最後に申し添えれば、オンディーナはいかなる宗教をも信じていない様子でした。その娘の方は、父親から混じり気のないムーア人の血を引いていて、イスラーム教徒になるしかありません。阻もうものなら、地下の住人が仕返しにやってくるでしょう。

「さあ!」修道院長は言った。「これでお分かりでしょう。娘は異教徒として亡くなり、孫娘はイスラーム教徒なのです。ああ、神さま、ああ、神さま」。

ジプシーの族長がここまで語ると、人がやってきて、話は中断された。その日はもう族長の姿を見ることはなかった。

第五十五日

私たちはいつもの時間に集まった。ジプシーの族長は次のようにつづきを語った。

ジプシーの族長の物語のつづき

高名なバル・サンタ修道院長は悲しみには負けなかったろうが、厳格な苦行を自らに課しており、すでに損なわれていた体調はそれに耐えられなかった。私の眼前で、次第に衰弱していった。彼女を置いて出発する気にはなれなかった。僧服を着ていた私は、自由に女子修道院の中に入ることができた。そこで彼女が息を引き取るのを見守った。

修道院長の相続人であるソリエンテ公爵もやってきていた。この貴族は、あけすけにこう語った。

「知っておるぞ」彼は言った。「君はオーストリア派とつき合っておられたな。私もあの一派に属していた。何か重要な案件で君の役に立てる機会があれば、喜んでそうしよう。だが君と知り合いだと世間に知られるのはまずい。そんなことにでもなれば、互いに何の得にもならない」。

ソリエンテ公爵の言葉は正しかった。私はオーストリア派の捨て駒のひとつだった。必要なときに使い捨てにされただけなのだ。それでもそこそこの財産が残り、それをどう動かすこともできた。銀行家モロに預けてあったからだ。私はローマか英国にでも隠遁しようかと思っていた。だが決断する段になると、何も決められない。社交界に戻るのはもっての他だった。そんなことは考えるのもおぞましく、社交界は私にとって心の傷でしかなかった。

私の心がなかなか定まらないのを見て、ウセダはゴメレスのシャイフたちに仕えてみてはどうかと言った。

「何なのですか、それは?」私は尋ねた。「祖国の利益に反するのではないでしょうね?」

「そんなことは全くない」ウセダは答えた。「この地の洞窟に隠れ住むムーア人たちは、イスラームの変革を準備している。そこには狂信的な考えも、政治的な理由もある。彼らの富は莫大だ。いくつものスペインの一族が、彼らと手を結ぶ方が得策だと考えた。異端審問官たちも相当な額を彼らから巻き上げており、地上では容赦しない事柄を洞窟の中では大目に見ている。さあ、ドン・ホアン殿、われらがこの谷間で送る生活を試してみられるがよい」。

私は誘いに乗ることにした。イスラーム教徒と異教徒のジプシーは、自らの長になる者として私を迎え入れてくれ、完全な服従を私に誓った。だが私が心を決めた理由は、ジプシーの女性たちにあった。ふたりの女性がおおいに気に入ったのだ。ひとりはキッタ、もうひとりはシッタという名だった。ふたりとも美人だった。ひとりだけを選ぶのは不可能に思えた。彼女たちは私が困っているのに気づくと、自分たちの部族では、何人でも好きなだけ妻を娶《めと》ることができるし、結婚するにしても、いかなる宗教的儀式も課せられることはないと言って、安心させてくれた。

恥をしのんで告白しよう。こうした罪深い放蕩生活ができるかと思うと、心がぐらりと動いた。ああ！　人が正しい道に留まるには、たったひとつの方法しかない。美徳の光がさんさんと注がれていない小道はすべて避けることだ。名前や行動や計画を偽れば、遠からず自分の人生全体を人目から隠さねばならぬようになる。私と女公爵との関係で非難されるべきは、それが秘密結婚だったということに尽きる。だがその後、あれこれと隠し立てをしなければならなくなったのは、すべてそこから発している。

この谷間に留まろうと思ったのには、もう少し真っ当な理由もある。ここでの暮らしの魅力だ。頭上に広がる空の穹窿《きゅうりゅう》、涼しい洞窟や森、澄んだ空気や水、足下に咲き乱れる花々、自然はあらゆる魅力を目の前に繰り広げ、社交界のむなしい喧騒に疲れた私の心を癒してくれた。

ふたりの妻は、それぞれ娘を産んだ。以来、私は良心の声にさらに耳を傾けるようになった。ベアトリスが良心の呵責に苦しんでいるさまを見てきたし、そのために彼女は亡くなったのだ。娘たちは、イスラーム教徒にも、異教徒にもさせないと心に誓った。それにはふたりと離れてはならない。そこでゴメレス一族に仕えることにした。私は深い信用を寄せられ、莫大な金銭を自由にできた。金持ちとなったが、自分のために欲しいものは何もなく、ただ一族の長たちの許可を得て、慈善事業を行なった。こうして何人もの不幸な人々に手を差し伸べてやった。

さらに言えば、私は地下においても、地上と同じ暮らしを送っていた。依然として政界の間諜を務めていたのだ。マドリードにはたびたび赴くことがあり、スペイン国外への旅行も何度かした。こうした活動によって、失われた活力が戻ってきた。私は日々、仕事にのめり込んでいった。

だが娘たちも成長する。最後にマドリードに赴いたときには、ふたりも連れていった。ふたりの貴族が、彼女たちの心を捉えた。これらの紳士たちの一族も地下世界とつながっているので、娘たちがわれらの谷間について口を滑らせたにしても、情報が漏れるおそれはない。ふたりが身を固めたら、私もどこか聖なる安息の地に行って、そこで人生の終わりを待つことにする。全く過ちがなかったとは言えないが、それほど罪深い人生でもなかった。私の物語を知りたいとご所望だったが、興味を持っていただけたら幸いだ。

「ブスケロスがどうなったのか知りたいですわ」レベッカは言った。

「教えてしんぜよう」ジプシーの族長は答えた。「やつはバルセロナでの百叩きが堪《こた》えて、こそこそと嗅ぎ回るのはもうこりごりだと思った。だが百叩きにあったのは、ロブスティを名乗っていたときなので、ブスケロスの名には傷がついていない。そこで大胆にもアルベローニ枢機卿[22]に仕えにいって、そこで下っ端の謀略家になった。何しろ、その主人ときたら、大物の謀略家だからな。

それから、リッペルダ[23]という別の策謀家がスペインを牛耳ることになった。その下で、ブスケロスはいくらか日の目を見た。だがどんな素晴らしい人生も時が来れば終わりになるように、ブスケロスも歳を取り、足が利かなくなった。体が麻痺してしまい、毎日、太陽の門《プエルタ・デル・ソル》まで連れていってもらうようになった。そこでなおも通行人を呼び止めては、あたう限り他人の問題に首を突っ込もうとあれこれやっていた。

最後にマドリードに赴いた時、ブスケロスの隣に、とてつもなく異様な顔立ちをした男がいるのを目にした。詩人のアグデス(第三十日参照)だった。歳を取って、目が見えなくなっていた。ホメロスも盲目だったと考えて、心を慰めていた。ブスケロスは彼に、町の出来事をいろいろと教えていた。アグデスはそれを詩にするのだ。時にはなかなか面白いと足を止めて聞く者もいたが、彼にはもはや、かつての才能の抜け殻しか残っていない」。

「アバドロ殿」私は言った。「オンディーナの娘はどうなったのです?」

「いつの日か、お分かりになるだろう」族長は答えた。「差しあたっては、出発の準備をしてもらいたい」。

私たちは出発した。長い道のりを歩き、深くたいへん切り立った谷に着いた。テントが立てられると、ジプシーの族長は私を探しにきて、こう言った。

「アルフォンソ殿、外套と剣を持って、着いてくるがよい」。

百歩ほど行くと、岩に裂け目があり、中は仄暗い通路がずっと続いている。

「アルフォンソ殿」ジプシーの族長は言った。「あなたの勇気は私も存じ上げている。この道を通り、地中の奥底に潜り込んでいくのにも躊躇なさらぬだろう。ではこれにてお別れだ」。

実際、私は躊躇しなかった。何時間も、真っ暗闇の中を歩いた。ただ地面がだんだんと坂になっていき、言われた通り、確かに地中の奥底に潜り込んでいくのを感じた。とうとう小さな明かりが見えた。到着すると、墓があり、年老いたイスラームの修道士《ダルヴィーシュ》（イスラーム神秘主義であるスーフィーの修道士）がひとり、祈りを唱えていた。私の立てた物音で彼は振り返り、こう言った。

「騎士の若者よ、長い間お待ちしていた。休んで、力を回復なさるがよい」。

私は石でできた腰掛けに座った。イスラーム修道士は、籠を差し出してくれたが、中には肉とパンとワインが入っていた。私は食事をした。

それからイスラーム修道士は、墓石のひとつを押し、軸を中心にぐるりと回すと、螺旋階段が現れた。

「ここを下りるのだ」イスラーム修道士は言った。「何をすべきかは、すぐに分かるだろう」。

私はまたしても暗闇の中、数え切れないほどの段を下りていった。それからいくつかのランプで照らされた洞窟に着いた。

石でできた腰掛けがあり、その上に鋼鉄製の鑿《のみ》と、同じく鋼鉄でできたハンマーが置いてあった。腰掛けの前には、人ひとり分ぐらいの幅の黄金の鉱脈があった。暗黄色をした鉱脈は、純度が極めて高そうだった。自分に求められているのは、金鉱からできるだけ多くの黄金を掘り出すことだとすぐに悟った。

左手に鑿を握り、右手にハンマーを持った。すぐに、なかなかうまく黄金を掘り出せるようになった。だが鑿は鈍ってしまい、取り替えねばならなかった。三時間後には、十人がかりでも持てないほどの黄金を掘り出していた。

そのとき、地下空間に水が満ちてきているのに気づいた。階段の方へ逃れても、水位は上がってくる。また階段を上らねばならなかった。イスラーム修道士のところに戻ると、何度も祝福してくれた。それから彼は別の螺旋階段を示し、それを上るようにと言う。

数え切れないほどの段を上り、丸い屋根の円形の建物の入り口にたどり着いた。たくさんのランプで照らされており、まわりの雲母やオパールといった鉱物に光が反射していた。円形の建物の奥には黄金の玉座があり、白いターバンを頭に巻いた男が座っていた。谷の隠者だった。そばには、豪華な衣装をつけた私のふたりの従姉妹もいた。何人かの白衣のイスラーム修道士も玉座の両側に控えている。

「ナザレの若者よ」シャイフは言った。「グアダルキビールの谷でおまえを庵に迎えた隠者（第二日参照）が私だったことはもうお分かりだろう。またゴメレス一族の大シャイフが私なのもお見抜きだろう。おまえの妻たちについても同様だろう。大預言者ムハンマドさまは、ふたりの敬虔な思いやりを祝福された。ふたりとも子を宿し、カリフの位をアリー(24)の家系に取り戻す定めのあの一族を永らえさせてくれるだろう。ナザレの若者よ、この黄金でできた木が見えるな。豊かに茂った葉むらがわが玉座に影を落としている。この木はわれらの家系図なのだ。枝にかけられた名前は、さまざまな呼び名でアフリカの国々を治めたゴメレス一族の先人たちのものだ。私の前にあるもう一本の木には、おそろしい棘がたくさんついている。そこに見られる名前は、キリスト教徒として残り、人知れず苦しんだゴメレス一族の先人たちのものだ。願わくは、尊い大預言者さまがおまえに光を当て、死の木から、尊く清い命の木の方へとおまえを移らせてくださいますよう！」

シャイフはこのように語ると、玉座から下り、私を抱擁した。従姉妹も同じように抱擁した。イスラーム修道士たちは遠ざけられた。私たちは内側の部屋に移ったが、そこには食事が準備されていた。気詰まりな雰囲気は一掃され、無論イスラームに改宗するよう勧められもしなかった。夜が更けるまで、皆は共にいた。

第五十六日

朝になると、前日の鉱脈にまた行かされ、前回と同じぐらいの黄金を掘り出した。夕方、シャイフのもとへ行くと、わがふたりの妻もそこにいた。知りたいことがたくさんあるので教えてほしい、とりわけシャイフ自身の物語が聞きたいと頼んだ。シャイフは、私が知っておくのは確かに大切だと答え、次のように語った。

ゴメレス一族の大シャイフの物語

おまえの前にいるこの私こそ、ゴメレス一族の初代シャイフ、マスード・ベン・タヘルの五十二代目の後継者である。マスードは、カッサールの城を築き、毎月最後の金曜日になると姿を消し、次の金曜日まで現れなかった。従姉妹から、それについて少しは耳にしているだろう。残りの顛末を語って、われらの秘密を教えてしんぜよう。

ムーア人がスペインに定着して数年後、アルプハラスの谷への進出が計画された。谷には当時、トゥルドゥロ人、またはトゥルデタニー人と呼ばれる部族が住んでいた(第一日参照)。この土着の民は、自らをタルシシュ人と名乗り、かつてはカディス周辺に住んでいたと称した。[25] 彼らは、そこそこ古代の言葉を覚えており、書くこともできた。その文字は、スペインでデスコノシダス(デスコノシードは「未知の」の意)と呼ばれるメダルに書かれているものと同じだ。

ローマ人、次いで西ゴート族の統治と続いたが、その間、トゥルデタニー人はたっぷりと貢ぎ物を納め、ほとんど完全な独立を保ち、古来からの宗教を信じることすら許されていた。彼らは、ヤーという名の神を信仰しており、ゴメレス・ヤーと呼ばれる山でその神に生贄を捧げていた。彼らの言葉で「ヤーの山」という意味だ。(26)

アラブ人の征服者たちは、キリスト教徒の敵となったが、偶像崇拝をする、あるいはしていると見なされる部族にとっては、さらに恐ろしい相手となった。アラブ人は、トゥルデタニー人を追放し、新月刀とか言われるアラブの刀でその首をはねた。マスードド・ベン・タヘルは、征服者ユースフの弟だったが(第一日参照)、当時、バグダードのカリフの不興を買っていた。それもさもありなん、彼は心の奥底ではアリー派の教えに心酔しており、口にしてはばからなかったからだ。(27)

マスードはコルドバにいては危ないと思い、アルプハラスの谷に引きこもろうと考えた。ムハンマドの教えは、不信心な人間を改宗させよと説いてはいるが、滅ぼせとは言っていないと彼は指摘した。そこでトゥルデタニー人の改宗を申し出た。提言は受け入れられ、山岳地帯の統治は彼に託された。マスードが最初に行なったのは、ゴメレスの山にモスクを備えた城を築くことだった。トゥルデタニー人は最初、それを見てたいへん心を痛めた。ヤーの神を慕っていたからではない。彼らは、山を横切る急流や、昔の採掘場の跡地で、黄金を探すのを楽しみにしていたのだ。それができなくなるのではないかと彼らは考えた。彼らに課されている租税をそれまで払えたのは、この黄金のおかげだった。

彼らによれば、この金鉱はかつてアドタナ人によって開かれたという。カルタゴ人のことを言おうとしているのに違いない[28]。トゥルデタニー人には、スタドラナー家から出る神官がいたが、早々にこの一家は途絶えてしまった。神官たちは、一年のうち一定の時期になると、山にある洞窟の中に入った。彼らだけがそこに立ち入るのを許されていた。他の者は、神罰を恐れて、近づこうとはしないのだ。

神官の一家が途絶えてしまうと、ヤーへの信仰も終わりを告げた。トゥルデタニー人は無宗教となったので、マスードは簡単にイスラームに改宗させることができた。彼らは、自分たちのかつての神官を悪しざまに罵るまでに至った。神官たちはヤーを称えに洞窟に入るのではなく、黄金を探していたと言うのだ。マスードは、金鉱の開発は富をもたらすと考えた。だがそんなことをすれば、迫害してくれと敵に頼むのも同然で、カッサール＝ゴメレスの城主もすぐにすげ替えられてしまうだろうと見抜いていた。彼はそれゆえ、黄金や金鉱が口の端に上らぬよう、できる限り注意した[29]。

このようにして何年もの月日が流れたが、バグダードではカリフ・マルワーンが権力を振るっていた。あるとき、マスードは城の地下室に、いにしえの文字が彫られた石があるのに気づいた。持ち上げてみると、その下に螺旋階段が隠されており、山の奥底へと続いている。マスードは松明を持ってこさせ、ひとりで下りてみた。いくつもの部屋や大広間、廊下が見つかったが、迷うのを恐れて、すぐに上に戻った。再度、地下空間を訪れてみると、足下に、すべすべとした輝く金属のかけらがあるのに気づいた。それらを拾って、自室に持ち帰ってみると、純金であることが分かった。三度目の冒険では、金粉が落ちている跡を辿ってみた。すると金鉱にぶつかった。おまえが先ほど行って、その輝きに目をくらまされた場所だ。マスードは急いで地上に戻り、自分の発見が人に知られぬよう、思いつく限りの用心を重ねた。地下空間の入り口に礼拝堂を建てさせ、そこに籠もるふりをした。だが実のところは、金鉱に行って、可能な限り大量の黄金を掘り出していたのだ。仕事は遅々として進まない。誰かの助けを借りるわけにもいかないし、黄金を取り出すための鋼鉄製の道具を、人知れず手に入れなければならなかったからだ。

富は必ずしも権力の象徴ではないことをマスードは知った。目の前に、地上のいかなる王よりも多くの黄金があるというのに、それを金鉱から掘り出すにはとてつもない労力を必要とし、掘り出したところで、どうすることもできず、ただ隠しておくしかないのだ。

マスードは熱心なイスラーム教徒で、狂信的なアリー派だった。彼によれば、この黄金を手に入れることができたのは大預言者さま（ムハンマド）のご配慮によるもので、カリフの位を彼のご家族、つまりアリー一族に取り戻し、その一族の力で全世界をイスラームに改宗させようとされているというのだ。彼はこうした考えに取り憑かれた。バグダードのウマイヤ家が落ち目になり、現実にアリー派が復権する望みも湧いてきたため、思いはますます深まった。

実際、ウマイヤ家は、アッバース家の新月刀の下に滅びた。だがアリー一族には何の利点もなかった。のみならず、ウマイヤ家の生き残りがスペインまで落ち延びてきて、コルドバのカリフを名乗ってしまった(30)。

マスードは敵が近づくのを見て、それまで以上に身を隠さねばならなくなった。アリー派再興の計画の実現も諦めてはいたが、計画を将来に託すべく手はずは整えていた。六つの家族、いやむしろ部族の長を選び、神聖な誓いによって、互いに結び合わせた。その上で金鉱の秘密を明かすと、こう言った。

「六年前から、この宝を保持しているが、まるで活用できなかった。もっと若ければ、戦士を集め、黄金と新月刀の力で世の中を統治することもできただろうに、金鉱を見つけたのが遅すぎた。私はアリー派の信奉者として名を馳せてきたが、一党を立ち上げようにも、その前に死を迎えるだろう。大預言者さまがいつの日か、カリフの位をご自分の系譜に取り戻され、全世界がイスラーム教徒となるのを願っている。その時はまだ来ていないが、今から準備をしておかねばならぬ。アフリカには同志がおり、ひそかに私はその地のアリー派を支援している。スペインにもわれらの拠点を設立せねばならぬ。とりわけ富は隠しておく必要がある。皆が同じ名を名乗るのも好ましいことではない。いとこセグリよ、おまえは一族を連れて、グラナダに行って居を構えよ。わが一族は山間《やまあい》にとどまり、ゴメレスと名乗り続ける。他の者は、アフリカに渡り、ファーティマ家の娘と結婚してもらいたい[31]。若者には特に気を配らなければならぬ。心の奥底を知り、試練にかけねばならない。大きな才能と気概を持った若者が現れれば、その者こそがアッバース家とウマイヤ家を滅ぼし、カリフの位をアリー一族に取り戻す人物となるはずだ。私の考えでは、その未来の征服者は、マフディ（預言者に導かれた者）、あるいは十二番目のイマーム（指導者）の称号を名乗るべきであり、ムハンマドさまのあの「日は西から昇らなければならぬ」という預言を自ら実現するだろう[32]」。

以上がマスードの立てた計画だった。彼はそれを帳面に書き込んだ。以降、何か事を立てるときには、必ず六人の部族長の意見を求めるのだった。最後は、そのうちのひとりを後継者に指名し、大シャイフの地位とカッサール＝ゴメレス城を譲った上で、自ら身を引いた。

その後、八代のシャイフが続いた。ゴメレス一族とセグリ一族は、スペインでも最良の地所を手に入れた。アフリカに渡った者もいる。彼らはそこで高い地位につき、高貴な女性と縁を結んだ。

ヒジュラ暦[33]二世紀が終わろうとする頃、セグリ一族のある男が、自分こそマフディであり、イスラームの教えの指導者であると名乗った。彼は、チュニスから一日の距離にあるカイルアンを拠点とした。北アフリカ全域を平定し、ファーティマ朝の初代カリフとなった[34]。カッサール＝ゴメレス城のシャイフは、彼に大量の黄金を送った。他方でシャイフは、それまで以上に秘密のヴェールをまとって、闇に身を隠さねばならなくなった。キリスト教徒が勢力を持ち始め、カッサール城もその手に落ちかねなかったからだ。

やがてシャイフには別の悩みが生まれた。アベンセラーヘ一族が急速に力を伸ばしてきたのだ。彼らはわれらが一族の敵で、性格もまるで異なっていた。セグリ一族とゴメレス一族は荒々しく、自らのうちにこもりがちで、信仰心に篤い。アベンセラーヘ一族は愛想がよく、礼儀正しく、女性に対してまめやかで、キリスト教徒とも仲がよい[35]。彼らはわれわれの秘密の一部を嗅ぎつけており、至るところに罠を仕掛けていた。

マフディの後継者たちは、エジプトを征服した。シリアとペルシアにも進出した。アッバース家の力は地に落ちた。トルクメニスタンの王子たちがバグダードを攻略した[36]。だがそれでもアリー派の勢力は伸びない。スンナ派が相変わらず、優位に立っていた。

スペインの風紀はあいかわらず、アベンセラーヘ一族のせいで乱れていた。この一族の女はヴェールもつけずに町を歩くし、男の方は、女の足下で恋のため息をついている始末だ。カッサール城の歴代シャイフは、もはや城から出ることも、黄金に触れることもなくなってしまった。そうした状態が長く続いた。とうとうセグリ一族とゴメレス一族は、信仰と王国を救うべく、アベンセラーヘ一族に対して陰謀を仕掛け、

アルハンブラと呼ばれる宮殿の中央にある獅子の中庭で、彼らを虐殺した。(37)

この不吉な事件によって、グラナダを守る男の数が減り、町の陥落は早まった。アルプハラスの谷も、他の土地と同様、キリスト教徒に降伏した。カッサール＝ゴメレス城のシャイフは、城を破壊して、地下に引きこもった。おまえがゾトの弟たちと出会ったあの地下住居だ（第五日参照）。六家族がシャイフと共に、地の奥底に閉じこもった。他の家族は、近くにあるいくつかの洞窟に居を定めたが、その出口は他の谷とつながっていた。

セグリ一族とゴメレス一族の多くの者が、キリスト教徒に改宗するか、改宗するふりをした。その中にはモロ一族（第三デカメロン参照）もいる。彼らはすでにグラナダで銀行業を営んでいたが、後に宮廷のお抱え銀行家となった。資金が不足する心配はなかった。地下にある黄金をいつでも自由にできたからだ。アフリカにいる同志ともあいかわらず連絡を取り合っていたが、とりわけチュニス王国にいる仲間とは密に連携していた。

神聖ローマ皇帝とスペイン国王を兼ねるカール（カール五世、在位一五一九―五六。スペイン国王としてはカルロス一世）の治世ごろまでは、まずまず順調だった。イスラームの教えは、アジアの方面ではもはやカリフたちの時代のような輝きは失っていた。だがオスマン人の征服[38]によって、ヨーロッパ方面に勢力を伸ばしていた。

この時代、地上では人々の間に不和が生じて、大きな混乱に陥っていたが、地面の下、つまり私たちの住む地下空間でもそれは同様だった。場所が狭い分、憎しみは強まるのだ。セフィとビジャは、シャイフの座を争っていたが（第一日参照）、確かにそれだけの価値があるものだった。何しろ汲み尽くせぬ金鉱を自由にできるようになるのだからな。セフィは、自分が不利なのを知って、キリスト教徒に寝返ろうとした。ビジャはセフィの胸に短剣を突き刺した。その後で、ビジャは一族全員の身の安全を考えた。彼は地下空間の秘密を一枚の羊皮紙に記すと、それを六片に切り分けた。横向きに書かれた文章を縦に切り、六片を順に並べぬ限り、判読できないようにした。それぞれの断片は、六家族の長に託された。他者への委譲は固く禁じられ、掟を破れば死でもって罰せられることになった。長たちは、断片を右腕に巻いた。ビジャは、地下空間とその近隣に住む全ての者の生殺与奪の権を握っていた。彼がセフィの心臓に突き立てた短刀は権力の象徴となり、後継者たちもそれを自らの標章とした。

ビジャは洞窟内に極めて厳格な統治体制を確立すると、アフリカで勃発する数々の事変に活発に介入した。ゴメレス一族は、アフリカの地でいくつもの王位を掌握していた。タルーダントや、タメスナの王でもあった（両方とも現モロッコの地名）。だがアフリカ人は軽薄で、感情に任せて動くので、この地で成功しても、期待されたほどの成果は上がらなかった。

このころ、スペインに残ったムーア人に対する迫害が始まった。ビジャは状況を巧みに利用した。地下空間と、表世界の有力者との間に、相互扶助の仕組みを作り上げたのだ。有力者たちは、静かに暮らしたいと願うムーア人の家族をいくつか保護しているのだと思っていた。だが実際には、彼らはシャイフの意のままに操られていたのだ。無論それに対してシャイフはたっぷりと報酬を支払っていた。

わが一族の年代記にも書かれているが、ビジャは、若者を試練にかけてその性格を知るという制度を確立、ないし再興した。だがその制度は、後に廃れてしまった。

ビジャの後、四人のシャイフが続いた。それからムーア人の追放令が出された（一六〇九年、フェリペ三世はムーア人のイベリア半島からの追放令を布告）。この時洞窟のシャイフは、カデルという男だった。たいへん聡明な人物で、地上と地下双方の安全を図るため、最善の策を取った。銀行家のモロ一族は、信用の置ける人物の人脈作りに携わっていた。これらの人物は、日頃から、ムーア人の後ろ盾となるのを旨とし、言葉通り無数の便宜を図っているのだが、そのぶん、礼金はしっかりと払われている。

アフリカに戻ったムーア人たちは、復讐心を持ち帰り、それが彼らの血をたぎらせていた。まるで北アフリカ全域が蜂起して、スペインを再征服するかのような勢いだった。だがやがて、アフリカの国々は仲間割れを起こした。内戦が起こり、無益な血が流れた。洞窟のシャイフは惜しみなく黄金を送ったが、何の成果もなかった。一世紀にわたる混乱を、ムーレイ・イスマーイール(39)という名の残忍な男が利用し、帝国を打ち立てたが、それは今も健在だ。ここで話は、私が生まれた時代に移る。これからおまえに語るのは、私自身の話なのだ。

シャイフがここまで語ると、夕食の時間だと告げられた。その夜は、前夜と同じように過ぎた。

第五十七日

朝になると、また地下に行かされ、できる限りの黄金を掘り出した。もはや慣れたものだった。一日中、仕事に励んだ。夕方、シャイフのもとへ行ってみると、従姉妹もいた。シャイフに、物語のつづきを話してもらえないかと頼むと、次のように語った。

ゴメレス一族のシャイフの物語のつづき

地下世界についてはすでにお話しした。少なくともわれらが知る限りのことは伝えた。これから語るのは、私自身の話だ。

私が生まれたのは、ある広い洞窟だったが、それは今われらがいるこの洞窟ともつながっている。そこでは陽の光は斜めに差しこんでくるだけで、空も見えない。だが岩の裂け目から、外の空気が入ってきて、空も垣間見える。ときには太陽が見えたりもする。ちょっとした地面もあって、花を育てていた。

父は、例の六部族の長のひとりだった。そのため家族と共に地下にとどまっていた。父のいとこや甥たちは、谷に住み、キリスト教徒と称していた。アルバラジン(40)と呼ばれるグラナダの町外れに住み着いた者もいる。ご存知のように、あそこには家というものがない。人々は山の斜面にある岩場のくぼみに住んでいるのだ。これらの奇妙な住居のいくつかは洞窟とつながっていて、それを通って、私たちの洞窟に来ることもできる。一番近しい住人たちは、金曜日ごとに私たちのもとへやってきては共に礼拝をする。遠くの住人は、大祭のときにしか訪れない。

私は母とはスペイン語で、父とはアラビア語で話をしていた。一家の方針として、ふたつの言葉を学んだが、特にアラビア語の勉強に励んだ。コーランはそらで唱えられたし、その注釈書もよく読んでいた。

私は幼年期から熱心なイスラーム教徒で、アリー派に強く惹かれていた。キリスト教徒には強い憎しみを抱くよう教えられていた。これらの感情は、いわば生来のものだったが、洞窟の暗闇の中で私はさらにそれを育んでいった。

十八歳になったが、その数ヶ月前からすでに、洞窟にいると窮屈で、息苦しく思うようになっていた。もっと広々とした場所に行きたかった。その辛さが健康にも影響を及ぼした。日々衰弱していく私に母が最初に気づいた。母は私の気持ちを尋ねた。私は、自分に分かる限り、思いを伝えた。何か圧迫感のようなもの、心の不安を感じているのだが、それを説明したり、名前をつけたり、描いてみせたりはできないのだと答えたのだ。そして、ここには違う空気を吸いたい、地平線や森、山々、海、他の人間を見たい、もしできないのならきっと死んでしまうだろう、ともつけ加えた。

母ははらはらと涙を流すと、こう言った。

「かわいいマスード、おまえの病は、私たちの間ではよく知られたものです。私自身もかつてそれにかかり、旅に出ることを何度か許してもらいました。グラナダにも行きましたし、もっと遠くにも足を伸ばしました。でもおまえの場合は違います。おまえには重大な使命が待っており、もう少しすると、世の中に出ていくことになるのです。それも、私の願いよりもずっと遠くへ羽ばたくのです。でも明日の朝、夜明けとともに私のところへいらっしゃい。新鮮な空気を吸えるようにしてあげます」。

翌日、言われたように母のもとへ行った。

「かわいいマスード」母は言った。「おまえはこの洞窟にいるよりも、もっと新鮮な空気をのびのびと吸いたいのね。では我慢して、この岩の上を腹ばいになって進みなさい。そうすれば、とても深く狭い谷に着くので、ここよりもゆったりと呼吸ができます。岩に上ったりできる場所もあるので、足下に広大な地平線が広がるのが見えるはずです。この窪んだ道は、もともとは単なる岩の裂け目でしたが、それが、四方八方に広がったのです。中は迷路のように、道が張りめぐらされています。ここにある炭をいくつか持っていきなさい。十字路に来たら、通ってきた道に印をつけておくのです。それが元来た場所に戻る唯一の方法なのです。少しばかり食べ物の入った袋がここにあります。誰にも出会わないとは思いますが、身を守るためにこのヤタガン（トルコ起源の片刃の刀剣）をお持ちなさい。こんなわずかな自由でも、おまえに許すのは、大きな危険を冒すことになります。ですからあまり長く留守にしてはいけませんよ」。

優しい母に礼を言った。腹ばいになって進むと、天井の低い隘路《あいろ》に出たが、足下は美しい緑の草で覆われていた。それからきれいな水をたたえた泉があり、入り組んだ谷があった。かなりの時間をそこで過ごした。滝の音がする。水の落ちる音の方へ行ってみると、泉があり、小さな流れが注いでいる。何とも気持ちのよい場所だった。

私は驚きのあまり、しばらくじっとしていた。それから空腹を感じたので、持っていた袋から食べ物を取り出した。信仰の教えに従って沐浴を行ない、その後で食べ始めた。食事を終えると、もう一度、体を清めた。それから地下世界に戻るべく、帰途についた。

そのとき、ごぼごぼという水音が聞こえた。振り向くと、泉からひとりの女性が姿を現した。濡れた髪に全身が覆われ、緑の絹のドレスが体にぴったりと張りついている。水の精は泉から出ると、茂みに身を隠し、やがて乾いたドレスに着替えて戻ってきた。髪は櫛《くし》で留めてある。眺めを楽しむかのように、岩に上った。それから先ほど出てきた泉へと戻っていった。無意識に体が動き、私は彼女を引き留めようと立ちはだかった。最初、彼女は怯えたようだった。私はひざまずいた。私の従順な態度を見て、彼女は安心した。私に近づくと、あごの下に手をやり、頭を上に向かせ、額にキスをしてくれた。それから稲妻のような速さで泉に飛び込むと、そのまま姿を消してしまった。

あれは水の精に違いないだろうと思った。あるいは、アラビアの物語に出てくるペリ（不死身で、人間を悪魔から守ってくれるペルシア神話の美しい妖精）かもしれなかった。先ほど彼女が身を隠した茂みに行ってみると、彼女のドレスが、まるで干してあるかのように広げてあった。それから地下世界に戻った。母を抱擁したが、先ほどの出来事については話さなかった。妖精は人に知られるのを嫌がると、かって読んだヒカエ（トルコ語で「物語」の意）に書いてあったからだ。それでも母は生き生きとした顔の私を見て、自由を与えたことを喜んだ。

翌日、また泉に行ってみた。注意深く炭で印をつけておいたので、簡単に見つけられた。到着すると、大声で水の精を呼んでみた。そして、彼女の泉で沐浴をしたことを詫びた。それでも再び沐浴を行ない、その後、持ってきた食べ物を広げた。ひそかな予感がして、食べ物はふたり分持ってきていた。

まだ食事を始めぬうちに、ごぼごぼという音が聞こえた。水の精がにこやかに泉から姿を現し、私の顔に水をかけた。そのまま茂みに行って乾いた服に着替え、私の隣に来て座った。彼女は普通の人間のように物を食べたが、一言も口をきかなかった。水の精とはそういうものなのだろうと考え、好きなようにさせておいた。

ホアン・アバドロ殿の話を聞いたあなたは、この水の精が他ならぬ彼の娘オンディーナであるのをお見抜きだろう。彼女は岩場を貫く水路を通って、いとも簡単に湖からこの泉へとやってきていたのだ。

オンディーナは無邪気だった。むしろ純潔とは何か、どうすればそれが傷つくかを知らなかった。私とて、彼女より知識があったわけでもない。無知ゆえに、私たちは罪を犯してしまった。私は水の精と結婚したのだと思った。そういうことがひと月続いた。ある日、私はシャイフに呼ばれた。行ってみると、六人の部族の長が集まっている。父もそのうちのひとりだった。

「息子よ」父は言った。「この洞窟を去り、イスラームの教えが行き渡るあの幸せな国々を旅するのだ」。

その言葉を聞いて凍りついた。水の精に会えなくなるというのは、私には死ぬのと同じだった。

「父上」私は叫んだ。「どうか地下世界を離れることだけはご容赦ください」。言葉の終わらぬうちに、六本の短剣がさっと私に向けられた。最もいきり立って私の心臓を突き刺そうとしているのはおそらく父であった。

「死ぬのは構いません」私は叫んだ。「でもどうか母と話をさせてください」。願いは叶えられた。私は母の腕に飛び込むと、水の精に恋をした話を打ち明けた。母は驚いたようだったが、やがてこう言った。

「かわいいマスード、水の精などいないものだと思っていました。でも本当のところはよく分かりません。とても博学なヘブライ人の知り合いがいるので、その方に聞いてみましょう。おまえが恋に落ちたのが本当に水の精ならば、どこに行っても会いにきてくれるはずです。でも知っての通り、ここではどんな些細な命令にでも、逆らえば死が待っています。部族の長たちはおまえに大きな使命を与えようとされています。急いで彼らのもとへ行って言いつけを聞き、期待に応えなさい」。

母の言葉で考えを改めた。水の精には途方もない力があると言われるのだから、私の水の精だって、世界の果てに行こうが会いにきてくれるだろうと思った。そこで父のもとへ行き、どんな命令にも従うと誓った。

翌日、チュニジア人のサイード・ハメットという男を道連れに、私は出発した。彼は、自分の故郷にも連れていってくれたが、たいそう気持ちのよい町だった。

チュニスから、ザグアン(41)に回った。フェズという名で知られる赤い帽子を生産する小さな町だ。近くには奇妙な建物が見られるという。礼拝堂と、水盤を半円形に取り巻く回廊で構成されている。礼拝堂から水が出てきて広がり、水盤に流れ込む。大昔には、泉の水は水道橋を通じて、カルタゴまで運ばれたらしい。礼拝堂は、泉の神に捧げられているという。情けないことに、その神こそ自分の水の精だと思った。実際にそこに行って、大声で呼んでみた。水の精は姿を現さなかった。

ザグアンにはかつて精霊たちの宮殿があり、その遺跡が、砂漠の中、数里に見えるという。実際に行ってみた。見事な建築の、円形の建物だった。遺跡をデッサンしている男がいるのに気づいた。スペイン語で話しかけ、この宮殿を建てたのは精霊だというのは本当かと尋ねてみた。男は微笑んだ。彼が言うには、この遺跡は古代ローマ人が野獣を戦わせた闘技場の跡で、この地は今日、エル・ジェムと呼ばれているが、かつての名高いザマだということだった(42)。こうした旅行者の説明を聞いても、あまり面白くなかった。できれば精霊たちに会って水の精の消息を尋ねたかった。

ザグアンから、今度はカイルアンに回ったが、これはかつてのマフディたちの首都である。今でも十万人が暮らす町だ。住民は騒々しく、何かというとすぐに暴動を起こす。私たちはこの町で一年を過ごした。

カイルアンから、ガダミス（現リビアにあるオアシス都市）に行った。ベレ・ウル・ジェリド、つまり「ナツメヤシの国」と呼ばれる地域にある小さな独立国だ。アトラス山脈とサハラ砂漠の間に横に広がるこれらの地域はそのように呼ばれる。そこではナツメヤシがとてもよく生育し、一本あれば、少食の人間の一年分の食料をもたらしてくれるからで、またこの地域の住人は実際に少食なのだ。この地には別の生活の糧もある。ドゥーラと呼ばれる穀物や、足が長く無毛の羊がそれで、この羊は食べるととても美味い。(43) ガダミスには、スペイン出身のムーア人がたくさんいた。セグリ一族やゴメレス一族の者はいなかったが、多くの家族が彼らに強い愛着を抱いていた。いずれにせよ、故郷を捨てて住むにはいい国だった。

その年の暮れに、父からの手紙を受け取った。末尾には次のように書かれていた。
「おまえの母によれば、妖精とは人間の女性で、子を産むとのことだ」。

水の精も人間の女性であると分かり、私の心も少し落ち着いた。

シャイフがここまで語ると、夕食の時間だと告げられた。その夜は、これまでと同じように過ぎた。

第五十八日

また金鉱のところへ行き、一日中、鉱夫の仕事をした。夕方になるとシャイフのもとへ行き、物語のつづきを語ってもらえるよう頼むと、彼は次のように語った。

シャイフの物語のつづき

父からの手紙によって、水の精が人間の女性であると知った顚末はお話しした。当時はガダミスにいた。サイード・ハメットは私をフェランに連れていった。ガダミスより少し大きいが、もっとつまらない土地で、住人の肌は真っ黒だった。

そこからアモンのオアシス(44)に行き、エジプトからの便りを待たねばならなかった。私たちが派遣した男たちは、二週間後に、八頭のヒトコブラクダ、つまり競駝《けいだ》用のラクダを連れて戻ってきた。この動物に乗るとひどく揺れ、ほとんど耐え難い思いをする。だが八時間ぶっ続けで、それに乗らなくてはならなかった。それからようやく休憩となった。ラクダには、米とゴムとコーヒーを混ぜて丸めたものを与えた。四時間休んだ後、再び出発した。

三日目に、バル・ベラ・メール、つまり「水のない海」と呼ばれる場所に到着した。砂で覆われた広い谷で、貝殻がいっぱい落ちている。草も生えていなければ、動物の姿もない。夕方になって、湖のほとりに着いたが、湖は塩の一種である天然ソーダで覆われていた。(45) ラクダとラクダ使いは、私たちを残して帰っていった。サイード・ハメットとふたりで夜を過ごした。

夜が明けると、八人の屈強な男が現れ、私たちをそれぞれ担架に乗せると、湖を渡らせてくれた。彼らは一列になって進んだが、歩ける場所は狭そうだった。男たちの足下で天然ソーダがばりばりと砕けたが、足は革の紐で包まれているので、怪我をすることはない。このようにして二時間以上、運んでもらった。湖は、切り立った谷に入っていったが、両側は白い砂岩になっている。次いで湖はアーチの下に潜り込む。自然が作り、人間の手で完成させたものだ。ここで男たちは松明を灯し、なおも百歩ほど進んで、小舟が何艘かつながれた埠頭のような場所に着いた。

男たちは食べ物をくれた。彼ら自身は水を飲み、ハシッシュを吸って体力を取り戻したが、これは大麻のようなものだ。次に樹脂の塊に火をつけると、たいそう明るく燃え上がった。彼らはそれを小舟の舳《へ》先《さき》に取りつけた。私たちが乗り込むと、男たちは櫂を取り、夕方まで洞窟の中を進んだ。

夕方に円形になった場所に着いたが、そこで水路はいくつにも分かれている。サイード・ハメットによれば、ここから、古代にはよく知られたあのオジマンディアスの迷宮が始まるのだという。建物の地下部分だけが現存しているのだ。ルクソールの洞窟やテバイスのあらゆる洞窟ともつながっている[46]。

小舟は、人の住む洞窟の入り口で止まった。舟を漕いでいた男のひとりが、食べ物を探しにいって、持ち帰ってきた。それから皆ハイク（イスラーム教徒の女性が頭からすっぽりと全身を包む長方形の布）にくるまって、小舟の中で寝た。

翌日、また舟を漕ぎ始めた。小舟は、広々としたアーケードのような場所を進む。天井はすべすべした巨大な石でできていた。あちらこちらに象形文字が描かれているのが見える。ようやく港に着くと、そこに哨所があった。哨所の衛兵は、上官のところへ案内してくれた。上官は、ダラズィー派のシャイフに引き合わせようと請け合ってくれた。

シャイフは人懐こく手を差し出すと、こう言った。

「よく来られた、アンダルシアの若者よ。カッサール＝ゴメレス城にいるわれらの兄弟たちは、手紙で褒めちぎっておったぞ。ダラズィーがおまえを祝福してくださるよう！」

シャイフとサイード・ハメットは古くからの知り合いのようだった。

夕食が出された後、奇妙な服装をした男たちが姿を現した。彼らはシャイフに話しかけたが、その言葉は私にはさっぱり分からなかった。何やら激しく喚いており、まるで大罪でも犯したかのように私を指差している。見回してみたが、旅の道連れの姿はない。シャイフは、私にかんかんに腹を立てたようだった。私は逮捕され、手と足に鎖をつけられ、独房に投げ込まれた。

互いに通じ合ったいくつかの洞窟があり、そのあちこちに穿たれた岩穴が独房だった。ランプの光で、地下への入り口が見えたが、そこに恐ろしい目が光っているのに気づいた。巨大な歯が並んだ恐ろしい口も見える。独房に、ワニが体半分まで入ってきて、私を飲み込もうとしていたのだ。私は鎖で縛られていた。祈りを唱え、死を待った。だがワニは鎖でつながれていた。私の勇気を試そうと仕組まれた試練に過ぎなかった。

ダラズィー派の起源は、ダラズィーという名の狂信者にさかのぼるのだが、この男は実際には、エジプトのファーティマ朝の第三代カリフ、ハーキム・ベム・リラの手先でしかなかった。不敬虔で知られるハーキム王子は、いにしえのイシス信仰を復活させようとしていた。神の生まれ変わりと称し、放蕩きわまりない日々を送っては、信徒たちにも同じ振る舞いを許していた。当時は、いにしえの秘儀はまだ完全に廃されてはいなかった。迷宮の地下で、儀式は続けられていたのだ。カリフ・ハーキムは、そこで秘儀を伝授された。彼は乱行の最中に死んだ。信徒たちは迫害され、迷宮に逃れた。今日では、ハーキムの信徒の末裔は純粋なイスラーム教徒であるが、ファーティマ家の人々と同様、アリー派に属している。おぞましいハーキムの名前を避け、彼らはダラズィー派を名乗っている(47)。

いにしえの秘儀伝授の儀式のうち、ダラズィー派が今日になお伝えているのは、人を試練にかけることのみである。私も何度か立ち会ったが、体を痛めつけたりするので、ヨーロッパの学者であれば眉をひそめるだろう。さらにダラズィー派の秘儀伝授のいくつかの段階では、もはやイスラームとは無関係の、よく分からぬ何か別の信仰に取って変わっているようだ。当時の私は若すぎて、それが何なのかは掴めなかった。私は迷宮の地下空間で一年の月日を過ごした。ときどきカイロに行き、ひそかに通じている人たちの家に泊まった。

旅の目的はつまるところ、スンナ派という秘められた敵を知ることにあった。その勢力はわれわれアリー派を上回っていた。そこで、マスカット（現在のオマーンの首都）行きの船に乗った。当地のイマームはかつてはムスリムの敵と称していた。だが聖職者と君主を兼ねるこの人物は、私たちを歓待し、自分に信頼を寄せるアラブ人の部族の名の書かれた表を見せて、アラビア半島からは十分スンナ派を追い出せると請け合ってくれた。だからと言って、彼がアリー派であるわけでもないので、私たちは複雑な気持ちだった。

バスラに向けて船に乗り、シーラーズからサファヴィー朝の帝国に入った[48]。この地ではまさにアリー派が優勢だった。だがペルシア人は快楽に耽ったり、暴動を起こすのに忙しく、ペルシア国外でどのようにイスラームが勢力を拡張しようと、ほとんど気にもかけないのだ。

レバノンの山に住む、ヤジディ族[49]には会いにいったほうがよいと勧められていた。ヤジディと名乗る部族はいくつかある。だがレバノンの山に住む者たちは、別名ミュツアリ族とも呼ばれている。そこでバグダードから砂漠を行き、タドムルに着いたが、おまえたちはここをパルミラ（シリアにあるローマ帝国時代の遺跡の残る都市）と呼んでいる。そこからヤジディ族のシャイフに手紙を書いた。シャイフは馬とラクダと、信頼できる護衛を送ってくれた。

バールベック（レバノン東部に位置する古代遺跡で知られる都市）にほど近い谷に、部族一同が集まっているのが見えた。ここで私たちは心からの満足を覚えた。十万人の熱狂的な信徒が、ウマル[50]に対する呪詛と、アリーに対する賛辞を轟かせていたのだ。アリーの息子フサインの死を嘆く祭礼も行なわれていた[51]。ヤジディ族の男たちは、小刀で自らの腕に傷をつけていた。中には熱狂のあまり、動脈を切ってしまい、血だまりの中で息絶える者もいた。

ヤジディ族の元で、予定よりも長い時間を過ごしてしまった。そこへスペインからの便りが届いた。父母は亡くなり、シャイフが私を養子にしてくれようとしていた。スペインに帰国することにしたが、国を出てからほぼ四年の歳月が流れていた。

無事に帰還すると、シャイフは慣例の儀式を行ない、私を養子に迎えた。やがて、あの六人の部族の長も知らないある事実を教えられた。何と私をマフディにする計画が立てられていたのだ。それゆえレバノンで顔見せをする必要があったのだ。エジプトのダラズィー派は私をマフディとして立てるのに賛成で、カイルアンの人々も同様だった。いずれにせよカイルアンが私の居住地になるはずだった。この町でカッサール城の富を自在に操り、地上最強の君主となるのだ。

なかなかよく練られた計画だったが、まず私は若過ぎたし、戦さについても何ひとつ知らなかった。一族の長となるには、戦士でなければならぬ。そこで私を、ちょうどドイツと抗戦中だったオスマン軍に派遣することに決まった(52)。内気な私には、そのような計画は真っ平御免だった。だが従わねばならない。また泉に行って水の精を呼んでみたが、姿は現さなかった。

私のために部隊が編制された。コンスタンチノープルに赴き、大臣《ヴィジール》に仕えた。オイゲン公(53)という名のドイツの将軍が、われわれを完膚なきまでに叩きのめした。大臣《ヴィジール》は、ツナ川、別名ドナウ川を再徒渉し、今一度攻勢に出るべく、大隊をトランシルヴァニア（現在のルーマニア北西部）に移動させようとした。われわれはプルート川（ドナウ川の支流）に沿って進軍した。ハンガリー軍がわが軍の後方につき、攻撃を仕掛けてきたので、潰走するはめになった。私は胸に二発の弾丸を受け、死んだと見なされ、置き去りにされた。

タタールの遊牧民が私を拾ってくれた。傷に包帯をして、わずかに酸味を帯びた馬の乳を与えてくれた。これを飲んだことで命が助かった。だが一年以上もの間、衰弱状態にあって、馬にも乗れなかった。遊牧民が居場所を変える際には、何人かの老婆たちとともに荷車に乗せてもらった。その老婆たちが何かと世話を焼いてくれた。

頭脳も身体と同様弱っていたので、タタール語は一言も覚えられなかった。二年後、アラビア語を話すひとりのムッラー（イスラームの律法学者）と出会った。私は彼に、自分はアンダルシア出身のムーア人で、故郷に戻りたいのだと伝えた。ムッラーは汗《ハン》（タタール人の長）に私のことを話してくれた。汗《ハン》は旅に必要な物を揃えてくれた。

こうして洞窟に戻ったが、そこでは私は死んだものと思われていた。私の帰還に、人々は大喜びをした。だがシャイフは、私がこんなにもひ弱で、心もとない健康状態にあるのを目にして、戸惑いを覚えた。マフディになるには実に不都合だった。

それでもカイルアンに人を派遣し、当地の意見を聞くことになった。計画は急がれていたのだ。使者は六週間後に戻ってきた。人々は取り囲み、話を聞こうとした。だが話の途中で、使者は気を失ったようにばったりと倒れてしまった。助け起こしてやると、意識を取り戻し、何かをしゃべろうとしたが、何を言っているのかさっぱり分からない。それでもカイルアンにペストが流行していることは分かった。人々は逃げようとした。だがすでに遅かった。使者の体に触れていたし、その衣服にも触っていた。洞窟のすべての住人が同時に罹患した。

それが土曜日だった。次の金曜日に、谷に住む人々が礼拝をしにきて、同時に食べ物も届けてくれた。彼らが見つけたのは死体の山だった。その真ん中を私が這い回っており、左の腋の下にはリンパ節の腫れができていた。だが不思議と死の兆候は全くなかった。

もう感染しているため今更ペストを恐れる必要はなく、私は死者を埋葬した。六人の部族の長の服を脱がそうとして、羊皮紙の断片を六枚見つけた。それらを並べてみた。こうして金鉱を見つける方法を知り、それを好きなときに水没させるやり方にも通じたのだ。

シャイフは死ぬ前に、水の栓を開けていた。私は水を抜くと、しばらくの間、自分が手に入れた富を眺めて楽しんだ。だが手をつけはしなかった。私の人生はひどい波瀾の連続だったので、ひと休みする必要を感じていたのだ。マフディなどにはまるで興味がなかったし、アフリカにいる同志たちについてもよく知らなかった。谷のそここに住むイスラーム教徒たちは、自らの住処で礼拝すると決めた。洞窟には私ひとりが残された。私は決意を固めた。金鉱を水没させると、洞窟内で見つけた金塊をかき集めた。それを丹念に酢で洗うと、マドリードに向けて出発した。宝飾品を売りにきたチュニスのムーア人を名乗ることにした。

キリスト教徒の国の首都を見るのは初めてだった。自由に振る舞う女性の姿には衝撃を受けたし、やたらと騒がしい男たちには閉口した。イスラームの町に戻りたいと心から願った。コンスタンチノープルにでも隠遁して、人知れず豪華な暮らしをし、ときどきは資金を調達しに洞窟に戻るのも悪くないと思った。それが意気地のない私の夢だった。自分は世間に知られていないと考えていたが、実はそうではなかった。

商人に見せかけようと、人々が行き交う散歩道に出向き、宝石をいくつか並べた。ひとたび値段を決めると、びた一文負けなかった。こうした商法は逆にうまくいった。かなりの儲けが出たが、気にもかけなかった。だが、プラドだろうが、ブエン・レティーロだろうが、どの公共の場に行っても、ひとりの男が後をつけてくる。鋭く、探るような目つきは、私の心を読もうとしているかのようだった。男にずっと見つめられると、言いようのない不安を感じた。

シャイフがここまで語ると、夕食の時間だと告げられた。その夜は、これまでと同じように過ぎた。

第五十九日

金鉱へ行き、仕事を再開した。おびただしい量の純金を掘り出した。夕方になるとシャイフのもとへ行き、つづきを話してもらえないかと頼んだ。彼は次のように語った。

ゴメレス一族のシャイフの物語のつづき

マドリードのどこに行っても、見知らぬ男がこちらをじっと見つめており、その執拗な視線に言いようのない不安を感じたとお話しした。ある晩、男に声をかけてみることにした。

「何が望みなんだ?」私は言った。「そうやって見つめることで、私を苦しめようというのか? いったい、何の用があるんだ?」

「別に用はないね」見知らぬ男は答えた。「おまえを短剣で刺し殺すことの他にはな。ゴメレス一族の秘密を漏らしでもしたときのことだ」。

こうした短い言葉から、自分の置かれている立場を理解した。ひと休みするなどもってのの他で、財宝を持つ者に必ずつきまとう、あの暗澹たる不安を自分も友としなければならないのだと悟った。

夜も更けていた。見知らぬ男は、家に来ないかと誘った。そして軽食を用意させてくれた。それから注意深く部屋の戸を閉めると、私の前にひれ伏し、こう言ったのだ。

「洞窟の王よ、どうか私の敬意をお受けください。ただあなたが義務に背かれた日には、短刀で刺し殺します。ビジャ・ゴメレスがセフィを刺し殺した時（第一日参照）のように」。

私はこのとてつもない臣下に、どうか立ち上がって、椅子に座り、何者なのか教えてほしいと頼んだ。見知らぬ男は頼まれるまでもなく、次のように話し始めた。

ウセダ一族の物語

わが一族は世界最古の家系のひとつです。ただ、高貴を誇るのを潔しとせず、アビシュアまで遡ることでよしとしています。その父はピネハス、その父はエルアザル、その父はアロンで、モーセの兄にあたり、イスラエルの大神官でした(54)。アビシュアはブキの父で、ブキはウジの父で、ウジはゼラフヤの父で、ゼラフヤはメラヨトの父で、メラヨトはアマルヤの父で、アマルヤはアヒトブの父で、アヒトブはツァドクの父で、ツァドクはアヒマアツの父で、アヒマアツはアザルヤの父で、アザルヤはヨハナンの父で、ヨハナンはもうひとりのアザルヤの父でした。アザルヤは、ソロモンが建てたあの名高い神殿の大神官でした。彼の書いた回想録も残されていますが、それは何代にもわたる彼の子孫によって書き継がれています。ソロモンは、アドナイ信仰のためにあれほどの功績を残したのに、自分の妻たちには大っぴらに偶像崇拝に耽ることを許し、晩節を穢《けが》しました。(55) アザルヤは当初、この不敬な罪を激しく指弾しようとしました。だが考え直しました。君主というものは歳を取ると、妻たちに甘くなるのだと悟ったのです。そこで自分には排除できない悪弊を大目に見ることにし、偉大な神官として死にました。(56)

アザルヤはもうひとりのアマルヤの父で、そのアマルヤはもうひとりのツァドクの父で、そのツァドクはもうひとりのアヒトブの父で、(57) そのアヒトブはシャルムの父で、シャルムはヒルキヤの父で、ヒルキヤは三人目のアザルヤの父で、そのアザルヤはセラヤの父で、セラヤはヨツァダクの父で、バビロンに捕囚として連行されました。ヨツァダクには弟がおり、私たちはその子孫です。弟の名をオバディアといいます。わずか十五歳で小姓にされ、サブディエルという名に変えられてしまいました。そこには他にもヘブライ人の若者がおり、彼らの名前も変えられていました。そのうちの四人は、煮た肉が出されるからと言って、王の出す食事を口にしようとはしませんでした。それによって逆に四人は肥えました。(58) サブディエルは、自分の食事に加え、彼らの分まで食べました。おかげで痩せることはありませんでした[59]。

ナボポラッサルは極めて偉大な王でしたが、高慢なところがありました。あるときエジプトで、高さ六十ピエの巨像を目にしました。すると同じ高さの自分の像を作らせ、金色に塗らせると、その像の前でひれ伏すようにと皆に命じたのです[60]。不浄の肉を食べようとしなかったヘブライ人の若者たちはまた、ひれ伏すのを拒みました。サブディエルはひれ伏し、自らが書いた回想録で、子孫に向けて次のように書き残しています。王の前、王の像の前、王の寵臣の前、王の愛人の前、王の子犬の前ではひれ伏すように、と。

オバディア、あるいはサブディエルとも呼ばれますが、彼はサラチエルの父で、サラチエルはクセルクセスの時代の人物です。あなたたちはこの王をシロエスと呼び、ユダヤ人はアハシュエロスと呼びます。このペルシアの王には、ハマンという名の寵臣がいましたが、この男はたいへん傲慢でした。ハマンは公示を出して、自分の前にひれ伏さない者は縛り首に処するとしました。サラチエルは真っ先にひれ伏した者のひとりでした。しばらくするとハマンが縛り首になりました。今度はサラチエルはモルデカイの前でひれ伏しました[61]。

サラチエルはマラシエルの父で、マラシエルはザファディヤの父ですが、ザファディヤは、ネヘミヤがエルサレムを治めていた頃、この町に住んでいました。ユダヤの婦人や娘たちはそれほど魅力的でありませんでした。そこでモアブやアシュドド出身の女性が好まれたのです(62)。ザファディヤは、ふたりのアシュドドの女性と結婚しました。ネヘミヤはそれを見て激怒し、ザファディヤに殴りかかると、あごひげを一摑みむしり取りました。この聖なる人物は自らの書物にそれを記しています(63)。ザファディヤの方は回想録で、子孫に向けて次のように書き残しています。別の女性が気に入ったのであれば、決してユダヤ女で我慢してはならない、と。

ザファディヤはナアソンの父で、ナアソンはエルファドの父で、エルファドはゾラビルの父で、ゾラビルはエルコナの父で、エルコナはウザビルの父で、そのウザビルは、マカバイの指揮のもとにユダヤ人が反乱を起こし始めた時代の人です(64)。ウザビルは戦いが好きではありませんでした。そこで有り金をかき集めると、カリアトに隠遁しました。当時カルタゴ人が住んでいたスペインの町です。

ウザビルはヨナタンの父で、ヨナタンはカムルの父ですが、そのカムルは、平和が戻ったと聞いて、エルサレムに帰りました。ただカリアトの家や、当地で手に入れた他の財産はそのまま残しておきました。

ここで思い出していただきたいのですが、わが一族は、バビロン捕囚の時代に、ふたつに枝分かれしてしまったのです（前出のヨツァダクとオバディア兄弟）。エホヤキンが、長男の系譜の始祖ですが、たいへん善良で、敬虔なイスラエル人でした。彼の子孫は皆、同様です。理由は分からないのですが、ふたつの系譜の人々は互いに毛嫌いし、長男の子孫はエジプトに移ってしまいました。そこでオニアスの建てた神殿で、イスラエルの神を崇めたのです[65]。この系譜は、アハスエルスという人物で途絶えてしまいました。さまよえるユダヤ人という名でよく知られた人です。この不幸な男はエルサレムにやってきて、そこでプタハの神（古代エジプトのメンフィスで信仰された創造神）に対して罪を犯したため、決して休息を取ることが許されず、死ですら憩いでないという罰を受けたのです。眠ることも、横になることも、座ることもなく、世界の端から端までさまよい歩いています。先だってのヨベルの年に、減刑され、ヨーロッパではサン＝ジェルマンの騎士という名前で知られました。私たちは彼を召喚することができます。ずいぶん、わが一族のために働いてくれました[66]。

カムルはエリファルの父で、エリファルはエリアスブの父で、エリアスブはエフライムの父でした。エフライムの時代、皇帝カリグラが、エルサレム神殿に自らの像を置くというとっぴな考えを抱きました。法廷《サンヘドリン》（第九日参照）が招集されましたが、エフライムも議員のひとりで、神殿には皇帝の像だけでなく、すでに執政官《コンスル》となったその馬の像も置いた方がよいという意見でした[67]。エルサレムの住人が、ペトロニウス総督に対して暴動を起こしたので、皇帝ももう像を置こうとは考えなくなりました[68]。

エフライムはネバイオートの父でした。ネバイオートの時代に、エルサレムの住人は、ウェスパシアヌス[69]に対して反乱を起こしました。ネバイオートは事態の進展を待たずに、スペインに渡りました。先ほど申し上げた通り、そこには家屋敷が残されていたのです。

ネバイオートはトラの父で、トラはプアの父で、プアはヤスブの父で、ヤスブはシムロンの父で、シムロンはレファイア[70]の父で、レファイアはイェハマイの父で、イエハマイは、ヴァンダル族の王グンデリクお抱えの占星術師でした。

イェハマイはエセボンの父で、エセボンはウシの父で、ウシはイェリモートの父で、イェリモートはアナトートの父で、アナトートはアラメトの父でした。このアラメトの時代に、ユースフ・ベン・タヘルがスペインに入り、この地を征服すると同時に、住民をイスラームに改宗させたのです(第一日参照)。アラメトはムーア人の将軍ベン・タヘルの前に出向くと、イスラームの教えに帰依すると誓いました。

「よいか」将軍は答えました。「最後の審判の日には、すべてのユダヤ人はロバに姿を変えられ、イスラームの信者を背に乗せ天国へと運ぶのだ。おまえが改宗すれば、この動物が一頭減るな」。

こうした言葉は無礼なものでした。アラメトは、ユースフの弟であるマスードが歓待してくれたことで、心を慰めました。マスードはアラメトを腹心の部下とし、さまざまな任務を託して、アフリカやエジプトへと派遣しました。

アラメトはスーフィの父で、スーフィはグニの父で、グニはイェゼルの父で、イェゼルはシャルムの父でした。このシャルムが初代のサラフ、つまりマフディ王宮(九世紀よりカイルアンを都としたアグラブ朝の王宮。第五十六日参照)の両替商となり、カイルアンに居を定めました。シャルムには息子がふたりいました。マシルとマハブです。マシルがカイルアンに残る一方、マハブはスペインに渡り、カッサール＝ゴメレスの城主に仕えました。そしてエジプトやアフリカの同志に指示を出していました。

マハブはヤフェレの父で、ヤフェレはマルキエルの父で、マルキエルはベレスの父で、ベレスはホドの父で、ホドはショメルの父で、ショメルはスアの父で、スアはアチの父で、アチはベリの父で、ベリはアブドンの父でした。

アブドンは、ムーア人がほぼスペイン全土から追放されたのを見て取ると、グラナダ陥落の二年前にキリスト教に改宗しました。それでもアブドンはゴメレス一族に仕え続け、老年になると、キリスト教を棄て、父祖が信じていたユダヤの教えに戻りました。

アブドンはメリバルの父で、メリバルはアゼルの父でした。その頃、セフィがビジャに暗殺され、ビジャは洞窟の最終的な掟を作ることになります。

ある日、シャイフであるビジャはアゼルを呼んで、こう言いました。

「おまえも知っての通り、私はセフィを短剣で刺し殺した。ゴメレス一族の秘密を知るのは私だけだ。それは、いつの日かカリフの位をアリー一族に取り戻すことを望まれる大預言者さまのご意向なのだ。そこで、私は四部族の結社を作った。レバノンのヤジディ一族、エジプトのカリル一族、カイルアンのベン・アラル一族だ。これら四部族の長は、自らとその子孫のため、以下のことを誓う。三年ごとに順番に、大胆で賢く、世間を知り、慎重で、ずる賢ささえ備える男をひとり洞窟に送る。洞窟内に常に秩序が保たれているかどうかを確認するためだ。もし何かひとつでも欠けていれば、シャイフと六部族の長たち、つまり有罪と見なされる者たち全員を短剣で刺し殺さねばならない。見返りとして、七万アローバ（かつてのスペインの重さの単位。一アローバは約十二－十五キログラムに相当）の純金を受け取るが、それはゼッキーノ金貨にして十万枚に当たる」。

「シャイフさま」アゼルは言いました。「四部族とおっしゃいましたが、三つしか名前を挙げられませんでした」。

「おまえの一族が四番目だ」ビジャは言いました。「毎年、三十アローバを受け取ることになる。だが各地との通信は一手に引き受けてもらうし、洞窟の統治にも加わってもらう。もし手落ちがあれば、残りの三部族がおまえを短剣で刺し殺すはずだ」。

アゼルは迷いました。でも黄金に目が眩み、やがて心を決めました。彼は自分自身と子孫のために、仕事を引き受けました。アゼルはケラトの父で、ケラトはメラリの父で、メラリはゲルションの父でした。その間、三部族は七万アローバと引き換えに、人を送り続けました。

ゲルションはマムーンの父でした。つまりわが父親です。私もまた洞窟の君主に仕えてきました。ただ去年はペスト騒ぎがあったので、自分の持ち金から七万アローバを立て替え、ベン・アラル一族に支払っておきました。そして今はこのように、あなたにお仕えする所存です。

「ああ！　マムーンさん」私は言った。「どうか勘弁してください。私は胸に二発の銃弾を受けているのです。とうていシャイフやマフディにはなれません」。

「マフディについては」マムーンは言った。「必ずしもなる必要はありません。ただシャイフの方は、心を決めていただかねばなりません。さもなくば、三週間後に、カリル一族の者に暗殺されますよ。あなたも、そしておそらくはあなたのお嬢さんも」。

「何ですって！　私に娘がいるって？」

「そうです」マムーンは言った。「水の精との間の子です」。

シャイフがここまで語ると、夕食の時間だと告げられた。その夜は、これまでと同じように過ぎた。

第六十日

また金鉱のところへ行き、一日を過ごした。夕方になると、シャイフのもとへ行き、物語のつづきを語ってもらえるよう頼んだ。彼は次のように語った。

ゴメレス一族のシャイフの物語のつづき

マムーンと私は、カッサール＝ゴメレス城が手がけていたあらゆる政治活動を再開した。アフリカとやり取りをし、スペインに残る仲間を保護した。六つのムーア人の部族が、洞窟内に居を定めた。

だがアフリカ系のゴメレス一族は、一向に繁栄しない。男の子が誕生しても、死んでしまうか、あるいは知能に問題を抱えている。私自身、十二人の妻を娶ったが、男の子はふたりしか生まれず、いずれも死んでしまった。

そこでマムーンが案を授けてくれた。キリスト教徒のゴメレスか、あるいはゴメレスの母から生まれた子の中で、イスラームに改宗しそうな者を選んでみてはどうかというのだ。

ベラスケスがそうした養子縁組を組む条件を備えていた。(71)私は彼に自分の娘を娶らせることにした。おまえがジプシーの野営で出会ったあのレベッカだ。彼女はマムーンに育てられ、彼のもとで多くの学問を修めた。中にはカバラの呪文についての知識もある。

マムーンは亡くなった。息子がウセダの城を継いだ。その息子と協力して、おまえの到着に合わせて、さまざまな細工を仕組んでおいた。われわれはおまえをイスラーム教徒にしたいと思っていた。少なくとも、子をもうけてもらおうと考えていたのだが、その希望は裏切られなかった。従姉妹が胸に抱く子らは、紛れもないゴメレス一族の血を引いている。

おまえの到着が迫っていた。カディスの司令官エンリケ・デ・サー殿も、仲間のひとりだ。彼はロペスとモスキートという供をつけた。ふたりはロス・アルコルノケスの水飲み場でおまえを置き去りにした。

勇敢にも前に進み、おまえはベンタ・ケマダまでやってきた。そこで、妻となる女性たちに出会ったのだ。だが眠り薬の入った飲み物を与えられ、翌日、ゾトの弟たちの絞首台の下で目を覚ますことになる。

そこからわが庵に立ち寄り、おぞましい悪魔つきパチェコに出会う。あれは単なるバスクの曲芸師で、危険な跳躍をやって片目が潰れてしまったのだ。彼のおそろしい物語を聞いて怖気をふるい、他言しないと従姉妹に誓った秘密を口にするだろうと思った。だがおまえは名誉にかけた約束を固く守った。

翌日は、さらにおそろしい試練にかけた。偽の異端審問官が、世にもおぞましい拷問器具で脅したが、おまえの勇気を挫くことはできなかった。

おまえについてさらに知りたいと思い、ウセダの城におびき寄せた。テラスから、ジプシーの女たちが見えたが、おまえの従姉妹にたいそう似ていた。事実、従姉妹だったのだ。ジプシーの族長のテントに入ると、今度目にするのは族長の娘たちだ。安心するがよい、彼女たちとおまえは関係を結んではおらぬ。

これで神秘に包まれたわれわれの生活の秘密をすべて知ったことになる。この生活も長くはあるまい。今後、耳にする機会もあるだろうが、ここらの山々は地震ですっかり崩れている。実は、爆発物がたっぷりと仕掛けてあり、地震を再現できるのだ。だがそれは最後の手段となる。

さあ、アルフォンソよ、おまえが必要とされる世界へ行くがよい。ここにモロ兄弟に宛てた為替手形がある。額面はわずか八千ピストールに見えるが、実は特殊な書き方がしてあって、無制限に金を引き出すことができる。先ほど言ったように、アルフォンソ、これらの洞窟もいつまでもあるわけではない。だから自らの運命を切り開くことを考えるのだ。モロ兄弟がそのための手立てを授けてくれる。

もう一度お別れを言おう。妻たちを抱きしめてやるがよい。この階段は二千段あるが、それを上れば、カッサール＝ゴメレス城の廃墟に出る。そこに人がいて、マドリードまで案内してくれるはずだ。では、さらばだ。

私は二千段を上った。陽の光が見えるとすぐに、ふたりの従僕、ロペスとモスキートの姿が目に入った。ロス・アルコルノケスの水飲み場で私を置き去りにした連中だ。ふたりは優しく私の手に接吻をすると、古い塔に連れていってくれた。そこに寝る場所が用意されていた。

第六十一日

一日大変な思いをして、何とかベンタ・デ・カルデニャスにたどり着いた。そこにベラスケスがいた。父親からと言って渡された円積問題（第四十八日参照）を論駁するのに没頭していた。彼は最初、私を見分けられなかった。そこでアルプハラスにいたときに起こったことを、ひとつひとつ思い出させてやらねばならなかった。ようやく彼は私を抱きしめ、また会えて大変うれしいと言った。だがラウラ・デュセダと離れ離れになったのは大変悲しいともつけ加えた。レベッカのことを彼はそう呼んでいた。

大団円

マドリードには一七三九年六月二十日に到着した。モロ家から手紙を一通受け取ったが、封蠟は黒く、何か不吉な出来事が起こったのを告げていた。父が卒中で亡くなり、母は、私の相続分のウォルデンの領地を直接収税方式[72]に切り替えると、ブリュッセルの修道院に隠遁してしまった。今後は寡婦年金だけで暮らしていくとのことだった。

翌日、モロが直接会いにきて、絶対に他言無用と念を押して、次のように語った。

「君が知っているのは」彼は言った。「秘密の一部でしかない。そして、もうすぐ秘密は消滅する。さしあたっては、あらゆる同志たち、つまり洞窟の住人は、資金をさまざまな国に投下するのにかかりきりになっている。もし不幸にも資金を失うような者が出れば、私たちは全員で救済にあたる。君にはインドに叔父がひとりいた。彼は亡くなり、あとにはほぼ何も残さなかった。私は君が莫大な財産を相続したという噂を流しておいた。急に大金持ちになったのを見て驚かれるといけないからね。ブラバント（現在のベルギーとオランダにまたがる地域）やスペイン、そしてアメリカ新大陸にも土地を買わねばならない。そのあたりは私が引き受けよう。騎士殿、君は勇気ある人物だと聞いているので、サン・サカリアス号に乗り込んでくれるものと思う。ヴァーノン提督が脅かすカルタヘナへ救援に行く船だ[73]。英国の内閣は戦争を望んでいない。世論に押し切られたのだ。

じきに講和となる。この機会に戦闘を見ておかないと、次はいつ見られるか分からないよ」。

モロが話してくれた計画は、私を庇護する人々によって前もって立てられていたことだった。私は中隊を率いて、船に乗り込んだ。中隊は、さまざまな連隊から選《え》り抜かれた兵士によって構成される大隊に所属していた。無事に海を渡り、勇敢なエスラバ[74]と共に要塞に立て籠もるのに何とか間に合った。英国軍は包囲を解いた。私は一七四〇年の三月にマドリードに戻った。

宮廷に出仕すると、王妃さま取り巻きの貴婦人たちの間にひとりの女性がいて、すぐにレベッカだと分かった。人の話では、チュニスの王女で、洗礼を受けるために逃れてきたのだという。国王陛下が代父になられ、彼女にアルプハラス女公爵の称号を賜わった。その後、ベラスケス公爵が彼女に求婚したのだ。

私が人と話しているのを見ると、レベッカは自分を知らないふりをするよう目配せしてきた。

宮廷はサン・イルデフォンソ[75](第二十六日参照)に移動した。私の中隊はトレドに駐屯した。

私は、マヨール通りの近くのかなり狭い道に面した家に居を構えた。向かいの家に女性がふたり住んでいて、それぞれに子供がひとりずついた。本人たちによれば、ふたりの夫は海軍の士官で、英国に対する防備に当たっているという。彼女たちはたいそう引きこもった生活ぶりで、天使のようにかわいい子供の世話だけに心を砕いているようだった。子供を抱いて、沐浴をさせ、服を着せて、あやし、授乳していた。一日中、他にやることはなかった。母親が愛情を注ぐ微笑ましい光景に、私は日々興味を覚えるようになった。窓辺から離れられなくなった。好奇心からも引きつけられた。ふたりの女性の顔立ちをぜひ見たかったが、常にすっぽりとヴェールを被っている。(76)こうして二週間が過ぎた。道に面しているのは子供部屋で、女性たちが食事をすることはない。だがある晩、テーブルに布がかけられ、ささやかな宴のようなものが準備されているのに気づいた。

テーブルの向こう側には肘掛け椅子が置かれていたが、花輪で飾られ、宴の主役の席であることが示されている。両側にはふたりの子供用の小さな背の高い椅子が置かれている。ふたりの女性がやってきた。私に向かって、おいでおいでと手を振っている。私はなおも迷った。だが彼女たちはヴェールを脱いだ。エミナとジベデだった。私はふたりと半年を過ごした。

そうこうするうちに、ヨーロッパで戦争が勃発した。理由は国事詔書とカール六世の継承問題だ[77]。

スペインも直ちに参戦した。私は従姉妹の元を離れ、ドン・フェリペ親王[78]の陣営に加わった。戦争が続く間、殿下に仕え、講和になると大佐に昇進した。

モロ家の書記がパルマにやってきて、当地に持っていた地所を売却し、パルマ公爵領の財政を立て直すことまでした。彼は私を脇へ呼ぶと、ウセダの城で皆が待っているので、すぐに発たねばならないと、たいそう秘めやかに告げた。マラカ（マラガの古名）にいる同志の住所も教えてくれた。

私は親王にいとまを告げた。リヴォルノで船に乗り、十日間の航海の後にマラカに着いた。同志の男は前もって到着を知らされていて、港で出迎えてくれた。私たちはその日のうちに出発し、翌日、ウセダの城に着いた。

たくさんの人が集まっていた。シャイフ、その娘レベッカ、ジプシーの族長、族長のふたりの娘と娘婿たち、ゾト三兄弟、自称悪魔つき、最後に何人かのイスラーム教徒がいたが、後で結社の三部族（レバノンのヤジディ一族、エジプトのカリル一族、カイルアンのベン・アラル一族）の代表だと教えられた。シャイフは、こうして全員が集結しているのだから、直ちに洞窟へ向け出発しようと言った。

その言葉どおり、夜になると出発し、明け方に到着した。地下世界に下りていき、少し休息を取った。

シャイフは皆を集めて、次のような演説を行ない、イスラーム教徒にも分かるように、同じ内容をアラビア語で繰り返した。

「千年来、わが一族の相伝財産であったあの金鉱は、無尽蔵だと思われていた。そうした考えの元に、祖先たちは金鉱の黄金を用いて、イスラームの発展、とりわけアリー派の発展に取り組もうとしたのだ。彼らはこの宝を預かっているだけだったが、管理には大きな不安を感じていた。私もまた、ひどく気がかりな気持ちで一生を過ごしてきた。不安は日々耐え難くなり、あるとき楽になりたいと思い、金鉱が本当に無尽蔵なのかどうか確かめようとした。岩をさまざまな方向に掘ってみた。そして分かったのは、金鉱は実際には延べ棒数本分の長さしかなかったのだ。親切なことに、モロ氏が残りの金塊の価値を測って、私たちそれぞれの取り分を計算してくれた。その結果、主要な者にはゼッキーノ金貨百万枚、協力者には五万枚分配できると分かった。金塊は取り出して、ここからかなり遠い洞窟に移してある。まず鉱脈へと行ってもらいたい。何も残っていないのが分かるだろう。それから分配をしにいこう」。

私たちは螺旋階段を下りていった。墓のある場所に着き、そこから金鉱へと向かったが、確かに黄金はなかった。シャイフは急いで皆に階段を上がらせた。地上に出ると、おそろしい音が聞こえた。シャイフによれば、先ほどまでいた地下世界はすべて、爆薬によって吹き飛んだという。

次に黄金が置かれている洞窟に行ってみた。アジアから来た者たちとアフリカから来た者たちは、それぞれ分け前を持ち帰った。私のものと、他のほとんどの者の分け前は、モロが引き取ってくれた。

マドリードへ行き、国王陛下(フェルナンド六世、在位一七四六―五九)へ拝謁した。陛下はたいへん親切に迎えてくださった。私はカスティーリャに地所を買った。ペンナフロリダ伯爵となり、カスティーリャの貴族《ティチュロ》の一員になった。

富のおかげで昇進も早かった。司令官に任命されたときには、まだ三十六歳にもなっていなかった。

一七六〇年、艦隊を託され、バルバリア人のいくつかの強国と和平を結ぶ任務を与えられた。私はさしあたりチュニスから始めることにした。一番苦労が少ないだろうし、この国の政府と和平を結べば、他の国もそれに倣うだろうと思ったからだ。

ボン岬半島の近くに錨を下ろすと、到着を知らせに士官を送った。陸地ではすでに到着が知られていた。ラ・グレット（第一日参照）の港には、飾りがふんだんについた小舟がたくさん浮いていて、私とその一行をチュニスに連れていく手筈になっていた。

翌日、チュニス太守であるデイに紹介された。たいそう美しい顔立ちをした、二十歳の若者だった。行き届いたもてなしを受け、晩にはマナバという宮殿に招待された。

私はあずまやに連れていかれ、中に入ると入り口は閉められた。

扉が開いた。デイが入ってきて、片膝をつくと、私の手に接吻をした。

別の扉が開いた。ヴェールを被った三人の女性が入ってくるのが見えた。エミナとジベデだった。ジベデは若い女性の手を引いていたが、それは私の娘だった。

エミナが若いデイの母親だった。体内でどれほど血が湧き騒いだかは、申すまでもなかろう。喜びを感じたが、それは別の考えに水を差された。わが子が自分の信じる宗教の敵となったと思ったのだ。私は感情を露にした。デイは、自らの宗教を深く信じていると告白した。だが私の娘ファーティマの方は、スペイン人の女奴隷に育てられ、心の底からキリスト教徒なのだと教えてくれた。

ファーティマはスペインに渡り、洗礼を受け、私の財産を相続すると皆で取り決めた。それは年内に行なわれた。

国王陛下がファーティマの代父となり、オラン女公爵(オランは現アルジェリアの都市)の称号を授けてくださった。翌年、彼女は、ベラスケスとレベッカの長男と結婚した。新郎は新婦より二歳年下だった。私はファーティマに財産を継がせると約束した。自分には父方の親戚はひとりもおらず、ファーティマこそ真にゴメレス一族の血を引くわが娘だからだ。

まだ若く、働き盛りではあったが、仕事をしながらもゆっくりと休息を楽しめるような役職はないかと考えた。サラゴサ軍管区長の職が空いたので、そこに赴任した。

国王陛下にいとまを告げると、モロの元へ行き、二十五年前に預けた封印のある小包を渡してもらえるよう頼んだ。スペインで過ごした六十一日間の日誌だ。

自分の手でもうひとつ写しを作ると、鉄製の小箱に入れた。いつの日か、わが子孫が見つけることになるだろう。

第六デカメロン　終わり

訳注

※以下、次に掲げる『ポトツキ全集』の注に依拠する場合、文末に（『全集』）と表記する。
Jean POTOCKI, *Manuscrit trouvé à Saragosse* (version de 1810), in *Œuvres*, éd. François Rosset et Dominique Triaire, Peeters, Louvain, 2006, IV, 1.

第五デカメロン

（1）香辛料の産地として知られるモルッカ諸島には、一五一二年にポルトガルが、一五二二年にはスペインが来航し、以降ヨーロッパ諸国による争奪の対象となった。

(2) 原文では「マラベディ硬貨一枚、持っていないのです」。マラベディとは、スペインで十八世紀末まで使用された銅貨のこと。

(3) スペイン領アメリカでは鉱山運営や、「アシエンダ」と呼ばれる大規模農園の経営を目的に、当初インディオ、次いでアフリカ大陸の黒人を大量に奴隷として動員した。その数は三百万人にも及ぶ。ただしスペイン本土では、あらゆる奴隷制度が禁止されていた。

(4) 十六世紀以来、ボルネオ島には、ポルトガル人とスペイン人が来航し、十七世紀には英国とオランダが領有を争う。

(5) カリュプソーはギリシア神話のニンフ。彼女の住むオーギュギア島にオデュッセウスが漂着すると、不死を与える代わりに自分の夫になるよう求める。カリュプソーの洞窟は、ホメロスによって以下のように歌われている。「洞窟のまわりには、榛《はん》の木、ポプラ、香り高い糸杉などが青々と繁り……」『オデュッセイア(上)』第五歌(松平千秋訳、岩波文庫、一九九四年、一三一頁)。

(6) ギリシア神話における神々の使者ヘルメスを、ローマ人はメルクリウスと同一視した。

(7) リカルディ家は、この先で触れられるようにジェノヴァの出ではなく、実際にはトスカーナの一族。フィレンツェの高名なメディチ・リッカルディ宮殿は十七世紀の中頃、同家のものとなる。付属のリッカルディアーナ図書館をポトツキは何度か利用している(『全集』)。

（8）枢機卿はカトリック教会において教皇に次ぐ高位聖職者。重要な案件について教皇を補佐する。枢機卿団は、枢機卿たちによって構成される組織で、教皇選挙権を有し、互選によって教皇を選出する。
（9）教皇ウルバヌス八世の命により、十七世紀前半に完成したパラッツォ。現在は国立古典絵画館として利用される。
（10）ヴェネツィア広場とポポロ広場を結ぶローマの大通り。多くの宮殿や教会が立ち並ぶ。かつてカーニヴァルの折には、競馬が行なわれた。
（11）代数学において、与えられた要素と結びつくことでその効果を打ち消す効果を持つ要素。ある数αの逆元は$-\alpha$となる。
（12）二つの多項式に対して定義される式。リザルタント、消去式とも呼ばれる。
（13）アイザック・ニュートン（一六四二—一七二七）は一六六五年、二項定理を発見する。その公式はウェストミンスター寺院にある彼の墓石にも刻まれている。
（14）イタリア貴族界で、あたかも恋人のように、おおっぴらに既婚女性に言い寄る男性のこと。
（15）曲線に沿って走る動点がそこで向きを逆転するような曲線上の点。
（16）「曲線の分枝とは、不連続になるか、または頂点、極大点・極小点、尖点、結節点などのような特別な点によって、曲線が二つ以上の部分に分割されるときの一部分のこと」。

『数学辞典』一松信、伊藤雄二監訳、朝倉書店、一九九三年、四〇五頁。

(17) 「マタイによる福音書」(一九・六)への皮肉な暗示。「だから、二人〔夫と妻〕はもはや、別々ではなく、一体である。従って、神が結び合わせてくださったものを、人は離してはならない」。

(18) かつてアステカ人は神託に従い、テスココ湖の湖上に都テノチティトラン(後のメキシコ・シティ)を築いた。

(19) メキシコ・シティ南部にあるソチミルコ湖では、かつて浮島を使った農業(チナンパ耕作)が行なわれていた。

(20) モンテスマ(あるいはモクテスマ)二世(一四六六―一五二〇)はアステカ王。積極的に中央集権化を進め、アステカの最大版図を築く。征服者コルテスに対するアステカ人の蜂起を阻止できず、投石によって殺される。コルテスによって殺害されたという説もある。

(21) 十四世紀にメキシコ先住民が建国したトラスカラ王国は、アステカと対立し、モンテスマ二世の攻撃を受けた。したがって、この名前はやや奇妙(『全集』)。

(22) アタランテーはギリシア神話に登場する女性。男の子を望む父によって、誕生後すぐに森に捨てられる。雌熊の乳を飲んで育ち、長じて狩の名手となる。また別の伝説では、結婚を嫌い、自分と競走をして勝てばその求婚者と結婚するが、負ければ殺すという条件を出す。ディアーナはローマ神話に登場する狩猟、貞節、月の女神。ギリシア神話のアルテミスと同一視される。

(23) メキシコ高原にある湖。かつては広大だったが、スペイン人がメキシコ・シティを建設する際に埋め立て、排水したため、大幅に縮小された。

(24) アウグストゥスとアントニウスの生涯を幾何学的に分析するこの箇所は、一八〇四年版の第二十二日に、より詳しく解説されている。

(25) ニュートンの『プリンキピア』（一六八七）第一篇所収の「公理、あるいは運動の法則」で説明される力学の三法則。動いている物体は力を加えない限り等速運動を続ける（慣性の法則）、物体の加速度は、与えられた力に比例する（運動方程式）、物体に力を加えると、それとは反対の向きに同じ大きさの力が働く（作用反作用の法則）。

(26) カシーケの娘（一五〇五―三〇）。一五一九年、人質としてコルテスに身柄を渡されたが、スペイン語を覚え、通訳として働く。コルテスにアメリカ新大陸の住人の風習を教え、結果的にコンキスタドールの軍事的勝利に手を貸すことになる。コルテスとの間にもうけた一男マルティンは、異端審問所により不敬虔との判決を受け、死罪となる（『全集』）。

(27) リオ・グランデ川北部の地域。十七世紀以降、スペイン人が開拓。中心地はサンタフェ。一八二一年にメキシコがスペインから独立するとその一部となるが、米墨戦争の結果、四八年にアメリカ合衆国領になる。一九一二年以降は、合衆国四十七番目の州ニューメキシコ州。

(28) クニドスはアナトリアにあった古代ギリシア都市。プラクシテレス作の有名な彫刻『クニドスのアフロディーテ』(現存せず)はかつてこの町の神殿に飾られていた。第十三日の「ジュリオ・ロマティの物語」では、モンテ・サレルノ公女の城にこの彫刻の真作が見られる。パポスはキプロス島南西部の都市。愛の女神アフロディーテ(ウェヌス)はこの町の沖合で海の泡から生まれたとされる。

(29) ポトツキ全集の編者のひとりドミニク・トリエールによれば、この箇所は具体的な幾何学の説明というよりはむしろ、読者をからかうポトツキの身振りを読み取るべきだという。

(30) 図1参照。

(31) 図2参照。

(32) 原文ではエネルギー量を表す「縦座標」とあるが、意味が通らないので、年齢を表す「横座標(x座標)」とした。

(33) セバスチャン・ル・プレストル・ド・ヴォーバン(一六三三—一七〇七)はルイ十四世時代の要塞担当顧問、後に元帥。近代的な稜堡式築城法を確立し、

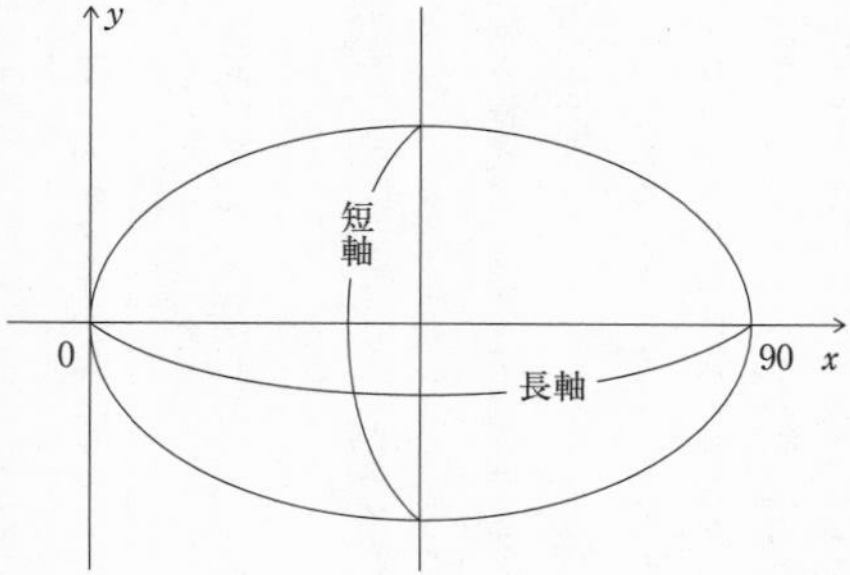

図1

数多くの王国の要塞の建設・改修を手がける。メンノ・ファン・クーホールン（一六四一―一七〇四）はネーデルラント連邦共和国出身の技師で、ヴォーバンのライバルとされる。出身地オランダの国土の大半が湿地帯であるため、とりわけ周囲に壕をめぐらせた要塞の建設を得意とした。後にクーホールンが主君であるオラニエ公の不興を買うと、ヴォーバンがフランスに呼び寄せる。ポトツキは一七八八年から一七九〇年までポーランド王国の工兵隊におり、その際、築城術や要塞攻防法に親しんだ（『全集』）。

（34）ヴォーバンは生涯にわたり、三度、理論体系を変更している。ただそれらの変更に本当に原理的な相違があるのかどうかについては、歴史家の間でも議論が分かれる（『全集』）。

（35）コメディア・デラルテ（イタリア起源の仮装即興劇）の登場人物。臆病だが空威張りする道化。黒服をまとう。

（36）かつて理髪師が客のひげを剃る際に使用した楕円形の皿。顔に石鹸を塗るときに、あごの下に置く。

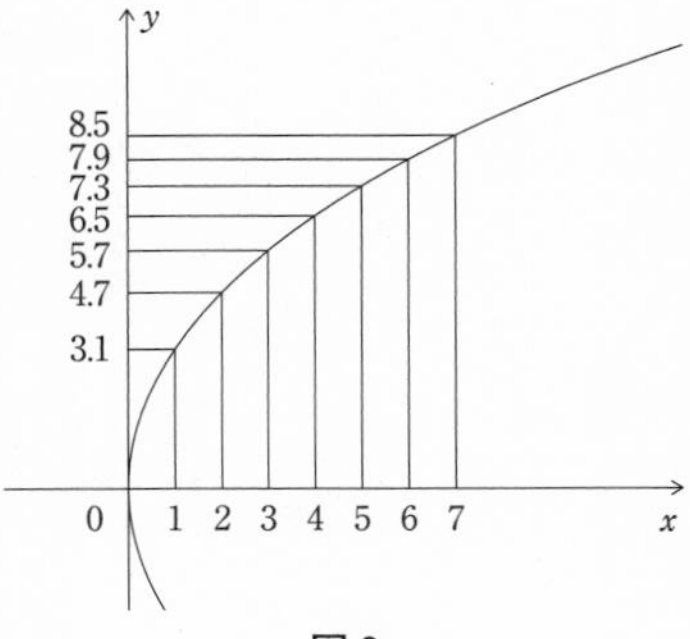

図2

(37) フィリベール・ド・グラモン伯爵(一六二一―一七〇七)は、宮廷きっての粋人として知られる。国王ルイ十四世と恋人ラモット＝ダルジャンクール嬢を争い、一時期ヴェルサイユから遠ざけられる。ガストン・ジャン・バチスト・ド・ロクロール公爵(一六一五―八三)は、高名な宮廷人で軍人。「フランスきっての醜男」というあだ名とは裏腹に、才気と勇気で知られる。

(38) サラバンドは十六世紀後半にアメリカ大陸からスペインに移入された舞曲。煽情的で卑猥と見なされ、やがてスペインでは禁止されたが、後に国外に広がって独自の発展を遂げる。フランス宮廷ではテンポの遅い優雅な踊りとなる。

(39) ジャン＝バティスト・リュリ(一六三二―八七)。ルイ十四世が寵愛した宮廷音楽家。

(40) 六角形の網目模様地の上を手縫い針で綴った、フランス・アランソン発祥のニードル・ポイント・レース。ルイ十四世治下、財務総監コルベールは、アランソン・レースの王立製作所を設立した。

(41) 十六、十七世紀に男女が用いた円形、車輪形、扇形のひだでできた襟。首を一周し、あごの下で留める。

(42) 一六五三年の《夜のバレエ》以来、ルイ十四世はいくつかのバレエで太陽の役を演じている。ここでカルロスが触れているのは、モリエール作のバレエ喜劇《豪勢な恋人たち》(一六七〇)のことか(『全集』)。

(43) ジブラルタル海峡近くの北アフリカの要塞都市。一五八〇年にフェリペ二世がポルトガルから奪取して以来、スペインの飛地領となる。一七一七年よりアラウィー朝のスルタンによって都市は二十六年間攻囲されるが、最後まで陥落しなかった。その後もアラブ軍の攻撃は続き、ポトツキ自身も一七九一年の戦闘に立ち会い、その様子を『モロッコ帝国紀行』に記している。

(44) ヤコブ・ベルヌーイ(一六五四―一七〇五)はスイス・バーゼル出身の数学者。ライプニッツの微積分学を発展させた。等時性曲線、等周問題を論じ、組み合わせ論を大成し、確率論の基礎も築いた。その弟ヨハン・ベルヌーイ(一六六七―一七四八)は兄に数学を学び、ふたりして微積分学の考察に取り組むが、後に喧嘩別れをする。

(45) テーバイ王オイディプスとイオカステーのふたりの息子。父の死後、テーバイを一年おきに統治するが、後に殺し合い、ともに倒れる。

(46) 輪郭線の長さが等しい図形を等周図形という。ベルヌーイ兄弟はこの問題に取り組み、ヨハンは次のような問題を提起した。「鉛直面に二点A、Bがあるとして、ある物体が自重によってAからBに移動する際、最短となる軌道AMBを求めよ」。兄ヤコブはその曲線はサイクロイド(円が滑らずに一直線上を転がるとき、円周上の一点が描く曲線)であると証明した(『全集』)。

(47) ギヨーム・ド・ロピタル侯爵(一六六一―一七〇四)は数学者。ヨハン・ベルヌーイの講義録をまとめた『無限小解析』(一六九六)を刊行、世界初の微分学の体系となる。

(48) 誰が近代的な微積分を確立したかについては、ニュートンが先と主張する英国の数学界と、ライプニッツを支持するヨーロッパの数学界との間で長らく論争となった。

(49) ジャン・レイ(一五八三—一六四五)は、フランス・ペリゴール出身の化学者、医師。ラヴォワジエに先んずること百年以上前に、スズや鉛を高熱で焼くと重量が増すことを突き止めた。気体科学の先駆者と見なされる。

(50) ロバート・ボイル(一六二七—九一)は、英国の化学者。ボイルの法則(一定温度の下では気体の体積は圧力に逆比例する)で知られる。第三十四日の注(26)も参照。

(51) ジョン・メーヨー(一六四一—七九)は、英国の化学者、生理学者。硝石の性質、空気の組成、燃焼と呼吸などについての実験を行なった。

(52) 実際の著者はヤコブ・ベルヌーイで、刊行は自身も著名な数学者である甥のニコラウス・ベルヌーイ(一六八七—一七五九)による(『全集』)。

(53) ヤコブ・ベルヌーイの『推論術』が刊行されるのは一七一三年、それから十五年の年月が過ぎるとすれば、物語が設定される一七三九年時点でベラスケスはせいぜい十歳となり、やや奇妙。

(54) 英国の民俗舞踊を起源としたダンス。十八世紀のヨーロッパで大流行した。四人が組になってテンポの速い陽気な音楽に合わせて踊る。

(55) 奉公と引き換えに領主（封主）が家臣（封臣）に与える封土とは異なり、いかなる束縛も受けない領地。

(56) 方程式は古代エジプトや中国では早くから知られていたが、ヨーロッパで研究対象となるのは、ようやくルネサンス期に入ってからである。ニュートンとライプニッツが、無限小に関する研究の中で、微分方程式の解法の基礎を築いた。

(57) 図3参照。

(58) ジャック・カッシーニ（一六七七―一七五六）はイタリア系フランス人の天文学者。若い頃、英国に渡り、ニュートンやハレーと親交を深め、一六九六年にロンドン王立学会の会員となる。フランスに帰国後、一七二〇年に『地球の大きさと形について』を刊行。ジョン・ハドリー（一六八二―一七四四）は英国の天文学者。世界初の実用的な反射望遠鏡を作り、また天体の高度、水平方向の角度を測る八分儀を発明した。

(59) 近親婚をする貴族は、近視などの体の不具合が多いとされた。

(60) ジョン・ネイピア（一五五〇―一六一七）はスコットランドの数学者。一六一四年に対数表を完成させた。

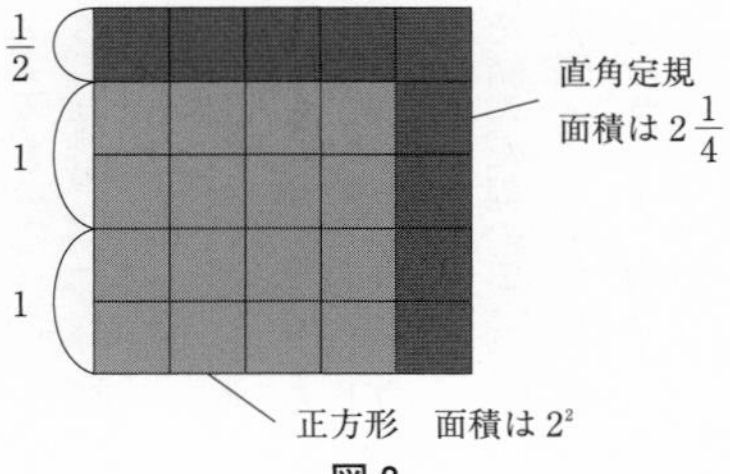

図3

(61) この分かりにくい箇所は、一八〇四年版ではより明瞭に説明されている。その概略は、生殖、妊娠、成長のサイクルは動物によって異なり、それによって、ある動物の個体数は多く、他の動物は少なくなる事態が生じる、ということである。

(62) コンパスと定規を用いて、与えられた円と面積の等しい正方形を求める問題。古代より数学者たちの間で論議が交わされたが、十九世紀後半にその作図は不可能であると証明された。前注(46)も参照。

(63) 「n個の任意定数を含む曲線の方程式において、その任意定数を動かして得られる曲線全体のことを、自由度nの曲線族という言葉で表すことがある」。前掲『数学辞典』、一〇五頁。

(64) ここではベラスケスの説明は不完全にとどまっている。一八一〇年版のどの写本を取っても、この箇所の欠落は埋まらない。一八〇四年版では、また異なる筋立てとなる。

(65) デイノストラトス(紀元前三九〇―前三二〇)は古代ギリシアの数学者。前出の円積問題をヒッピアスの平面曲線を利用して解こうと試みた。

(66) 「等時線」(アイソクロン)とは、ある地点から到達できる点を結んだ線のこと。

(67) ドイツの医師メスマー(一七三四―一八一五)が提唱した動物磁気説によれば、動物の体内には磁気を帯びた流体があり、磁力によってその流れを変えられ、また病気の治療にも応用できるという。中巻第四デカメロンの注(27)も参照。

(68) いわゆる「逍遥学派の公理」。アリストテレス『魂について』(Ⅲ・八)を参照(『全集』)。

(69) デカルトが『省察』(Ⅲ・八)で述べ、後にロックによって批判される「生得観念」、さらにカントが『純粋理性批判』で行なう「アプリオリな認識」についての議論を指す(『全集』)。

(70) これ以降、現代人の目には差別的に見える記述が続くが、十八世紀ヨーロッパの知識人の一般的な思考として理解せねばならない。

(71) アフリカ南西部ナミビアの遊牧民。原語は Hottentot で、ボーア語で「どもる人」を意味する蔑称。

(72) 比例、反比例の関係のこと。xを固定したときにyに比例し、yを固定したときにはxに比例するとき、xとyは複比の関係にあるという。

(73) 異なるn個の中から異なるr個取り出すのが組み合わせ(集合)、異なるn個の中から異なるr個を取り出して一列に並べるのが順列。

(74) このあたりの議論は、ラ・メトリの『人間機械論』(一七四八)に依拠している。ただし、ベラスケスは、動物には行なえない抽象化を、人間に本来備わる性質とするのに対し、ラ・メトリはそれを習得すべき能力とみなす(『全集』)。

(75) この箇所でベラスケスが用いる計算式は、一般的な順列・組み合わせの式とは異なる。したがって以下の計算にも、些細な間違いが見られる(『全集』)。五つの記号の組み合わせは、正しくは二十六通り、七つは百二十通り、八つは二百四十七通り、九つは五百二通り、十一個は二千三十六通りとなる。

(76) 第四十八日の末尾の草稿は失われたか、あるいは執筆されなかったと推定される。

(77) 「光を昼と呼び、闇を夜と呼ばれた。夕べがあり、朝があった。第一の日である」(「創世記」一・五)。これらの箇所でのヘブライ語の音の転写は、アシュケナージ、すなわち中央ヨーロッパのユダヤ人の発音である。ポトツキは現ウクライナのポジーリャで、ラビとのつきあいがあり、ヘブライ語の音に通じていた(『全集』)。以下、旧約聖書からの引用は原則として新共同訳に依る。

(78) 「初めに、神は天地を創造された」(「創世記」一・一)。

(79) これ以降「ベラスケスの体系」で展開される、七日間の天地創造を学述的に説明する試みには、ジュネーヴの物理学者、哲学者ジャン・アンドレ・ドゥリュック(一七二七—一八一七)の『地球と人間の歴史に関する物理的、倫理的書簡』(一七七八—八〇)の影響がある(『全集』)。ポトツキは、『ニーダーザクセン紀行』(一七九五)で、この著作について言及している。

(80) ポトツキが「シャ」と「ラ」の間で揺れるのは、アシュケナージの発音が強くしゃがれることによる。ポトツキは明らかに音によって転写している。当時流布していたルメートル・ド・サシ訳も、オーギュスタン・カルメ訳の聖書も使用していない。また「エロヒム」というヘブライ語の原語を使うのも一般的ではなかった。この語は複数形であり、神格のあり方についての議論を招くおそれがあるためである(『全集』)。

(81) 「すなわち、金を延ばし、金箔を作って細い糸にし……」(「出エジプト記」三十九・三)。

(82) 前注(49)(50)(51)参照。

(83) ジョヴァンニ・バッティスタ・リッチョーリ(一五九八―一六七一)はイタリアの天文学者、イエズス会士。彼の作成した月面図は一六五一年にボローニャで刊行された。またクレーターに科学者の名前をつける習慣を始めた。

(84) 太陽の創造以前に、光は存在したかという問題、また月は太陽の光を反射しているだけであるのがすでに判明しているにもかかわらず、「創世記」に倣い、月を「光るもの」と考える矛盾について、哲学者や神学者の間で大論争があった。ポトツキはそれをあてこすっている(『全集』)。

(85) 「あるいは、これは最も古い家柄の人たちの特権であったのであろうか。これらの人々はエウアンデルに随行してやってきたアルカディア人で、月より先に生を享けた人たちと呼ばれている」。プルタルコス『モラリア四』伊藤照夫訳、西洋古典叢書、京都大学学術出版会、二〇一八年、九〇頁。

(86) 正しくはネフェシュ・ハヤ。「生き物が水の中に群がれ」(「創世記」一・二十)の「生き物」に相当するヘブライ語(『全集』)。

(87) 十六―十八世紀に使われた鍵盤楽器。イタリア語で「チェンバロ」、英語で「ハープシコード」という。『百科全書』の「反感」の項目で、ダランベールは人体を「一種のクラヴサン」と称している。ただしダランベールの考えでは、それは神経や、生理学全般に関わるもので、ポトツキが言うように魂が問題となるわけではない(『全集』)。

(88) ベラスケスの言葉はここでかなり異端的になる。神が良しとしたものの中に、情念が含まれており、情念こそは多くのキリスト教神学者たちにとって、罪の始まりとされるからである(『全集』)。

(89) ポトツキの残した複数の異なる草稿(中巻解説参照)を物語が一貫するように組み合わせると、この箇所は第四十八日の末尾と重複する形となる。

(90) メソポタミア北部。詳しくは後注(107)参照。

(91) サンクニアトンは、実在が疑われる歴史家。第三十四日の注(28)を参照。バリートはサンクニアトンの出身地であるフェニキアの古代都市で、現在のベイルート。オフラのギデオンは「士師記」第六―八章に登場する人物。ポトツキはここで、フェニキア人の伝説的著作家とヘブライ人の士師を出会わせるという力技を行なう。

(92) 古代エジプトで知恵を司る月の神。多くの場合、トキの顔をしている。古代ギリシアではヘルメスとなる。

(93)　サンクニアトンの著作は、カエサレアのエウセビオスを経て現代に伝わるが、エウセビオスによれば、サンクニアトンはあるとき、アモンの聖域でトートの書物を見つけ、この書物だけを頼りに、世界開闢説を執筆したという。その説は確かに創世記のものと似ているが、世界の始まりは不透明で風の吹く深淵にあり、あらゆる生命はそこから生じるとされる（『全集』）。

(94)　サートゥルヌスはローマ神話における農耕の神。ギリシア神話のクロノスと同一視される。クロノスは、神々の祖ウーラノスと大地の女神ガイアの子で、父の支配権を奪う。姉レアーとの間にゼウス、ポセイドーン、ハーデース、ヘーラー、デーメーテールをもうけるも、その子供たちを呑み込んでしまう。末子のゼウスだけは、産着に包んだ石を身代わりにしたことで助かる。

(95)　シケリアのディオドロス。紀元前一世紀の古代ギリシアの歴史家。

(96)　イエメンとエリトリアを分ける海峡。ここで紅海とアデン湾が分かれる。アラビア語で「涙（マンデブ）の門（バブ）」という地名は、速い海流と強い季節風によって、海峡を通過する船が苦しんだことによる。

(97)　モロッコの港湾都市。ブー・レグレグ川を挟んで北がサレ、南がラバトとなり、ふたつの町は双子都市として発展してきた。ポトツキは一七九一年のモロッコ旅行の際、同地を訪れている。

(98)　現在のバルダウィル湖。シナイ半島北部にある汽水湖。テューポーン(セト)はサンクニアトンの書いた神統記にも登場する。それによれば、オシリスの兄弟であるテューポーンは、悪の化身とされ、オシリスを殺した後に、オシリスの息子ホルスによって殺害され、死体はセルボニス湖に投げ込まれた(『全集』)。

(99)　新共同訳の「ルカによる福音書」(三・三十六―三十七)には、アルパクシャドの子カイナムと、エノシュの子ケナンが登場する。

(100)　ポトツキの時代、かつてエデンのあった場所について盛んな議論が交わされていた。「創世記」(二・十―十四)では、エデンから川が流れ出て、四つに分岐するとあり、それぞれピション、ギホン、ティグリス、ユーフラテスと呼ばれる。このうちギホンの同定が困難で、ベネディクト会修道士のオーギュスタン・カルメによれば、カフカス山脈に発し、カスピ海に注ぐクラ川がそれに当たるとされ、他方でヴォルテールはナイル川かニジェール川ではないかと想定している。ポトツキの考えるファシス川は現在のリオニ川で、カフカス山脈に発し、ジョージア西部を流れ、黒海に注ぐ(『全集』)。

(101)　チューリヒの牧師、観相学者であるヨハン・カスパー・ラヴァーター(一七四一―一八〇一)の『観相学断片』(一七七五―七八)による。ポトツキの義母ルボミルスカ元帥王女は、この著作を高く評価し、ラヴァーターを実際に訪問し、また彼と多くの書簡を交わしている(『全集』)。

(102) 紀元前九世紀から後四世紀まで、ナイル川上流に黒人国家クシュ王国を建てた。前六世紀に首都をメロエに移し、繁栄を極めた。

(103) この箇所は「創世記」第六章の逐語訳となる(『全集』)。新共同訳による該当部分は以下の通り。「神の子らは、人の娘たちが美しいのを見て、おのおの選んだ者を妻にした。〔…〕当時もその後も、地上にはネフィリムがいた。これは、神の子らが人の娘たちのところに入って産ませた者であり、大昔の名高い英雄たちであった」(六―四)。「ギベル」については不詳。

(104) 古代エジプトの神官で、ギリシア語で『エジプト史』を著した。上巻第二デカメロン注(55)参照。ポトツキは、一八〇五年にサンクトペテルブルクで『マネトの最初の二つの書の年代記』を出版している。

(105) ヘルモン山は、現在のレバノンとシリアの国境にあるアンチレバノン山脈の最高峰。「ヘルモン山のことをシドンの住民はシルヨンと呼び、アモリ人はセニルと呼んでいる」(「申命記」三・九)。

(106) 「第二エノク書」によれば、グリゴリと呼ばれる堕天使の一団がヘルモン山に下り立ち、人間の娘たちを娶ると誓ったという。上巻第一デカメロン注(80)なども参照。

(107) 聖書の現代語訳では、この地はシンアルと呼ばれるが、十八世紀にはセンナールと呼ばれていた。第四十九日のベラスケスの説明に出てきた現在のスーダンにあたる東アフリカの地とは異なる。シンアルはメソポタミア北部にあり、バベルの塔が作られたとされる地である。

(108) ユダヤ人の第二神殿時代に、ユダ王国とエドムの地の間にあった地域。

(109) 「アブラムがエジプトに入ると、エジプト人はサライを見て、大変美しいと思った。ファラオの家臣たちも彼女を見て、ファラオに彼女のことを褒めたので、サライはファラオの宮廷に召し入れられた」(『創世記』十二・十四―十五)。なお、創世記の記述にはファラオの名前はない。

(110) メトシェラの子レメクは百八十二歳のときノアをもうけ、七百七十七歳で死んだ(『創世記』五・二八―三一)。

(111) 一七四四年に現れたクリンケンベルグ彗星は、六本の尾を持つことで知られる。

(112) 「マルクス・ウァロの『ローマ人の種族について』という書物に、次のような一節があるが、そのままの言葉で引用しておこう。「天に驚くべき前兆が現われた。〔…〕最も高貴なウェヌスの星(=金星)に、色や大きさや形や進路を変えるような前兆が現われたと、カストルは書いている」」。アウグスティヌス『神の国(下)』泉治典ほか訳、キリスト教古典叢書、教文館、二〇一四年、四六四頁。

(113) 中国に洪水伝説は多く、治水に苦しんだ歴史を反映している。五帝の一人堯《ぎょう》は洪水を治める仕事を鯀《こん》に任せたが九年を経ても効果なく、鯀は堯を継いだ舜《しゅん》によって殺された、と『史記』五帝本紀に見えるが、年代は記されていない。

(114)　ノアの三男で、セムとハムの弟。ヤペテの子孫が今の白人であるという説が広く信じられた。

(115)　「クシュにはまた、ニムロドが生まれた。ニムロドは地上で最初の勇士となった。彼は、主の御前に勇敢な狩人であり、「主の御前に勇敢な狩人ニムロドのようだ」という言い方がある」(「創世記」十・八―九)。

(116)　セムの子孫にニムスを名乗る者は見当たらない(『全集』)。

(117)　ソクラテスはゼノンの影響のもと、美と善の関係を打ち立てたが、それをプラトンが発展させて、名高い真善美の三原理を作り出す(『全集』)。

(118)　ルソーは『人間不平等起源論』(一七五五)において、人間は自らよりよい存在になる能力を備えており、それこそが人間と動物を区別するものだと主張する。むろん、ここでベラスケスが語るイエス・キリスト誕生以前においては、時代を先取りしすぎた考え方となる。

(119)　ヘルメス・トリスメギストス(三倍偉大なヘルメス)は、ギリシア神話のヘルメスと古代エジプトのトートとが、エジプトのヘレニズム的環境において習合し誕生した、学芸を司る神。ヘレニズム時代にエジプトを中心に流布されたいわゆる「ヘルメス文書」は、導師ヘルメス・トリスメギストスが弟子に教えを伝授したもの。偽典も含めて、ルネサンス期に大流行する。上巻第二デカメロン注(5)参照。

(120) アレクサンドリアのフィロン(紀元前二〇?―紀元後五〇?)。プラトン思想とユダヤ教の教義の融合を図り、キリスト教神学に大きな影響を与えた。

第六デカメロン

(1) ソリエンテについては不詳。タホ川は、イベリア半島中央を流れ、リスボンで大西洋に注ぐ大河。

(2) ルイス・マニュエル・フェルナンデス・デ・ポルトカッレーロ(一六三五―一七〇九)はスペイン出身の枢機卿で、トレドの大司教。スペイン国王カルロス二世をそそのかして、王位をルイ十四世の孫に譲るとする遺言書を書かせた人物のひとり。これをきっかけとしてフランスとオーストリアが対立し、スペイン継承戦争が起こる。

(3) マニエル・ホアキン・アルバレス・デ・トレド(一六四一―一七〇七)、別名オロペサ伯爵は、カルロス二世の治世中に二度(一六八五―八九、一六九八―九九)、首相を務める。オーストリア派としてハプスブルク家のカール大公を王位に推すが、アンジュー公フィリップを推挙するフランス派のポルトカッレーロ枢機卿との対決に敗れ、解任される。

（4）　フェルディナンド・ボナヴェントゥーラ・フォン・ハラハ（一六三六―一七〇六）は、一六九八年より在マドリード・オーストリア大使を務める。一七〇〇年には、神聖ローマ皇帝レオポルト一世（在位一六五六―一七〇五）の命を受け、カルロス二世の遺言状に激しく抗議した。

（5）　ハプスブルク家のカルロス二世は子がなく、ルイ十四世の孫で、甥にあたるアンジュー公フィリップ（一六八三―一七四六）に王位を遺贈した。後のスペイン王フェリペ五世。

（6）　カルロス二世の二番目の王妃は、マリア・アンナ・フォン・プファルツ＝ノイブルク（一六六七―一七四〇）で、神聖ローマ皇帝レオポルト一世の第三の妻エレオノーレの妹。サン＝シモンの『回想録』によれば、ベルレプシュ男爵夫人と懇意だった（『全集』）。

（7）　略式洗礼とは、「父と子と聖霊の名によって」（「マタイによる福音書」二十八・十九）と唱えながら、頭に聖水を振りかけるだけで洗礼を授ける儀式。典礼や祈りを伴う正式な洗礼とは異なる。

（8）　旧約聖書「レビ記」第二十五章にしたがい、ユダヤ教では畑と葡萄畑は七年ごとに休耕地とされた。その年は農作業が禁じられ、地面から勝手に生えるものしか食べなかった。それを「安息年」（シュミタ）と呼ぶ。七回目の安息年の終わりをヨベル（雄羊の角笛）の年と呼び、恩赦や奴隷の解放が行なわれる。

（9）　ハプスブルク家のカール大公（一六八五―一七四〇）のこと。神聖ローマ皇帝レオポルト一世の次男で、ブルボン家のフィリップとスペイン王位をめぐって争う。後に神聖ローマ皇帝カール六世となる。一四五三年から一九一八年まで「大公(オーストリア大公)」は同国の皇子の称号。

(10) レオポルト一世は、カルロス二世の次のスペイン国王として、次男のカール大公を推す。

(11) アンジュー公フィリップは一七〇〇年、スペイン国王フェリペ五世を名乗り、スペイン・ブルボン朝の初代国王となる。本文にある「インド」とは西インド、すなわち中米を指す。

(12) マリー・アンヌ・ド・トレモワイユ(一六四二―一七二二)のこと。パリに生まれ、再婚相手であるイタリア人フラヴィオ・オルシーニの名をフランス語読みにしたデ・ジュルサン夫人を名乗る。フェリペ五世の最初の王妃マリア・ルイサ・デ・サボヤに気に入られ、スペイン宮廷におけるフランスの覇権のために絶大な力を振るう。デストレ枢機卿は、アンリ四世の愛妾ガブリエル・デストレの弟。

(13) イタリア・ロンバルディア地方の都市。スペイン継承戦争初期に、マントヴァ公爵フェルディナンド・カルロ・ゴンザーガ＝ネヴェルス(一六五二―一七〇八)はフランス側についた。

(14) 一七〇五年、英国、オランダ、オーストリア、ポルトガルの連合軍がバルセロナを攻囲して、これを攻め落としたときのエピソード。ヴォルテールが『ルイ十四世の世紀二』で紹介している。丸山熊雄訳、岩波文庫、一九七四年、八〇―八一頁。

(15) カール大公は一七〇五年十月二十三日、バルセロナでスペイン国王カルロス三世を名乗る。スペインでカール大公を支持したのは当初カタルーニャ地方のみであった。大公がスペイン国王になった暁に、自治を認めてもらうのを期待したからである(『全集』)。

(16) ルイ十四世とマントノン夫人の意向を受けてスペイン宮廷で権勢を振るうデ・ジュルサン夫人は、自らと意見を異にするフランス大使たちを次々に罷免する。帰国した大使たちは夫人の悪口をヴェルサイユ宮殿で言いふらす。そのため夫人は一時、パリに戻らざるを得なくなる。だが夫人を寵愛するスペイン王妃マリア・ルイサの悲しみは深く、夫人は再度マドリードに舞い戻る。さらに大きな権力を握った夫人は、さまざまな陰謀の仕掛け人となる。一七四一年、フェリペ五世の二番目の王妃エリザベッタ・ファルネーゼによって、今度こそ決定的に夫人はローマに遠ざけられる。

(17) スペインの有力貴族の一族。メディナセリ公爵、ルイス・デ・ラ・セルダ(一六六〇―一七一一)は、スペイン継承戦争時、フェリペ五世により首相に任命される。フランスの影響力の増大に反対してイギリスに情報を伝え、一七一〇年に投獄され、翌年亡くなる。

(18) カール大公は、兄ヨーゼフ一世の急逝により、一七一一年にカール六世として神聖ローマ皇帝に即位し、ハンガリー王、ボヘミア王を兼ねた。フランスに代わり、オーストリアが強大になることを恐れた英国は、スペイン継承戦争を続行する熱意を失った。かくして一七一三年にユトレヒト条約が結ばれ、翌年のラスタット条約により、フランス(ルイ十四世)と神聖ローマ帝国(カール六世)は講和する。フェリペ五世のスペイン王位は認められたが、本国以外のスペイン領(ネーデルラント、ミラノなど)はオーストリアに割譲された。この時期ラーコーツィ・フェレンツ二世(一六七六―一七三五)率いるハンガリーの独立運動も盛んだったが、一七一一年、サトマールの講和によりハプスブルク家のハンガリー支配権が認められる。

(19) 大公がスペイン国王になる見込みがなくなった後も、カタルーニャの住民は抵抗を続けた。バルセロナはフランス・スペイン合同軍によって再度攻囲される。スペイン軍の指揮を最初に執ったのは、ナポリ出身のポポリ公爵(一六五一―一七二三)であった。バルセロナは一七一四年九月十一日に降伏する。

(20) スペイン中央部からポルトガル南東部を流れる川。河口はポルトガル＝スペイン国境沿いにあり、ポルトガル側のアルガルヴェ地方、スペイン側のアンダルシア地方の間を流れる。

(21) むしろカール六世の寵愛を受けたアルタン伯爵(一六七九―一七二二)のことか(『全集』)。

(22) ジュリオ・アルベローニ(一六六四―一七五二)はイタリア生まれのスペインの政治家、

枢機卿。パルマ公の使者として、公の姪エリザベッタ・ファルネーゼとフェリペ五世の結婚を画策した。その後、マドリードの宮廷に取り入り、一七一五年に首相に任命され、その二年後には枢機卿となる。ラスタット条約でスペインが失ったイタリアの領地を回復させようとして一七一七年にはサルデーニャへ、翌年にはシチリアへスペイン軍を進駐させるが、フランスの執政オルレアン公は英国、オランダ、神聖ローマ帝国と連合を組み、スペインに大敗北をもたらす。一七一九年、戦勝国はフェリペ五世に圧力をかけ、アルベローニを失脚させた。

(23)　ホアン・グリェルモ・リッペルダ(一六八〇―一七三七)。一七一八年にネーデルラント大使としてマドリードに赴任する。三年後、カトリックに改宗し、スペイン政府に入る。アルベローニの失脚を画策し、国王の信頼を得て、外務大臣を務める。スペイン人の貴族には毛嫌いされ、一七二六年に失脚する。

(24)　イスラーム教徒はスンナ派とシーア派に二分される。前者は、ムハンマドの言行(スンナ)に従う者という意味で、自らを「正統派」と称する一方、後者は、第四代正統カリフであるアリーとその子孫のみをムハンマドの正式な後継者とみなす。イスラーム教徒のほぼ一割がシーア派(別名アリー派)であり、スンナ派が圧倒的多数を占める。

(25)　古代、ベティカと呼ばれたアンダルシア地方には、三つの部族が住んでいた。トゥルデタニー人は南に、トゥルドゥロ人は中央に、そしてオレタニー人は北に分かれていた。

タルシシュ(正しくはタルテソス)とは古代アンダルシアの王国で、ヘロドトスの『歴史』やストラボンの『地理書』にその名が見られる。フェニキア人がこの地に豊かな銀の鉱脈を発見したが、その後ローマ人によって採取しつくされた。カディスの町は、紀元前一一〇〇年ごろ、フェニキア人によって作られた(『全集』)。

(26) おそらくヤハウェがその起源にあるヤーの神は、さまざまな民族の信仰に見られる。エジプト人の月の神はイヤーであり、アラビア語のジャハンナムは地獄を指す(『全集』)。

(27) ウマイヤ朝初代カリフのムアーウィア(六〇二?—六八〇)は、第四代正統カリフ、アリーと対立した。

(28) カディスは、紀元前五世紀から前三世紀までカルタゴの植民地だった。

(29) マルワーン家はウマイヤ家の一族で、ダマスクスを拠点とするウマイヤ朝(六六一—七五〇)のカリフ十四人のうち十一人を輩出した家系。カリフの本拠地がバグダードに移るのは、アッバース朝の時代になった七六二年のこと。

(30) ウマイヤ朝を滅ぼしたのは、ムハンマドの叔父アッバースの子孫。初代カリフのサファーフ(アブル・アッバース、在位七五〇—七五四)は、同じムハンマド家のアリー家(シーア派)を弾圧した。ウマイヤ朝最後のカリフ、マルワーン二世の孫アブド＝アッラフマーンはスペインに逃れ、七五六年、コルドバのアミール(司令官・総督)を名乗り、後ウマイヤ朝(七五六—一〇三一)を立てる。九二九年から、アミールはカリフとなる。上巻第一デカメロン注(25)参照。

(31) ムハンマドの娘ファーティマの子孫であるファーティマ家はエジプトを中心として、北アフリカに勢力を広げた。ファーティマの夫がアリーであるため、当然、シーア派(アリー派)である。

(32) マフディとイマームについては上巻第一デカメロン注(22)を参照。多くのコーランの注釈者によると、西から太陽が昇ることは、審判の日の大いなる予兆のひとつとされる。

(33) ヒジュラ暦は、預言者ムハンマドがメッカからメディナに移住した年(西暦六二二)を元年とするイスラーム暦。分かりやすさを優先し、本訳ではイスラーム圏の出来事であっても西暦で表記する。

(34) ファーティマ朝の始祖ウバイドゥッラー(八七四―九三四)は、八九九年、マフディを名乗って、シーア派の分派イスマーイール派を興す。ファーティマ朝の勢力はイフリーキヤ(現在のチュニジアとその周辺)にあったアグラブ朝を滅ぼし、北アフリカとシチリア島を征服した。カイルアン(またはケルアン)は、チュニスの南百三十キロメートルのところにある要塞都市で、アグラブ朝の首都。六七〇年、アラブ人の将軍ウクバ・イブン・ナーフィウによって築かれた。ウバイドゥッラーはその後、新首都マフディーヤ(チュニスの南方二百キロメートルの海岸に立地)を建設して、カイルアンから遷都する。

(35) フランス・ロマン主義の作家シャトーブリアンの『最後のアベンセラーへ一族の恋』

(一八二六)では、アベンセラーヘ一族の末裔のイスラーム教徒の若者と、スペインのキリスト教徒の娘との恋が描かれている。スペイン語で「セグリ一族とアベンセラーヘ一族」と言えば「仇敵関係」を意味する。

(36) 九四六年、カスピ海南岸から興ったブワイフ朝がバグダードに入り、アッバース朝は事実上滅びる。ブワイフ朝は、シーア派(アリー派)の一派である十二イマーム派を奉じる。

(37) この虐殺は一四八〇年に起こり、ナスル朝グラナダ王国の滅亡(一四九二)を早めることになる。

(38) 十三世紀末にアナトリア西北部から興ったオスマン帝国は、一四五三年にコンスタンチノープル(現在のイスタンブール)を占領して、東ローマ(ビザンツ)帝国を滅ぼし、以降、バルカン、東ヨーロッパ、シリア、エジプト、北アフリカに拡大した。

(39) ムーレイ・イスマーイール(在位一六七二―一七二七)は、モロッコのアラウィー朝の第四代スルタンで、強力な黒人奴隷軍団を組織し、現在まで続く王朝の最盛期を築いた。

(40) アルバラジン(アルバイシン)とは、かつてムーア人の貴族階級が住んでいたグラナダ最古の地区。

(41) チュニジア北東の町。近郊にニンファエウムという井戸があり、ローマ人が二世紀に作ったカルタゴの水道橋と結ばれている。井戸は半円形の神殿で囲まれており、かつては二十四体のニンフの像が飾られていたが、今日では壁龕しか残っていない。

(42) 紀元前二〇二年、第二次ポエニ戦争で、大スキピオ率いるローマ軍が、ハンニバル率いるカルタゴ軍を破ったのがザマの戦い。

(43) このあたりの記述は、実際にポトツキが行なった旅の見聞を踏まえる(『全集』)。

(44) 別名シーワ・オアシス。エジプト北西部のガルビーヤ砂漠にあり、古代エジプトの太陽神アモンの神殿が見られる。

(45) カイロの北西百キロメートルほどにあるワディ・エル・ナトルンの谷の近くには塩湖がいくつもあり、それらは夏になると干上がり、厚い塩の結晶の層で覆われる。

(46) オジマンディアスの地下迷宮は、アメンエムハト三世(紀元前一八五三—前一八〇六頃)によって作られた。ヘロドトスの『歴史』やテラソン神父の小説『セトス』(一七三一)に詳しい描写がある(『全集』)。ルクソールは、古代神殿で知られるエジプト南部の都市。テバイスはキリスト教隠者の修行地として知られるエジプト南部の地域。

(47) シーア派のひとつイスマーイール派に属するハーキムは、ファーティマ朝の第六代カリフ(在位九九六—一〇二一)。彼の治世の終わり頃に、ムハンマド・イブン・イスマーイール・エド・ダラズィーという名の神官が現れ、ハーキムこそ神であると宣言した。ハーキムが死ぬと、ダラズィーはシリアに逃れ、自らの信奉者を結集した。それがドゥルーズ派となり、他のイスラーム教徒からは異端視され、また後にキリスト教徒のマロン派とも対立する。ドゥルーズ派の人々は、ハーキムは死んだのではなく、ただ姿を消しただけであり、世界の終わりにまた現れるのだと考えている。十九世紀フランス・ロマン主義の文学者ジェラール・ド・ネルヴァルの代表作『東方紀行』(一八五一)には、「カリフ・ハーキムの物語」が収められている。

(48) バスラは現イラクの港湾都市。シーラーズは現イラン南西部の都市。サファヴィー朝は一五〇一年から一七三六年までペルシアを支配したシーア派(アリー派)の王朝。

(49) ヤジディ教はゾロアスター教、マニ教、ユダヤ教、キリスト教、イスラームなど複数の宗教が入り混じって十二世紀ごろに形成された。イラクのクルド人に多くの信徒を持つ。イスラーム教徒から邪教扱いされることも多い。ヤジディ族がなぜここでイスラーム教徒を歓待し、またフサインの死を悼む祭りを営むのかは不明。

(50) 第二代正統カリフのウマル(五九二—六四四)のこと。イスラーム帝国の版図をシリア、メソポタミア、ペルシア、エジプト、リビアにまで広げ、長女はムハンマドの妻の一人となる。ヒジュラ暦を定めるなど、イスラーム国家の制度を確立した。スンナ派が彼を高く評価するのに対し、シーア派はカリフの位の簒奪者として忌避する。

(51) ムハンマドの娘婿アリーは、第三代正統カリフのウスマーンが暗殺された後、六五六年に第四代正統カリフとなる。だがその五年後、アリー自身も暗殺されてしまう。アリーの次男フサインは、父の敵を討つべく、六八〇年にウマイヤ朝に対する反乱を起こすが、カルバラーの戦いで戦死する。シーア派がフサインの命日を重要な祭りと見なすのはそのためである。

(52)　墺土戦争（一七一六—一八）でオスマン帝国はハプスブルク家のオーストリアに敗れ、パッサロヴィッツ条約（一七一八）で、セルビアの帝国領をオーストリアに割譲する。なお本文にある「ドイツ」は、史実では神聖ローマ帝国を指す。

(53)　オイゲン・フォン・ザヴォイエン（一六六三—一七三六）はオーストリアに仕えたフランス生まれの貴族。ペーターヴァルダインの戦いとベオグラードの戦いで、オスマン軍を破る。

(54)　このあたりの系譜は、旧約聖書「歴代誌」（上・五・二十九—四十一）をかなり忠実に再現している（『全集』）。

(55)　「彼（ソロモン）には妻たち、すなわち七百人の王妃と三百人の側室がいた。この妻たちが彼の心を迷わせた。ソロモンが老境に入ったとき、彼女たちは王の心を迷わせ、他の神々に向かわせた」（「列王記」上・十一・三—四）。

(56)　アザルヤの名前は「歴代誌」（上・五・三十六）に見えるが、この逸話については不明。

(57)　「歴代誌」（上・五・三十七—三十八）には「アマルヤにはアヒトブが生まれ、アヒトブにはツァドクが生まれ……」とあり、アヒトブとツァドクの関係は逆になっている。

(58)　バビロンの宮廷に連れてこられたダニエルら四人は、王の与える肉料理の代わりに、野菜と水だけを所望する。十日後、彼らの顔色と健康は、他の少年たちよりもよかった

(「ダニエル書」一・六―十六)。

(59) サブディエルではなく、アブディアスという人物は聖書に四人登場する。だがいずれも、「ダニエル書」の逸話とは結びつかない(『全集』)。

(60) ナボポラッサルはネブカドネザル二世の父。ここで語られる逸話は、ネブカドネザル一世にまつわるもの(「ダニエル書」三・一―六)。

(61) 「エステル記」の挿話が下敷きとなる。そこではアハシュエロス王はクセルクセス王となっている。ユダヤ人であるモルデカイが自分でひざまずかず、敬礼しないのに腹を立てたハマンは、ユダヤ人すべてを滅ぼそうと目論むが、エステルの介入によって、ハマン自身が、モルデカイのために用意させた絞首台で縛り首になった(「エステル記」七・十)。ただしサラチエルはここには登場しない。

(62) モアブは古代イスラエルの東にあった地域、アシュドドはイスラエル南部の都市。

(63) 「ネヘミヤ記」(十三・二十三―二十五)の逸話だが、もちろんポトツキはそれを翻案している。

(64) ユダ・マカバイは、セレウコス朝シリアの支配下にあったユダヤを独立させるべくマカバイ戦争(紀元前一六八―前一四二)を起こした。

(65) 聖書には三人のオニアスの名前が見られ、いずれもエルサレムの大神官であるが、エジプトの神殿を建てたのが誰かは記されていない(『全集』)。

(66) すでに指摘したように、一八〇四年版では、さまよえるユダヤ人には大きな役割が与えられているが、一八一〇年版ではそっくり削除されている。
(67) この箇所、原稿が失われており、『全集』ではエドムント・ホイェツキによるポーランド語訳で補う。
(68) ローマ帝国第三代皇帝カリグラは元老院を通じて、帝国内のあらゆる神殿に自らの像を建てさせる命令を出した。それに対し、エルサレムのユダヤ人は激しく反発した。シリア総督プブリウス・ペトロニウスは命令の実行をできるだけ遅らせていたが、カリグラの死によって騒動は収束した。
(69) ローマ皇帝ウェスパシアヌス（在位六九–七九）は即位する以前の六七年、前帝ネロの命令で、ユダヤ人の反乱を鎮めるべく、ローマ軍の指揮を執る。七〇年に息子のティトゥスがエルサレムの町を破壊し、戦争を終結させる。
(70) ゲルマン民族のヴァンダル族の王グンデリクは、十世紀の初めにアンダルシアに定着する。アンダルシアの名は、彼らの地を意味するヴァンダルシアに由来する。
(71) 貴族は男系継承を原則とする。ベラスケスはキリスト教徒であるが、父エンリケがゴメレス一族ではないので、彼自身も一族には属さない。ただ母がゴメレス一族の血を引いているので、マムーンの提案の条件に合致する。
(72) 直接収税方式は、国家が私人に徴税を請け負わせる間接収税方式に対し、王家の官吏が直接、税を取り立てる仕組み。伯父に代わりウォルデンの領地の収税を行なってきた父が亡くなると、母は夫のやり方を踏襲せず、直接収税方式に切り替えた。

(73) スペインに新大陸との通商を妨害されたとして、ロンドン議会は、首相ウォルポールの反対を押し切り、新大陸のスペイン植民地を攻撃すべく海軍を派遣することを決定する。ここにジェンキンスの耳の戦争が始まり、エドワード・ヴァーノン(一六八四―一七五七)は、一七三九年から一年にわたってカルタヘナ(現コロンビア)を包囲するが、失敗に終わる。

(74) セバスチャン・デ・エスラバ(一六八五―一七五九)は、ヌエバ・グラナダ副王領(現在のコロンビア、エクアドル、ベネズエラ)の副王。

(75) マヨール通りがあるのはトレドではなくマドリードで、太陽の門《プエルタ・デル・ソル》と王宮をつなぐ主要道路のひとつ。

(76) この箇所、元の草稿の文言が乱れているため、『全集』ではポーランド語訳に依っている。

(77) 一七一三年、神聖ローマ皇帝カール六世は国事詔書を発布し、領土の永久不分割と、男女を問わぬ長子相続制を定めた。一七四〇年、カール六世が死去すると、長女のマリア・テレジアが家督を継いだが、これに対してフランス、スペイン、プロイセンが異を唱え、オーストリア継承戦争が勃発した。

(78)　後のパルマ公フィリッポ一世(一七二〇—六五)。フェリペ五世とエリザベッタ・ファルネーゼの三男で、オーストリア継承戦争の結果、スペイン領となったパルマ公国を治めた。

地図

ビスカヤ湾
フランス
バイヨンヌ
トゥルーズ
タルブ
ビスカヤ
ピレネー山脈
ナルボンヌ
ナバラ
レオン
ブルゴス
フォワ
アラゴン
旧カスティーリャ
サラゴサ
エブロ川
カタルーニャ
バルセロナ
グアダラマ山脈
マドリード
メノルカ島
マヨルカ島
バレンシア
トレド
バレンシア
新カスティーリャ
(かつてのトレド王国)
イビサ島
シエラ・モレナ山脈
アリカンテ
バレアレス諸島
アンドゥハル
ムルシア
グラナダ
コルドバ
シエラ・ネバダ山脈
グラナダ
地中海
アルプハラス地方
(シエラ・ネバダ山脈の南側面)
マラガ
グアダルキビール川
バルバリア海岸

アストゥリアス
サンティアゴ・デ・
コンポステーラ
ガリシア
ドゥエロ川(ドウロ川)
ポルト
サラマンカ
ポルトガル
コインブラ
タホ川(テージョ川)
エストレ
マドゥーラ
リスボン
グアディアナ川
セビリア
アルガルヴェ地方
アンダルシア
カディス
ジブラルタル
アルヘシラス
ジブラルタル海峡
セウタ
大 西 洋

イベリア半島

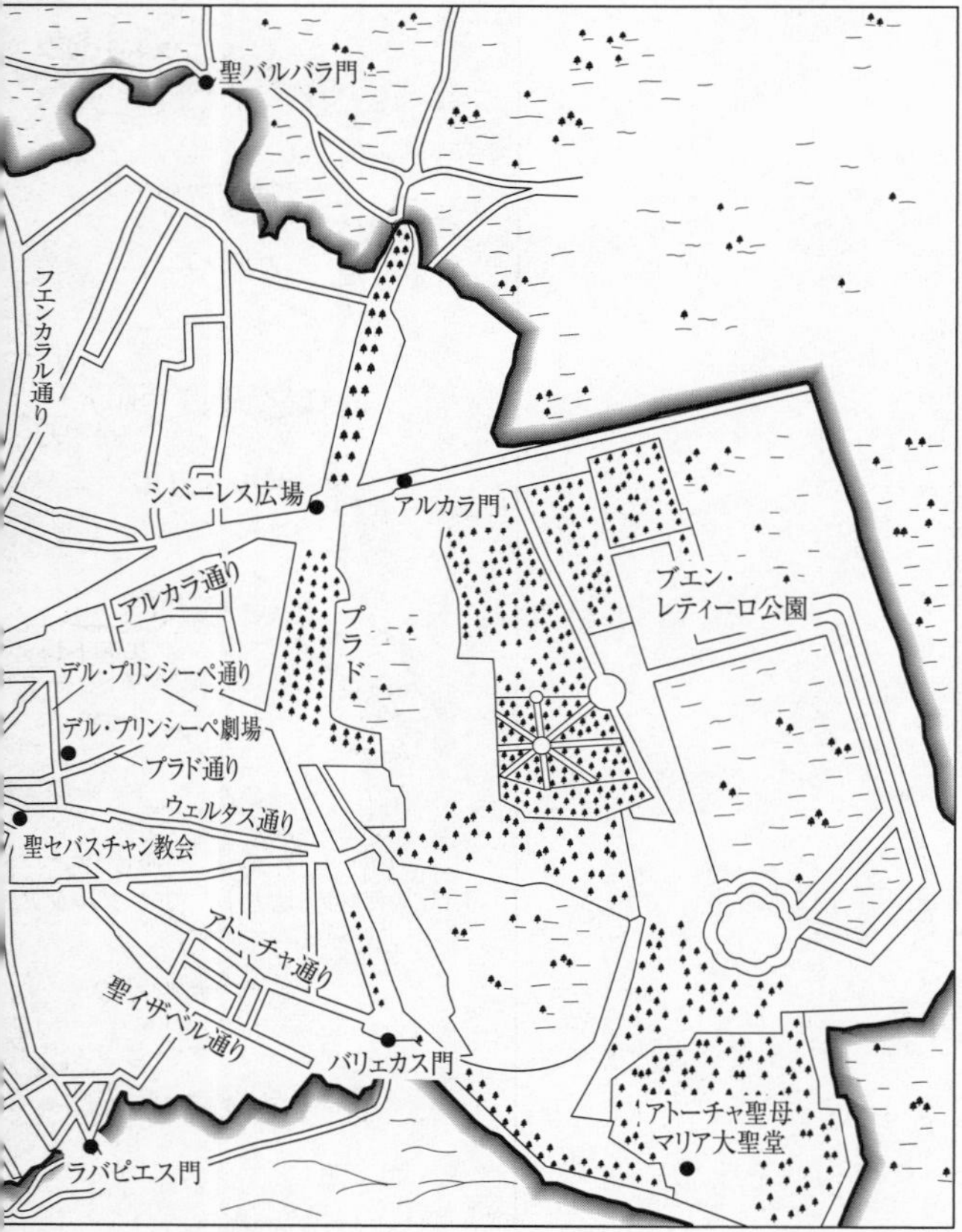

聖バルバラ門
フエンカラル通り
シベーレス広場
アルカラ門
ブエン・レティーロ公園
アルカラ通り
プラド
デル・プリンシーペ通り
デル・プリンシーペ劇場
プラド通り
ウェルタス通り
聖セバスチャン教会
アトーチャ通り
聖イザベル通り
バリェカス門
アトーチャ聖母マリア大聖堂
ラバピエス門

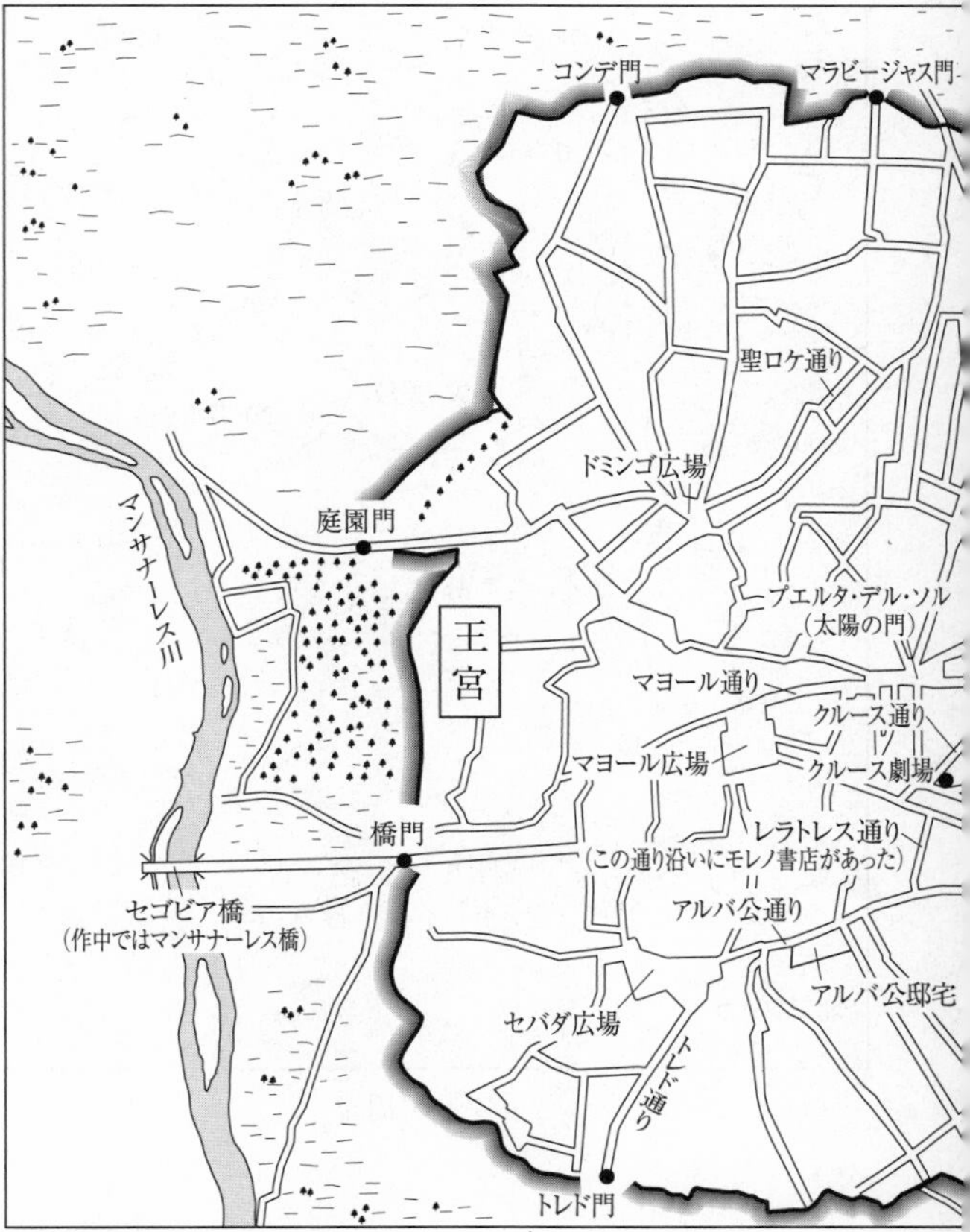
コンデ門
マラビージャス門
聖ロケ通り
ドミンゴ広場
庭園門
マンサナーレス川
プエルタ・デル・ソル
(太陽の門)
王宮
マヨール通り
クルース通り
マヨール広場
クルース劇場
橋門
レラトレス通り
(この通り沿いにモレノ書店があった)
セゴビア橋
(作中ではマンサナーレス橋)
アルバ公通り
アルバ公邸宅
セバダ広場
トレド通り
トレド門

マドリード

ヴェネト
ゴリツィア
ロンバルディア
ヴェネツィア
ミラノ
トリノ
サヴォナ
ジェノヴァ
ボローニャ
フィレンツェ
リヴォルノ
トスカーナ
ウンブリア
アドリア海
コルシカ島
チヴィタヴェッキア
ローマ
ラツィオ
ナポリ
プーリア
ティレニア海
カンパニア
カラブリア
サルデーニャ島
シチリア海峡
イオニア海
チュニス
シチリア島
北アフリカ
マルタ島

イタリア周辺

大西洋
リオ・グランデ川
ハバナ
メキシコ・シティ
ベラクルス
カルタヘナ
パナマ
ヌエバ・エスパーニャ
(メキシコ)副王領
1535
ボゴタ
ヌエバ・
グラナダ副王領
1739
キト
ペルー副王領
1543
リマ
クスコ
ブラジル
太平洋
ポトシ
リオ・デ・
ラ・プラタ
副王領
1776
ペルー副王領
1778 からチリ総督領
サンチアゴ
ブエノス・アイレス
パタゴニア
スペイン領

ラテンアメリカ

ブルート川
黒　海
カスピ海
コンスタンチノープル
ヴァン湖
オルーミーイェ湖
ティグリス川
シリア
ペルシア
レバノン
タドムル
(パルミラ)
ベイルート
バールベック
バグダード
イスファハーン
ユーフラテス川
アレクサンドリア
エルサレム
フージスターン
バスラ
シーラーズ
カイロ
スエズ地峡
ペルシア湾
エジプト
アモンのオアシス
(シーワ・オアシス)
ホルムズ海峡
ルクソール
メディナ
マスカット
紅海
ナイル川
メッカ
アラビア半島
バベル・マンデブ海峡
エチオピア
アデン湾

地中海周辺・アラビア半島

通覧図

『サラゴサ手稿』の特徴のひとつに、入れ子構造がある。ある物語の中で、登場人物が別の物語を語り始め、その物語の中でさらに別の物語が……という組成である。その際、最初の物語を「第一層」、その中で語られる物語を「第二層」と呼ぶことにすると、次のように小説全体が通覧できる。以下、無印の**太字**は物語の語り手、◇以下の**太字**は舞台を示す。

第一デカメロン

	第1日
第一層	**アルフォンソ** ◇**シエラ・モレナ山脈、ベンタ・ケマダ** エミナとジベデの登場、姉妹の幼少期
第二層	「カッサール＝ゴメレス城の物語」 **エミナ** ◇**アルプハラス** ゴメレス一族の歴史
第三層	

第２日	第３日	第４日	第５日
アルフォンソ **◇絞首台** 隠者の登場	**アルフォンソ** **◇隠者の庵** 隠者の尋問 異端糾問所に逮捕される	**アルフォンソ** **◇牢獄** 異端糾問所による拷問 ゾトが救出に現れる	**アルフォンソ** **◇ゾトの地下住居**
「悪魔つきパチェコの物語」 **パチェコ** **◇コルドバ** イネジラとカミラとの関係	「アルフォンソ・バン・ウォルデンの物語」 **アルフォンソ** **◇マドリード、ウォルデンの領地** 若き日のアルフォンソの父、アルフォンソの受けた教育		「ゾトの物語」 **ゾト** **◇ベネヴェント** ゾトの母親と叔母の意地の張り合い、モナルディの助言
	「ラヴェンナのトリヴルツィオの物語」 **読み手　イニゴ・ベレス神父** **◇ラヴェンナ** 「フェラーラのランドルフォの物語」 **読み手　イニゴ・ベレス神父** **◇フェラーラ**		

第6日	第7日	第8日	第9日	第10日
アルフォンソ **◇ゾトの地下住居**	アルフォンソ **◇ゾトの地下住居**	アルフォンソ **◇シエラ・モレナ山脈** カバラ学者ウセダの登場	アルフォンソ **◇隠者の庵、ウセダの城** レベッカの登場	アルフォンソ **◇ウセダの城のテラス、図書室**
「ゾトの物語のつづき」 **ゾト** **◇シチリア** 天敵プリンチピーノの登場、レッテレーオ親方の元で海賊に	「ゾトの物語のつづき」 **ゾト** **◇シチリア** テスタルンガと山賊たち、シルヴィアとの出会い、アントニノの裏切り	「パチェコの話」 **パチェコ** **◇隠者の庵、絞首台**	「カバラ学者の物語」 **カバラ学者ウセダ** **◇ウセダの城** カバラ学の修行、天上の花嫁たち、ベンタ・ケマダでの一夜	「チボー・ド・ラ・ジャッキエールの物語」 **読み手　アルフォンソ**
				「暗黒城の可憐なダリオレットの物語」 **オルランディーヌ**

第一層	ジプシーたちの登場 アルフォンソは図書室で一冊の本が開かれているのを見つける
第二層	◇リヨン
第三層	◇暗黒城
第四層	

第二デカメロン

	第11日	第12日
第一層	アルフォンソ ◇ウセダの城、ジプシーの宿営地 精霊をめぐる、隠者とカバラ学者の論争	アルフォンソ ◇シエラ・モレナ山脈
第二層	「リュキアのメニッポスの物語」 読み手　カバラ学者ウセダ ◇コリントス 「哲学者アテナゴラスの物語」 読み手　カバラ学者ウセダ ◇アテネ	「ジプシーの族長パンデソウナの物語」 ジプシーの族長 ◇マドリード 無口で規則正しい族長の父、イ
第三層		「ジュリオ・ロマティとモンテ・サレルノ公女の物語」 ジュリオ・ロマティ ◇シチリア
第四層		

	第13日	第14日	第15日	
	アルフォンソ **◇シエラ・モレナ山脈**	**アルフォンソ** **◇シエラ・モレナ山脈**	**アルフォンソ** **◇シエラ・モレナ山脈の洞窟**	**アルフォンソ** **◇シエラ・モ**
ンク作り	「パンデソウナの物語のつづき」 **ジプシーの族長**	「レベッカの物語」 **レベッカ** **◇ウセダの城、ベンタ・ケマダ** カバラ学の修行、天上の双子の兄弟	「ジプシーの族長の物語のつづき」 **ジプシーの族長** ブルゴスへの旅、少年と少女を連れた年配の女性との出会い	「ジプシーの族長の物語のつづき」
	「ジュリオ・ロマティの物語のつづき」 **ジュリオ・ロマティ** **◇サレルノ**		「マリア・デ・トーレスの物語」 **マリア・デ・トーレス** **◇セゴビア** 屋外で聞こえる不思議な歌声、ロベラス伯爵の求愛と闘牛での負傷	「マリア・デ・トーレスの物語のつづき」
	「モンテ・サレルノ公女の物語」 **公女の侍女** **◇モンテ・サレルノ城**			

第 16 日	第 17 日	第 18 日	
レナ山脈の 洞窟	アルフォンソ ◇シエラ・モ レナ山脈の 洞窟	アルフォンソ ◇シエラ・モ レナ山脈の 洞窟	アルフォンソ ◇シエラ・モ
ジプシーの族長	ジプシーの族長 ◇セゴビアからブルゴスに向か う街道 エルビラとアバドロが入れ替わ る	「ジプシーの族長の物語のつづ き」 ジプシーの族長 ◇セゴビアからブルゴスに向か う街道	「ジプシーの族長の物語のつづ き」
マリア・デ・トーレス ◇セゴビア、ビラカ ロベラス伯爵、エンリケ・ デ・トーレス、エルビラの死、 エルビラの娘とロンセトの恋	「マリア・デ・トーレスの物 語のつづき」 マリア・デ・トーレス ◇ビラカ	「ペンナ・ベレス伯爵の物語」 メキシコ副王ペンナ・ベレス 伯爵 ◇グラナダ、マドリード、セ ゴビア、ビラカ、新大陸 ペンナ・ベレス伯爵がエルビ ラに寄せた密かな恋心	

第三デカメロン

		第19日	第20日
アルフォンソ	第一層	レナ山脈	アルフォンソ ◇シエラ・モレナ山脈
「ジプシーの族長	第二層	**ジプシーの族長** **◇セゴビアからブルゴスに向かう街道、ブルゴス** メキシコ副王と、エルビラに変装したアバドロの結婚式、エルビラとロンセトとの再会、身代わりの終わり	「ジプシーの族長の物語のつづき」 **ジプシーの族長** **◇ブルゴスのテアティノ修道会付属の寄宿学校** アバドロはベイラスと、サヌード神父にいたずらを仕掛ける。独房の窓から見える墓場で起こった不思議な出来事
「メディナ・シドニア	第三層		
	第四層		
	第五層		

第21日	第22日	
◇シエラ・モレナ山脈	**アルフォンソ** **◇シエラ・モレナ山脈**	**アルフォンソ**
の物語のつづき」 **ジプシーの族長** **◇シドニア公爵夫人邸の地下室**	「ジプシーの族長の物語のつづき」 **ジプシーの族長** **◇シドニア公爵夫人邸の地下室**	「ジプシーの族長
公爵夫人の物語」 **シドニア公爵夫人** **◇アストゥリアス、マドリード** 別々に暮らすエレオノーラの両親。母が亡くなり、父に引き取られる。リスボンからの手紙		「シドニア公爵夫人の
	「バル・フロリダ侯爵の物語」 **バル・フロリダ侯爵** **◇バダホス** ポルトガルとの戦争、バン・ベルクの浪費、バル・フロリダ侯爵夫人の不貞、メディナ・シドニア公爵とバン・ベルクの決闘	

第25日	第24日	第23日
アルフォンソ **◇シエラ・モレナ山脈**	**アルフォンソ** **◇シエラ・モレナ山脈**	**◇シエラ・モレナ山脈**
「ジプシーの族長の物語のつづき」 **ジプシーの族長** **◇マドリード** 地下室を脱出し、物乞いになる。トレドの騎士との出会い。アギラールの決闘	「ジプシーの族長の物語のつづき」 **ジプシーの族長** **◇シドニア公爵夫人邸の地下室**	の物語のつづき」 **ジプシーの族長** **◇シドニア公爵夫人邸の地下室**
	「シドニア公爵夫人の物語のつづき」 **シドニア公爵夫人** **◇ブルゴス** エルモシトとの再会 ラ・メンシアの策略、シドニア公爵の毒殺	物語のつづき」 **シドニア公爵夫人** **◇マドリード** エレオノーラとシドニア公爵の結婚
	「エルモシト・ヒロンの物語」 **エルモシト** **◇ベラクルス、ブルゴス** 信仰の道に入るエルモシト	

第26日	第27日	日
アルフォンソ ◇シエラ・モレナ山脈	アルフォンソ ◇シエラ・モレナ山脈	アルフォンソ ◇シエラ・モレナ山脈
「ジプシーの族長の物語のつづき」 ジプシーの族長 ◇マドリード トレドの騎士はカマルドリ会修道院に隠遁する。アバドロは怪我をしたロペ・ソアレスの世話を引き受ける	「ジプシーの族長の物語のつづき」 ジプシーの族長 ◇マドリード アバドロは怪我をしたロペ・ソアレスを看護する	
「ロペ・ソアレスの物語」 ロペ・ソアレス ◇カディス 父から申し渡された四つの掟	「ロペ・ソアレスの物語のつづき」 ロペ・ソアレス ◇マドリード ブスケロス登場、イネス・モロとの出会い	「ロペ・ソアレスの物語のつづき」 ロペ・ソアレス ◇マドリード ブスケロスとの決闘
「ソアレス一族の物語」 ガスパール・ソアレス ◇カディス ソアレス家とモロ家の確執		「ドン・ロケ・ブスケロスの物語」 ブスケロス ◇アジャスエジョス村、サラマン
		「フラスケタ・サレロの物語」 フラスケタ・サレロ

第28	第29日	第30日
	アルフォンソ **◇シエラ・モレナ山脈**	**アルフォンソ** **◇シエラ・モレナ山脈**
	「ジプシーの族長の物語のつづき」 **ジプシーの族長** **◇マドリード** 看護のつづき	「ジプシーの族長の物語のつづき」 **ジプシーの族長** **◇マドリード** アバドロに用事を言いつけるブスケロス。サンタ・マウラ公爵にベアトリスからと偽った手紙が送られる。ブスケロスの仲介
	「ロペ・ソアレスの物語のつづき」 **ロペ・ソアレス** **◇マドリード** イネスと密会の計画、煉獄の話の結末	
カ 覗き見を覚えた少年時代、サマランカで建物の上階の部屋を覗き込む		
◇サラマンカ		

により、ガスパール・ソアレスは息子ロペを許す

第四デカメロン

第31日		
第一層	**アルフォンソ** **◇シエラ・モレナ山脈**	
第二層	「ジプシーの族長の物語のつづき」 **ジプシーの族長** **◇マドリード**	「ジプシーの族長の物語のつづき」
第三層	「フラスケタ・サレロの物語」 **フラスケタ・サレロ** **◇サラマンカ** 窓辺で通行人を眺めるのを趣味とするフラスケタ。カブロネスとの結婚。おそろしい生首と百ドブロン	「カブロネス氏の物語」
第四層		「神に見棄てられた者の父、ディエゴ・エル
第五層		

	第33日	第32日
	アルフォンソ ◇シエラ・モレナ山脈	
		ジプシーの族長 ◇マドリード
		フラスケタ・サレロ ◇サラマンカ カブロネスは教会でひとりの巡礼者に出会う
「神に見棄てられた巡礼者である息子の語る、ディエゴ・エルバスの	「神に見棄てられた巡礼者である息子の語る、ディエゴ・エルバスの物語のつづき」 ブラス・エルバス ◇マドリード ディエゴは人類が持つあらゆる知にまつわる百巻の著作を執筆するが、著作はネズミにかじられてしまう	バスの物語」 ブラス・エルバス ◇サラマンカ、マドリード 優れた頭脳を持つディエゴは、幾何学の本を出版したことで逮捕される

第34日	第35日	
	アルフォンソ ◇シエラ・モレナ山脈	アルフォンソ ◇シエラ・モレナ山脈
物語のつづき」 ブラス・エルバス ◇マドリード 自らの著作が無となったことに絶望したディエゴは無神論者として死ぬ。見知らぬ男がブラスの前に現れる	「ブラス・エルバス、または神に見棄てられた巡礼者の物語」 ブラス・エルバス ◇マドリード サンタレス夫人とその娘たちと同居、スパラドスが現れ、ブラスを侮辱。ドン・ベリアルから魔法のボンボン入れを渡される	「神に見棄てられた巡礼者の物語のつづき」 ブラス・エルバス

	第37日	第36日
アルフォンソ ◇シエラ・モレナ山脈		
「ジプシーの族長の物語のつづき」 ジプシーの族長 ◇マドリード		
	「神に見棄てられた巡礼者、エルバスの物語のつづき」 ブラス・エルバス ◇マドリード ブラスは額に印のある人物と知り合いになり、その物語を聞く	◇マドリード ブラスは肉欲に溺れる。サンタレス夫人の父親は処刑されてしまう。ドン・ベリアルを召喚するブラスは、その真の姿を目にする
	「トラルバ騎士分団長の物語」 トラルバ分団長 ◇マルタ島、テット＝フールク城 フールケール分団長を決闘で殺したトラルバ分団長は、その幻影に悩まされる	

第 39 日	第 38 日
アルフォンソ ◇シエラ・モレナ山脈	
「ジプシーの族長の物語のつづき」 **ジプシーの族長** ◇**マドリード** アバドロは、誇り高いアビラ女公爵に恋をする。女公爵はそれを受け付	ティンテーロ氏(族長の父)はブスケロスの策略により、白い腕のシミエント嬢と結婚する。結婚後、おとなしかったシミエント嬢の性格は変わり、またブスケロスが用意したさまざまな騒々しい企てに恐れをなしたティンテーロ氏は亡くなってしまう

けず、代わりに自分の妹レオノールの監視を命じる

第40日

アルフォンソ
◇シエラ・モレナ山脈

「ジプシーの族長の物語のつづき」
ジプシーの族長
◇マドリード
レオノールとの不思議な結婚生活と、レオノールの死。レトラーダ通りの家に現れる白い幽霊。秘密の解明

第五デカメロン

第41日

第一層

アルフォンソ
◇シエラ・モレナ山脈
キャラバンが現れる。

第二層

「トレス・ロベラス侯爵の物語」
トレス・ロベラス侯爵
◇ローマ
ロベラスは特免を得るため、ローマに赴

第三層

	第42日	第43日
見知らぬ男がレベッカに、愛情を二項定理で説明する	**アルフォンソ** **◇シエラ・モレナ山脈** 見知らぬ男とレベッカの幾何学論争	**アルフォンソ** **◇シエラ・モレナ山脈** 見知らぬ男とレベッカの
く。そこでリカルディ猊下の親戚であるパドゥリ侯爵夫人から愛される	「トレス・ロベラス侯爵の物語のつづき」 **トレス・ロベラス侯爵** **◇ローマ** シルヴィアはロベラスを自室に招き、リカルディとパドゥリ夫人の関係を物語る	「トレス・ロベラス侯爵の物語のつづき」 **トレス・ロベラス侯爵** **◇ブルゴス、メキシコ** スペインで不運に見舞われたロベラス夫妻は、新大陸メキシコに渡る。エルビラが傲慢になっていく一方、ロベラスは誇り高いモンテスマ夫人に惹かれていく
	「リカルディ猊下と、ラウラ・チェレッラ、通称パドゥリ侯爵夫人の物語」 **シルヴィア** **◇ジェノヴァ** リカルディは幼いラウラを引き取り、自分好みの娘に育てようとする	

	第44日	第45日		第46日
幾何学論争	**アルフォンソ** ◇**シエラ・モレナ山脈**	**アルフォンソ** ◇**シエラ・モレナ山脈**		**アルフォンソ** ◇**シエラ・モレナ山脈**
	「トレス・ロベラス侯爵の物語のつづき」 **トレス・ロベラス侯爵** ◇**メキシコ** 祖先の呪いの碑文を見つけたモンテスマ夫人は、病に倒れる。メキシコ人のために骨を折るロベラスは、副王によって牢に入れられる	「トレス・ロベラス侯爵の物語のつづき」 **トレス・ロベラス侯爵** ◇**メキシコ** 老年のロベラス夫妻	「幾何学者の物語」 **幾何学者ベラスケス** ◇**ガリシア** 正反対の性格をしたエンリケとカルロス。エンリケは新要塞建設の計画案で一等を取り、ブランカとの結婚が決まる	「幾何学者の物語のつづき」 **幾何学者ベラスケス** ◇**ガリシア、セウタ** エンリケは大臣宛の手紙に、誤って弟カ

	第47日	第48日	第49日	第50日
	アルフォンソ ◇シエラ・モレナ山脈	アルフォンソ ◇シエラ・モレナ山脈	アルフォンソ ◇シエラ・モレナ山脈	アルフォンソ ◇シエラ・モレナ山脈
ルロスの名前で署名してしまい、名誉、恋人、財産を失う。セウタに赴任し、精密科学の研究に打ち込む	「ベラスケスの物語のつづき」 **幾何学者ベラスケス** **◇セウタ** エンリケは息子ペドロにサラバンドを学ばせようとするが、息子は逆に数学に没頭する	「ベラスケスの物語のつづき」 **幾何学者ベラスケス** **◇セウタ、ベンタ・ケマダ** ペドロはカルロスの跡を継いでベラスケス公爵になるため、セウタを出る。生命にまつわるベラスケスの理論が語られる	「ベラスケスの体系」 **幾何学者ベラスケス** ベラスケスによる天地創造の物語	「ベラスケスの体系のつづき」 **幾何学者ベラスケス** ベラスケスは地球の成り立ちを語る

第六デカメロン

	第51日	第52日	第53日	
第一層	**アルフォンソ** **◇シエラ・モレナ山脈**	**アルフォンソ** **◇シエラ・モレナ山脈**	**アルフォンソ** **◇シエラ・モレナ山脈**	**アルフォンソ** **◇シエラ・モレナ山脈**
第二層	「ジプシーの族長の物語のつづき」 **ジプシーの族長** **◇マドリード** トレドの騎士はオーストリア側につく。ブスケロスの再登場	「ジプシーの族長の物語のつづき」 **ジプシーの族長** **◇マドリード、ソリエンテ、ウセダの城** 政治的野心にとりつかれたアビラ女公爵はアバドロに別れを告げる。アバドロはユダヤ人占星術者ウセダの城に招かれる	「ジプシーの族長の物語のつづき」 **ジプシーの族長** **◇ウセダの城、ラ・フリータの湖など** アバドロはカステーリ侯爵となり、墺仏両国の対立に巻き込まれていく。トレドの修道分院長が亡くなる	「ジプシーの族長の物語のつづき」 **ジプシーの族長**
第三層				

第54日	第55日	第56日	57日
	アルフォンソ **◇シエラ・モレナ山脈** ジプシーの族長はアルフォンソに、地下へと下りるように言う	**アルフォンソ** **◇ゴメレス一族の地下空間** アルフォンソは金を掘り出す	**アルフォンソ** **◇ゴメレス一族の地下空間** アルフォンソは金を掘り
◇バルセロナ、ウセダの城、ラ・フリータの湖など アバドロは成長した娘オンディーナと再会する。だがオンディーナはムーア人の青年と関係を持ち、娘を出産後、亡くなってしまう	「ジプシーの族長の物語のつづき」 **ジプシーの族長** **◇シエラ・モレナ山脈** アビラ女公爵は亡くなり、アバドロはゴメレス一族の大シャイフに仕える	「ゴメレス一族の大シャイフの物語」 **大シャイフ** **◇スペイン、北アフリカ** カッサール＝ゴメレス城の地下の金鉱と、ゴメレス一族の歴史	「ゴメレス一族のシャイフの物語のつづき」 **大シャイフ** **◇スペイン、北アフリカ**

第	第58日	第59日	第60日
出す	**アルフォンソ** ◇**ゴメレス一族の地下空間** アルフォンソは金を掘り出す	**アルフォンソ** ◇**ゴメレス一族の地下空間** アルフォンソは金を掘り出す	**アルフォンソ** ◇**ゴメレス一族の地下空間** アルフォンソは金を掘り出す
後に大シャイフとなる少年マスードは、部族長たちの命により、北アフリカのイスラーム諸国を旅する	「シャイフの物語のつづき」 **大シャイフ** ◇**北アフリカ、中東諸国、アンダルシアの洞窟** マスードはアリー派を再興すべく旅を続ける。帰国後、洞窟の金鉱の秘密を探り当てる	「ゴメレス一族のシャイフの物語のつづき」 **大シャイフ** ◇**マドリード** 見知らぬ男と出会ったマスードは、その男の話を聞く	「ゴメレス一族のシャイフの物語のつづき」 **大シャイフ** 大シャイフはゴメレス一族がアルフォンソに仕掛けてきた試練について語る
		「ウセダ一族の物語」 **マムーン** マムーンはウセダ一族の系譜をマスードに語る	

第61日
アルフォンソ◇ベンタ・デ・カルデニャス アルフォンソはベラスケスと再会する
アルフォンソ 大団円

訳者解説 3
ゴメレス一族の秘密――放浪の果てに

一　シエラ・モレナ山脈

ワロン人衛兵隊長の任を拝命すべく、首都マドリードを目指す若きアルフォンソ・バン・ウォルデン。幼少期に受けた教育のため、少しでも自分の名誉が穢されそうになると、すぐさま剣のつかに手を伸ばす、世間知らずで、未だおめでたさの残る若者。スペイン南部、アンダルシアとラ・マンチャを隔てるシエラ・モレナ山脈に足を踏み入れると、ふたりの従者が次々と姿を消し、やむなく打ち捨てられた旅籠で一晩を過ごす。そこに現れた謎のムーア人の姉妹は、ゴメレス一族というかつてイベリア半島を支配したイスラームの一派の来歴について語り、アルフォンソもまたその一族の血を引いていると告げる。こうした謎めいた打ち明け話によって、長大な小説『サラゴサ手稿』は幕を開ける。

アルフォンソはこの後、多彩な顔ぶれの人物たちと出会い、数々の物語を耳にする。隠者庵の隠者、悪魔つきパチェコ、カバラ学者ウセダ、美しきその妹レベッカ……。隠者を除くこれらの人物とアルフォンソには共通点があり、いずれも盗賊ゾトの弟たちが吊るされた絞首台の下で目を覚ますというおぞましい体験をしている。彼らはアルフォンソに自らの物語を語るが、語を聞けば聞くほど、聞き手の理解は深まるどころか、逆に迷いと不信が強まる。レベッカの物語を聞いたアルフォンソは、こう独りごちる。「まず思ったのは、レベッカの話は最初から最後まででたらめで、私の信じやすさにつけこみ、ただからかっているだけだということだった」(上巻、三一九頁)。何が真実で、何が虚偽なのか。アルフォンソと同様、私たち読者もまた、シエラ・モレナ山脈では一歩一歩、慎重に道を見極めながら進まねばならない。

その道のそこかしこにちらちらと見え隠れするのはゴメレス一族の秘密である。エミナがアルフォンソに話すカッサール＝ゴメレス城の物語によれば、歴代のシャイフは毎月最後の金曜日になると城の地下に閉じこもる習慣だったという。一体、そこには何が隠されているのか。さらにこの謎の集団は、意図的にアルフォンソに近づいてきている。彼がベンタ・ケマダでムーア人の姉妹と出会ったのは偶然ではなく、仕組まれた計画だった。その狙いは何なのか。ジベデは言う。「アルフォンソさま、どうしてあなたはイスラーム教徒ではないのでしょう。巨万の富があなたの手に入るかもしれませんのに……」(上巻、四九頁)。どうやらキリスト教徒であるアルフォンソをイスラームに改宗させようというのが、一族の目論見らしい。だが一体何のために?

異端審問所が睨みを利かせる、一見、純粋なカトリック信仰の国に思われるスペインの土地に、ゴメレス一族の血を通じて、かつてのイスラーム統治時代の記憶がよみがえる。レコンキスタ終了後、大多数のイスラーム教徒はイベリア半島を追われたが、ゴメレス一族の一部は密かにスペインに残り続けたのだ。そこに、もうひとつ別の信仰を奉じる者たちが加わる。カバラ学(ユダヤ教の神秘主義)の修行をする兄妹、ウセダとレベッカである。ふたりは、父マムーンによって、それぞれソロモンとシバの女王の娘たち、天上の双子カストールとポルックスとの結婚が約束されているという。キリスト教、イスラーム、ユダヤ教という三大一神教の信仰と歴史が、シエラ・モレナの山中で絡み合っていく。

そこに一石を投じるのが、スペインにいながら、これらの一神教とは無縁の民であるジプシーの存在である。いやむしろ、彼らは異なる信仰を使い分けることで、自らの隠れ蓑とする。「目の前に見えるこの谷には、いわゆるジプシーたちが住み着いている。ある者はイスラーム教徒、別の者はキリスト教徒、またどちらでもない者もいる」(下巻、二六二―二六三頁)。アルフォンソが出会ったジプシーの族長は、シエラ・モレナの山中を移動しながら密輸を手がけ、その商品は、軍隊から教会まで、スペイン国内の隅々に届けられる。本来密輸を取り締まるべき憲兵《アルグワシル》たちとも裏でつながっており、「排斥された民」であるはずのジプシーは、実のところ、目につかぬ形でスペインの地に深く侵蝕している。野営を張って、毎日のように所在を変える彼らは、まさに摑みどころがない存在である。

そしてアルフォンソをジプシーの族長に引き合わせる、族長のふたりの娘もまた摑みどころがない。彼女たちは、ジプシー女性の生業のひとつである手相占いを手がけ、アルフォンソの運命を読み解くが、その結果は不穏である。「ああ《ア》！　騎士《カヴァリエ》のお方、何が《チエ》あなたの《ヴェジョ》手相《エン ヴエストラ》に見えるでしょう《バスト》。たくさんの《ディルヴァノス》愛《カメラ》ですわ《マ》。でもいったい《ボル》誰に対する《クエン》愛？　悪魔《ボル》たちに対する《デモニオス》愛ですわ(上巻、二四一―二四二頁)」。アルフォンソは何度となく、旅籠ベンタ・ケマダで出会ったイスラーム教徒の姉妹について、彼女たちは人間なのか、それとも男性を惑わす夢魔なのか、その正体について自問している。ジプシーの娘たちが下した占いの結果は、その答えを暗示しているのであろうか？　だがアルフォンソはここでまた新たな謎に直面する。「エミナとジベデは悪魔である」と占うジプシーの娘たち自身が、実はこれらの姉妹その人ではないかという疑いに彼は取り憑かれるのである。「以前の夜テントにやってきたのはこのふたりではないように思えた。あれは従姉妹だったようだ。だが従姉妹にせよ悪魔にせよ、そもそもあれは何者なのだろう？　それは自分自身にも答えの出せないことだった」（上巻、三六二―三六三頁）。

シエラ・モレナの山中では、すべてに二重、三重の意味が込められている。視点を変えれば、あらゆるものの見え方が変わる。ジベデがキリストの十字架に怯えるのは、彼女がイスラーム教徒であるからなのか、それとも悪魔であるためか。パチェコが快楽の一夜を過ごしたのは、美しい継母とその妹と共になのか、あるいはそれはおぞましい絞首刑者たちとの同衾であったのか。一旦、理解できたと思えた事柄でも、時間が経つとまた謎に包まれていく。「魔法の一部が分かったと思うときもあるのだが、状況が変わるとすぐにまた疑惑の中に逆戻りになる」（上巻、二六九頁）。シエラ・モレナ山脈には明らかに、不思議な力が働いている。そこに足を踏み入れる者は、絶えざる迷いにさらされる。それを象徴するかのように、アルフォンソは言う。「これらの断崖は、山塊の中を縦横無尽に走っているため、今どこにいるのか、どちらの方向に進んでいるのかを判別するのは不可能だった」(上巻、一一六頁)。高い峰と深い谷の入り組んだこの地は、まるで迷路のように、いやむしろ、外界から隔てられた結界のように、意味と表象の飽和した空間として、アルフォンソの前に立ち現れる。

二　枠物語

『サラゴサ手稿』はいわゆる枠物語の系譜に属している。これは大枠となる物語の中に、複数の小さな物語が挿入されていく作品形式で、先例として『千一夜物語』、ボッカッチョの『デカメロン』、チョーサーの『カンタベリー物語』などがある。『サラゴサ手稿』では、主人公アルフォンソがシエラ・モレナ山脈をさまよう中で見聞したことを記録した六十一日間の日誌という体裁が取られており、十日でひとつの「デカメロン」としてまとめられている。最後の「第六デカメロン」のみ、十一日と一日余分に収められるわけだが、これは同じく一夜分はみ出したという題を持つ『千一夜物語』を連想させる。

この「デカメロン」というくくりが、ボッカッチョの作品に想を得ていることは疑いない。だがその作品構造は何と異なることだろう。ボッカッチョの『デカメロン』では、ペストを避けてフィレンツェ近郊の館に集った女性七人、男性三人からなる計十人の語り手が、整然と一日一話のペースで、合計百話を語っていくのに対し、『サラゴサ手稿』では、ひとつの物語が延々と何日も続けて語られたり、逆に一日の中に複数の物語を宿したりと、その構成は大胆である。

そこにポトツキは、おそらく『千一夜物語』から借りたであろう「語りの中断」という手法を取り入れていく。ジプシーの族長が語る物語が盛り上がりを見せたところで、部下が仕事の相談にやってきて、話は中断される。続きはまた翌日となり、聞き手、あるいは私たち読者の関心は宙吊りにされる。「レベッカは少しいらいらして、いつも話の一番面白いところで中断されるわ、とこぼした」(上巻、三七五頁)。この感想は、シェヘラザードが語る話のつづきが聞きたくてたまらず、彼女をもう一日生かしておこうと決めるシャフリヤール王の考えと相似をなす。

ここで興味深いのは、話を中断するのは必ずしも語り手（たとえばジプシーの族長）だけでなく、時に聞き手の側が行なうという点である。いわゆる「話の腰を折る」という行為が、『サラゴサ手稿』では物語をさらに豊かに発展させていくためのばねとして働くことがある。たとえば、「天国」という言葉を何度も発して、モンテ・サレルノ公女の物語を中断するジュリオ・ロマティは、公女の激しい怒りを買い、生涯記憶に残るおそろしい目に遭う（第十三日）。自分が身の毛のよだつ血にまみれた頭と勘違いされた顚末を語るブスケロスの話を、三度にわたり中断したロペ・ソアレスは、父の定めた掟に背き、剣を抜いて決闘におよび、あげくに麗しのイネスとの待ち合わせに行けなくなってしまう（第二十八日）。本来であれば、語りの勢いを失速させるはずの「中断」が、逆に物語にさらなる推進力を与えている。「語る」という行為にきわめて鋭敏であったポトツキならではの、独特の手際である。

同じく中断という憂き目を見る「ラヴェンナのトリヴルツィオの物語」が小説内で果たす役割も興味深い。六年ぶりに故郷の城に戻ったアルフォンソの教育の成果を確かめようと、彼の父は神学者に怪談を読んで聞かせるよう頼む。そして物語の山場に来ると、父は神学者の言葉をさえぎり、こう言うのだ。「わが息子アルフォンソよ、おまえがトリヴルツィオの立場だったら、肝を冷やしただろうか？」（上巻、九四頁）この問いに対し「おおいに肝を冷やした」と答えるアルフォンソは、父の逆鱗に触れる。翌日、同じく神学者から「フェラーラのランドルフォの物語」を読み聞かされたアルフォンソは、父の同じ問いかけに今度は「いささかも肝を冷やしはしない」と答え、満足される。

こうした話の進展をどう考えればよいだろう。アルフォンソが受けた教育の効果、端的に言えば彼の勇気を確かめるという目的のためだけであれば、なにもこれほど長い物語が挿入される必要はない。他方、おどろおどろしい物語を開陳するためならば、それが途中で中断され、結末部分が語られないまま終わるというのでは不備が残る。ここに見られるのは「物語の自己増殖」である。『サラゴサ手稿』ではたびたび、ひとつの物語が語られるために、別の物語が必要とされるという現象が見られる。説話は次々と生み出されては展開していき、それより一歩先に進めば「不条理」の域に入り込みかねないぎりぎりのところで、元の鞘へと回収される。小説の筋の進行を考えるのであれば、これほど効率の悪いことはない。だがその非効率性のおかげで、なんと豊饒で立体的な作品空間が構築されるのであろうか。

『サラゴサ手稿』の設計図の複雑さ、精密さには舌を巻かざるをえない。ポトツキは一体どのようにそれを構想したのか。まずそれぞれ独立した物語を用意し、ついでそれらに鋏を入れる。できあがった異なる物語の断片を、まるでパズルのピースのように自在に組み合わせていく。しかも、それらは平面に並べられるだけでなく、ロシアのマトリョーシカ人形よろしく、入れ子状に階層化されてもいく。無論、ポトツキが実際にこのような手法を取ったのかどうかは分からないが、いずれにせよ緻密な計算を通して、読者を驚かせるさまざまなしかけや伏線が用意されるのである。

その最も鮮やかな一例が、一見無関係に思えるトレドの騎士とアギラールの物語が、最後にロペ・ソアレスの物語と見事に接続するという驚きの展開であろう。決闘で殺されたアギラールの亡霊が煉獄から呼びかける声と思えたものは、実はトレドの騎士に突き落とされたソアレス(ブスケロスの手違いによって誤った建物に上っていった)がとどめを刺されぬよう咄嗟に発した言葉だったのだ(第二十九日)。『サラゴサ手稿』においては、どんなに荒唐無稽に見える事柄でも、最後にはすべて辻褄が合う。それはページをめくり直し、前の記述を読み直す者なら、誰もが納得する事実である。

三　啓蒙主義の終焉

しばしば『サラゴサ手稿』は、啓蒙主義の時代の掉尾《ちょうび》を飾る小説と称せられる。確かにこの作品では、十八世紀ヨーロッパが営んだあらゆる知的活動の成果が反映されている。小説内で扱われるのは、歴史、宗教、神話、哲学、倫理、法、幾何学、物理学、地質学、天文学、カバラ、と数えていってもきりがない。博覧強記の作者は、ニュートンからヴォルテール、ベルヌーイからラ・メトリまで、同時代の知識人の思想を縦横無尽に引く。また、あたかもいずれかの作品形式に分類されるのを拒むかのように、語りの形式も目まぐるしく変化する。あるときは幻想小説、あるときは東洋風コント、ピカレスク小説、旅行記、回想録、哲学談義、書簡体恋愛小説……、とこちらも十八世紀の文学者が好んで取り上げた幅広いジャンルに及んでいく。

だが『サラゴサ手稿』が啓蒙時代の掉尾を飾るというのは、ただこうした表面的な理由からだけではない。この小説が十八世紀を総括している真の意味は、そこで絶えず人間の本質にまつわる問題が提起され、まさに啓蒙主義の知識人たちが常に考え、論争し、執筆した根源的な問いが扱われるからなのである。世界をどう認識すべきなのか、正しい宗教とは何か（そもそも正しい宗教など存在するのか）、倫理とは何か、無限とは何か、愛とは何か、生命とは何か、世界はどのように創造されたのか……、『サラゴサ手稿』では、これらの問いがさまざまな形で提示されていく。

啓蒙時代の知的営為の所産を存分に享受しながらも、ポトツキはしかし、それらを無反省に継承するわけではない。それどころか『サラゴサ手稿』の各所で、同時代の知のあり方に対する深い問い直しが行なわれている。いささか図式化して述べれば、十八世紀ヨーロッパは、一方に理性に基づく合理主義の推進があり、もう一方にイエズス会への弾圧をはじめとした、組織としてのカトリック教会の混乱、さらには主に知識人の間での信仰の意義についての再考があった。ポトツキはその双方の潮流に対して、疑念を投げかける。

それを象徴するのが、この小説における「学問」の扱われ方である。言うまでもなく、客観的な観察や合理的な思考に基づく学問は、理性によって世の誤謬を正すという啓蒙主義の根幹となる営みである。世界の正しい把握、あらゆる物事に関する広く深い知識こそが、人間を蒙昧から解放するのであり、知の領域を切り開く学者は、新たな時代の牽引者となるはずである。だがこうした前提は、『サラゴサ手稿』に登場する何人かの「学者」の物語によって揺らぎを見せる。真摯に学問に取り組むエンリケ・ベラスケスは、軽薄な弟に恋人を奪われ（第四十六日）、計算に夢中になった幾何学者ベラスケスは、アラブ人の長老《シャイフ》から「頭のおかしい人間」と見なされる（第四十七日）。学問は必ずしも彼らを幸せにするのではなく、むしろ学問に関わることで、人間は不幸になると暗示されているかのようですらある。

とりわけ、ディエゴ・エルバスの物語は、ポトツキの学問、人知に対する冷ややかな見方を示している。彼が取り組む大事業、人類が有するあらゆる知識にまつわる百巻の著作は、明らかにディドロとダランベール編纂による『百科全書』のパロディである。実際の『百科全書』が合計百八十四人もの学者によって共同執筆されたのに対し、ディエゴはたったひとりで密かに仕事に取り組み、完成した暁に「一夜にして、名声と万能の人という称号を手に入れよう」（中巻、二四五頁）と目論む。こうした野心に満ちた試みはしかし、残酷なまでに打ち砕かれる。長年の努力の末、ようやく完成した百巻の刊本はネズミにかじり尽くされ、その後も著作を復元しようと奮闘するディエゴは、最終的に書店の店主から引導を渡される。世の中にはこれほどおびただしい知識は必要ないと言わんばかりに、店主は冊数を四分の一に減らすよう求めるのである。学問の持つ意義を確信してきたディエゴは、絶望の果てに自死を選ぶ。

ポトツキがここまで執拗にディエゴの努力を踏みにじる理由は何か。それは学問や知識に対する世間の盲目的な崇拝に、皮肉を通じて疑念を差し挟むことにある。学問は人間の知識の幅を広げ、思考の能力を高めてくれる。それによって人々の暮らしはますます豊かで、幸福なものとなる。そのようなおめでたい学問崇拝は、十八世紀末の混乱と人間の不幸を目の当たりにしたポトツキには、あまりに稚拙に思える。恵まれた才能を不屈の精神で支え、何よりも学問に対する揺るぎない信念に導かれてきたディエゴ・エルバスの生涯を、最終的に無と断じるポトツキの冷静さを前に、私たちは戦慄すら覚える。「後には何も残らないだろう。われはこのまま亡《ほろ》びる。生まれてこなかったのと同じく、世に知られぬままで。虚無よ、おまえの餌食を受け取るがよい」(中巻、二七一頁)。啓蒙主義の柱であった学問は、根底からその意義を問い直される。

四　理性か、それとも信仰か

学問の意味が再考されるのと並行して、宗教、ここではキリスト教の価値の見直しも同時に行なわれる。だがその道筋は複雑で、逆説的ですらある。何しろこの信仰の復権を担うのは、幾何学者ベラスケスに他ならないのである。彼はあらゆる事象に方程式を当てはめようとする人間である。自然界の物事は言うに及ばず、人間の抱く感情の中でも最も不可解で、理屈にそぐわぬもの、つまり恋愛感情ですら、ベラスケスにとっては演算の対象となる。それは、乗法や除法を用いた計算式に当てはめられることもあれば（第四十一日）、またクレオパトラをめぐる、アウグストゥスとマルクス・アントニウスの運命の相違のように、ベクトルを使った平行四辺形の問題として扱われることもある（第四十三日）。

トレス・ロベラス侯爵の数十年にわたる波瀾万丈の生涯についてベラスケスがしてのける幾何学的分析の切れ味については、舌を巻く他はない。侯爵がスペインにいた頃の、幼馴染エルビラとの恋愛とふたりが結婚にいたるまでの過程、のちに結婚生活が破綻し、舞台を新大陸メキシコに移してからの、カシーケの娘モンテスマ侯爵夫人との崇高でありながらも絶望的な恋模様、最後に晩年になってからのある少女との心温まる小さなエピソード、これらすべてがベラスケスによって、楕円の軌道を用いて説明されるのである(第四十五日)。

無論、森羅万象がすべて数学を用いて説明できるというのは、子供ですら一笑に付すおとぎ話に他ならない。言うまでもなく、ここには行きすぎた唯物論的合理主義に対するポトツキの皮肉が見て取れる。さらに言えば、こうしたベラスケスの態度は、キリスト教の教義からすれば異端と批判されかねない危険性をも帯びている。神が創造したとされる世界の事象が、人間が考え出した論理によってすべて説明できてしまうのであれば、そこに啓示や奇跡が介在する余地は無くなるからである。こうした過激な考え方がさらに推し進められるのが、第四十八日から第五十日にかけて語られる「ベラスケスの体系」である。

「ベラスケスの体系」は大きく分けて、三つの部分から構成されている。まず生命とは何かという問題を扱う箇所。そこでは無機質と有機質の違い、意思や思考とは何か、そして動植物と人間の違いなどが論じられる。次に来るのが核心とも言える部分で、旧約聖書に書かれた天地創造の七日間の物語が、ベラスケス独自の理論で「学術的に」解説されていく。最後に、天地創造以降、イエス・キリストの誕生にいたるまでの人類の歴史が、地表がその間どのように変化していったかという問題とあわせて考察される。この三つの論考に共通するのは、さまざまな分野――生物学、天文学、数学、地質学といった自然科学から、哲学、歴史、言語学、年代記などの人文学にいたるまで――ありとあらゆる学問の知見が総動員されて、人類史の書き直しが行なわれているという点である。

とりわけ、第四十九日に置かれた創世記の記述の壮大なるパロディは白眉となる。ここでは、天地創造は決して超自然的な出来事ではなく、創造主エロヒムが自然の力に頼って達成したのだと強調される。たとえば、エロヒムが海と大陸とを分けるのに使った力は「北極の方に向く磁力」(下巻、一九五頁)であるとされているのが典型的である。つまり見かけ上は、エロヒムが主語となりながら、その実すべては自然科学や人文学を用いて解説可能な事柄だとされるのである。「モーセは物理学者でも、形而上学者でもありませんでした。それでも彼の言葉のすべては、物理学と形而上学の原理と一致しているのです」(下巻、二〇九頁)。

ここで見るべきは、十八世紀ヨーロッパで普及した理神論、つまり創造主としての神は認めるが、奇跡や神秘は否認するという考えに対する痛烈な皮肉である。この理論によると、ひとたび世界が創造された後は、神はその世界の外に立つ存在となり、物事は自然の法則に従うとされる。一部の哲学者たちは、こうした理屈でもって三位一体や啓示を退け、理性と信仰を調和しようとする。その傲慢とも、異端的とも言える試みを「ベラスケスの体系」はグロテスクなまでに強調して再現している。ポトツキは、そこから生まれる不条理さと滑稽味によって、度を越した合理主義の歪みをえぐり出そうとする。

だが、矛盾しているようにも思われるが、創世記を独自に解釈する幾何学者ベラスケス自身は、決して信仰を嘲るような、神を信じぬ人間ではない。それどころか彼にあっては、並外れた学識と敬虔な信仰心が共存しているかに見える。両者を結びつけるのは「無限」の概念である。ベラスケスによれば、数学者は無限を表現するのに、∞という記号を用いるが、それで何かが表されるわけではないという。そもそも無限というのは人間の器官では知覚できない何ものかであり、その不可知の領域を統べるものこそが神だとされるのである。「どのようにして、無限に偉大であると同時に無限に賢く、無限に力強く、また無限に善良で、あらゆる無限なるものを創造された方を言い表せましょう」(下巻、二二七頁)。ニュートンやライプニッツが考案した微分積分学は、「無限」という概念を数学的に扱う試みだが、それを究極的に突き詰めていくと、信仰の領域に入り込むのである。

さらに数学は、3という素数を通じて信仰に近づく。ベラスケスの言葉にある「単一を壊すことなく、単一に含まれる三」(同所)とは、「父と子と聖霊は三つの異なる存在でありながら、神としてはひとつの本質である」というカトリックの根本的な教義を意味する。3でありながら同時に1でもあるという、三位一体が宿す数の神秘。それこそが、無限とならんで、人間のあさはかな知性などには到達不可能な領域なのであり、同時に畏敬の念を払うべき対象となるのである。「自分の理解を超えるものに、異を唱えられましょうか。それにはただ従うだけでいいのです」(下巻、二二七—二二八頁)。理性か、それとも信仰か、というすべての近代ヨーロッパ人に突きつけられる命題において、一見、前者を代弁するかに見える幾何学者ベラスケスが後者の擁護に回ることで、宗教は唯物主義の時代から救い出される。

五　男女のあり方

学問や宗教といった深刻な問題が掘り下げられる一方で、『サラゴサ手稿』には魅力的な人物たちが何人も登場し、愉快な騒動を展開していく。勇敢な山賊ゾトとその天敵プリンチピーノ、インク作りに熱中する無口なティンテーロ氏(ジプシーの族長の父親)、窓辺に立つのを好む若き娘フラスケタ、何を企図しているのか分からぬアビラ女公爵、そして究極の厄介者ブスケロス。強烈に性格づけされた彼らの物語は奇想天外で、絶えず読者の予想を裏切っていく。

『サラゴサ手稿』のひとつの特徴として、独特な男女の描かれ方が挙げられる。この小説では数々の恋愛事が語られるが、その模様はいささか奇妙である。恋人同士が惹かれ合うというのではなく、ふたりの女性がひとりの男性を、ときに積極的に求めるという倒錯した構図が見られる。それはアルフォンソに対するエミナとジベデの関係に始まり、小説内で何度も繰り返し変奏されるが、いずれもどろどろとした三角関係とはならず、女性たちは仲良く、しばしば協力し合いながら、同じ男性を愛おしむ。

また異性装や、男女の入れ替えといった、やや古典的な手法も効果的に使われている。ジプシーの族長アバドロは二度にわたって女性に扮し、二度とも窮地に陥る。最初は、旅で知り合ったロンセトの求めに応じて、彼の恋人エルビラと入れ替わるが、おそろしいメキシコ副王と結婚させられそうになる。それを教訓にするどころか、アバドロはさらにテアティノ修道会の寄宿学校でも、貴族の令嬢に扮して、厳格なサヌード神父にいたずらを仕掛ける。またアルコス公などは、日によって男性と女性を使い分け、フラスケタの目を幻惑させる。いずれも、一歩誤るとあざとく映りかねない演出だが、ポトツキの筆の冴えは、インモラルに陥ることなく、エピソードをコミカルに仕上げている。

アビラ女公爵の場合は、さらに込み入っている。決して結婚しないと公言する、誇り高い女公爵は、アバドロに対して、父の隠し子である自らの妹を密かに見守るという使命を託す。女公爵に恋焦がれるアバドロは、彼女に生き写しの妹レオノールを前にして、その誠意を試されることになる。レオノールを眺めてうれしく感じるというのでは、女公爵に対して不実となるのではないか。アバドロの心をさらに試練にかけるべく、あろうことか、女公爵は彼にレオノールとの結婚を命じ、断ればスペインから追放すると宣言する。その言葉に従えば、愛していない女性と結ばれ、拒否すれば、愛する女性の前から永遠に姿を消さねばならない。結局は、アビラ女公爵自身がレオノールを演じているという顚末が明かされるわけだが、あらゆるものが二重、三重に見え、真実が見定め難い『サラゴサ手稿』にあって、若き日のアバドロの恋心は揺らぎがない。

六　結末に向けて

そのアバドロとアビラ女公爵との間に生まれた娘オンディーナをきっかけに、物語はいよいよ結末へと動き出す。なおこの先では、本作の末尾で明かされる「ゴメレス一族の秘密」に触れているので、読み進める前にまず作品自体を読了することをお勧めしたい。ラ・フリータ湖畔で密かに育てられたオンディーナは、付近の洞窟に住むジプシーの影響を受け、決まった信仰を持たない人間として育つ。キリスト教の教義を教えれば素直に耳を傾けるが、その後、平気でイスラームや異教徒の礼拝に参列するのである。「水の精」を意味する名を持つ彼女は、湖に飛び込んだり、地下の水路をたどるのを習慣とするが、あるとき、泉でムーア人の青年と出会う。ふたりの間には娘が生まれ、父親の血によってその子はイスラーム教徒となる。オンディーナは出産後すぐに湖に戻ったため、命を落としてしまう。かつてのアビラ女公爵、バル・サンタ修道院長はこう嘆く。「娘は異教徒として亡くなり、孫娘はイスラーム教徒なのです。ああ、神さま、ああ、神さま」(下巻、二八〇頁)。

ここで問題となるのは、信仰と血と性別である。オンディーナの産んだ娘は、イスラーム教徒ではあるが、母であるオンディーナがゴメレス一族の血を引いておらず、そもそも女性であるため、一族の後継となれないのである。だがあまり先回りして話を急ぐのは控えよう。

心痛からアビラ女公爵は亡くなり、スペイン継承戦争でオーストリア派の捨て駒として利用されたアバドロは、ユダヤの占星術師ウセダの勧めもあり、ゴメレス一族に仕える決意を固める。この一族は莫大な富を用いて、密かにイスラームに変革をもたらそうとしているという。ここで彼の長い生涯の物語は終わり、語り終えたジプシーの族長はアルフォンソに地下へ下りていくよう命じる。暗闇の中をひたすら下るアルフォンソは、遠くに小さな明かりを見つけ、そこでイスラームの修道士《ダルヴィーシュ》と出会う。

この修道士こそ、かつてアルフォンソを迎え入れてくれた庵の隠者であり、またゴメレス一族の大シャイフでもある。そしてこの大シャイフによって、ついに一族の秘密が明かされる。

全ての始まりは、イベリア半島のイスラーム統治時代に、一族の祖マスード・ベン・タヘルが、カッサール゠ゴメレス城の地下で金鉱を発見したことにさかのぼる。マスードはそれを用いて、アリー派の再興を目論み、セグリ一族と協力しつつ、スペインとアフリカを結ぶ一大勢力を興《おこ》そうとする。計画は代々のシャイフに受け継がれ、レコンキスタが終わると、銀行業を営むモロ家のように、キリスト教に改宗して一族を支える者も現れる。イスラームの信仰を守り続ける人々は、アルプハラスの洞窟に身を潜め、地上とも連携しながら、一族の再起とアリー派の復興のための機会をうかがっていた。

アルフォンソにゴメレス一族の歴史を語る、当代の大シャイフ——彼もまた、一族の祖と同じマスードを名乗る——は、幼少期、蟄居生活の息苦しさに耐えかね、母に洞窟の外へ出る許可をもらう。そこで偶然、泉から出てきた水の精と出会い、恋に落ちる。この水の精こそ、アビラ女公爵とアバドロの娘、オンディーナである。ふたりは娘をもうけるが、マスードは当時のシャイフによってイスラームが信仰されているアフリカの国々を見聞してくるよう命じられる。目的は、アリー派のライバルであるスンナ派について知悉《ちしつ》するためで、水の精への思いに後ろ髪を引かれながらも、彼は遠くペルシアやレバノンまで足を伸ばす。そしてさまざまな試練を経た後、マスードはアルプハラスの洞窟で金鉱の秘密を知る。

そのマスードに接近するのが、ユダヤのウセダ家の長マムーンである。数代前よりウセダ家は、ゴメレス一族の大シャイフから、洞窟内の秩序の監視を命じられているのである。こうしてキリスト教、イスラーム、ユダヤ教を信仰する人々が、協力してゴメレス一族の秘密を支えていくわけだが、この一族はある深刻な問題を抱えていた。先祖伝来のイスラームの教えを奉じる男子に恵まれず、その血は絶えようとしているのである。ゴメレス一族は母方の血筋で継承される。マムーンはマスードに一案を授け、キリスト教徒でゴメレス一族の血を引く男性を探してはどうかと提案する。そこでまず白羽の矢が立ったのが幾何学者ベラスケスで、その母は確かに一族の出である。そして、次に求められた人物こそ、アルフォンソ・バン・ウォルデンに他ならず、彼がシエラ・モレナ山脈で経験した不可思議な出来事は全て、彼の勇気と口の堅さを測るための試練だったのである。

小説の最後で、主要な登場人物たちが皆ウセダの城に集まる。彼らは地下空間へ下りていき、そこで驚くべき事実を知らされる。あれほどの努力と苦心を傾けて守ってきたゴメレス一族の秘密、六つの部族の長が持つ紙片を並べない限りそのありかは分からず、それをめぐっては人の血も流れた、無尽蔵と思われていた地下の金鉱。それはほぼ尽きているのである。全員がその事実を確認した後、大シャイフは地下空間そのものを爆破し、ゴメレス一族の秘密は完全に消滅する。これほど長大で、豊饒な物語が紡がれてきた果てに残されるのは、ぽっかりと空いた空洞でしかない。『サラゴサ手稿』は「無」によって閉じる書物なのか。

いや、そうではない。ゴメレス一族の金鉱は消滅しこそすれ、一族の血は力強く継承されていく。アルフォンソとエミナとの間に生まれた息子は、イスラーム教徒としてチュニス太守を務め、ジベデとの間に生まれた娘は、スペイン人の女奴隷に育てられたため、キリスト教徒となる。キリスト教徒でありながら、イスラームの預言者ムハンマドの娘と同じ名を名乗るこのファーティマは、アルフォンソの財産を相続し、幾何学者ベラスケスとレベッカとの間に生まれた息子と結婚する。マムーンがマスードに授けた案、すなわちキリスト教徒のゴメレスの男子を通じて一族の存続を図るという計画は、見事に実を結ぶ。こうしてキリスト教徒、イスラーム教徒、双方のゴメレス一族は、スペインとアフリカの地でなおも栄えていく。

七　最後の「謎」

先ほど、『サラゴサ手稿』ではどんなに荒唐無稽に見える事柄でも、最後にはすべて辻褄が合う、と述べた。ただどうしても不可解に思える記述が結末にある。さまざまな冒険を終えたアルフォンソは、サラゴサ軍管区長に任命され、国王にいとまを告げると、銀行家モロの元で二十五年前に預けた封印のある小箱を渡してもらう。それはスペインで過ごした六十一日間の日誌だという。なぜ六十一日目の記述で、日誌そのものを受け取ったと書かれるのであろう。二十五年前に預けた小箱とは一体何のことか。アルフォンソはその日誌の写しを作り、鉄製の小箱に入れ、将来、自らの子孫が見つけるだろうと述べて、筆を置いている。それがまさに冒頭のサラゴサ攻囲戦を描く「前書き」につながるわけだが、どのようにして、今まさに書いている日誌を小箱に入れたと記述できるのであろう。

読みが浅いと言われればそれまでなのだが、この最後の一日には実はしかけがある。ページの柱に「第六十一日」とあり、また一人称でのアルフォンソの語りが続くので、ついだまされてしまうのだが、実はこの最後の一日は冒頭の六行で終わり、それに続く「大団円」はアルフォンソの日誌の外側で起こる出来事なのである。確かに書き出しには彼がマドリードに到着した日にちが記され、ここから語られるのは、不思議な力の働くシエラ・モレナ山脈を出てからの顚末であることが示されている。つまり「前書き」と「大団円」をはさむ形でアルフォンソの日誌が置かれており、『サラゴサ手稿』は序、本篇、結末を合わせた、古典的というか、極めて正統な体裁を取っているのである。

それならばなぜ「大団円」も、「前書き」と同様に、六十一日間のアルフォンソの日誌の外に置かれないのか。ポトツキの専門家であるモンペリエ大学名誉教授のドミニク・トリエール氏に尋ねたところ、深く首肯させられる答えが返ってきた。トリエール氏は、ローザンヌ大学のフランソワ・ロセ教授と協力して、ポーランドのポズナニにあるポトツキ家の書庫でヤンの残した自筆原稿を精査し、『サラゴサ手稿』にはふたつの異なるバージョンがあることを突き止めた人物である。それと同時に、ヤンの死後、長年にわたって、この作品がいかに乱雑な形で読まれてきたかを熟知する人物でもある。小説の一部が独立した読み物として、他人の名義で発表されたこともあれば、筋書きの矛盾を解消するため、異なる自筆原稿を切り貼りする形で刊行されたこともある(中巻解説参照)。『サラゴサ手稿』がこれまで被ってきた杜撰なテクストの扱いを今度こそ克服すべく、『ポトツキ全集』では、作者が残した原稿そのままの形で刊行するという方針が取られたのである。理由は不明だが、自筆原稿では「大団円」は「第六十一日」に収められている。

＊＊＊

ヨーロッパでは長らく「ジプシー」は差別語とされ、「劣った」「汚い」「泥棒」などという意味合いで使われてきた。それゆえ代わりに「ロマ」という呼称を使用すべきという議論もある。ただスペインに今日も数多く居住する「ジプシー」は「ロマ」を使わず、「ヒターノ、ヒターナ」と自称(他称でもある)している。これは元来「エジプト人」を意味する語で、英訳すると「ジプシー」となる。本訳では、この語に関するさまざまな議論を踏まえた上で、作品の歴史性と特徴を鑑み、「ジプシー」という語を用いた。

ポーランドの映画監督ヴォイチェフ・イエジー・ハスが、一八四七年にライプツィヒで刊行されたエドムント・ホイェツキによるポーランド語訳に基づいて、一九六五年に『サラゴサ手稿』の映画化を行なっている。白黒フィルムで撮影されたこの作品は、原作の持つ不可思議な雰囲気をうまく再現し、現在でもカルト的な傑作という評判を得ている。一九九〇年代には、この映画に惚れ込んだマーティン・スコセッシやフランシス・フォード・コッポラらが私費でフィルムの修復と字幕づけを行なっている。長らく日本では見ることができなかったが、二〇一二年のポーランド映画祭にかけられると大好評を博し、翌年アンコール上映が行なわれた後、ＤＶＤや Blu-ray が発売される運びとなっている。

本書が翻訳に使用した底本は以下の通りである。

Jean POTOCKI, *Manuscrit trouvé à Saragosse* (version 1810) in *Œuvres*,

IV, 1, éditées par François ROSSET et Dominique TRIAIRE, Éditions Peeters, Louvain, 2006.

各デカメロンの扉に掲げた挿絵はポトツキ自身によるものである。彼は絵を描くことにも大変秀でており、モロッコ、コーカサス、モンゴルへ旅した際には、現地で目にした風景や人々の暮らしについて、数々のデッサンや水彩画を残している。各挿絵の詳細は次の通り。

第一デカメロン扉　戦士（一八〇五―一八〇六）　ロシア帝国外交史料館（モスクワ）所蔵

第二デカメロン扉　男性の肖像（一八〇七）　ポーランド国立図書館（ワルシャワ）所蔵

第三デカメロン扉　男性の肖像（一八〇五―一八〇六）　ロシア帝国外交史料館（モスクワ）所蔵

第四デカメロン扉　淑女と小姓（一八〇五―一八〇六）　ロシア帝国外交史料館（モスクワ）所蔵

第五デカメロン扉　イスラームの男女(一七九一)　ワルシャワ大学図書館所蔵
第六デカメロン扉　アモルに鳩を差し出す座位の女性(制作年不詳)　ポーランド国立古文書館(クラクフ)所蔵
各巻の本文の末尾　ベルフォール伯爵の肖像(一七九七)　中央古文書館(ワルシャワ)所蔵

原文中ではフランス語だが、本来スペイン語、イタリア語であるはずの固有名詞、また原文に直接挿入されるこれらの言語による文章、語句については、できうる限りそれぞれの言語の表記に統一した(アルフォンス→アルフォンソなど)。この両言語については専門家のご教示を仰いだが、ただ時代的なものか、方言によるものなのかは定かではないが、彼らの目にもはっきりしない表記があったことを申し添えておく。

翻訳にあたっては、数多くの方々から助力をいただいた。ヌエバ・エスパーニャの歴史や十八世紀マドリードの街並みなどに関する詳細は、訳者ひとりではとうてい力が及ばず、スペイン人の友人たちに何度も助けられた。内容に関しては、前述のポトツキ研究の第一人者ドミニク・トリエール氏に繰り返し貴重なアドバイスをいただいた。メールで疑問点を伺うたびに、常に明快で行き届いた回答が返ってきた。また宮崎県立美術館の学芸員の皆さんは、同館が所蔵する貴重なレオノール・フィニーの挿画集の図像を本訳のカバー図版に使用するのを快諾してくださった。本訳を刊行するにあたって、岩波文庫を紹介してくださったのは野崎歓さんである。他にも一人ひとり名は挙げられないが、お力添えをいただいた方々全員に、心からの感謝を申し上げる。

『サラゴサ手稿』には先行訳として国書刊行会の世界幻想文学大系から一九八〇年に出版された工藤幸雄氏によるものがある。十八世紀スペインの雰囲気を再現すべく独自の文体が用いられた名訳である。ただこれはロジェ・カイヨワが一九五八年に刊行したガリマール書店版を底本としており、訳出されているのは最初の十四日分のみとなっている。その後、工藤氏による完訳が刊行されるという噂も流れたが、実現を見ぬまま、二〇〇八年、工藤氏は鬼籍に入られた。

ふと手に取った分厚い書物をたまたま読み始め、その面白さに文字通りページをめくる手が止まらなくなるという経験をしてから、はや十年以上の月日が経ってしまった。その間、何度となくこの書物を通読、精読してきたが、その度にポトツキの発想の斬新さには舌を巻いた。以前には気づかなかった伏線を新たに発見することも度々である。そして読むたびに何度でも痛感するのは「面白い！」という実に単純な感想である。願わくは、このような感想をひとりでも多くの読者に共有してもらえれば、訳者としてはそれに勝る喜びはない。

編集を担当してくださった清水愛理さん、ならびに校正の方には、深く感謝申し上げます。細かく文章を見てくださり、後注から地図、年譜、通覧図にいたるまで、数多くの有益なアドバイスをいただきました。その助けがなければ、とてもゴールにはたどり着けなかったでしょう。あらためて心より御礼申し上げます。

二〇二二年九月

畑　浩一郎

サラゴサ手稿《しゅこう》（下）〔全3冊〕
ヤン・ポトツキ作

2023年1月13日　第1刷発行
2023年3月15日　第2刷発行

訳　者　畑浩一郎《はたこういちろう》

発行者　坂本政謙

発行所　株式会社　岩波書店
〒101-8002 東京都千代田区一ツ橋2-5-5

案内 03-5210-4000　営業部 03-5210-4111
文庫編集部 03-5210-4051
https://www.iwanami.co.jp/

印刷　製本・法令印刷　カバー・精興社

ISBN 978-4-00-375135-0　　Printed in Japan

読書子に寄す

——岩波文庫発刊に際して——

岩波茂雄

真理は万人によって求められることを自ら欲し、芸術は万人によって愛されることを自ら望む。かつては民を愚昧ならしめるために学芸が最も狭き堂宇に閉鎖されたことがあった。今や知識と美とを特権階級の独占より奪い返すことはつねに進取的なる民衆の切実なる要求である。岩波文庫はこの要求に応じそれに励まされて生まれた。それは生命ある不朽の書を少数者の書斎と研究室とより解放して街頭にくまなく立たしめ民衆に伍せしめるであろう。近時大量生産予約出版の流行を見る。その広告宣伝の狂態はしばらくおくも、後代にのこすと誇称する全集がその編集に万全の用意をなしたるか。千古の典籍の翻訳企図に敬虔の態度を欠かざりしか。さらに分売を許さず読者を繋縛して数十冊を強うるがごとき、はたしてその揚言する学芸解放のゆえんなりや。吾人は天下の名士の声に和してこれを推挙するに躊躇するものである。このときにあたって、岩波書店は自己の責務のいよいよ重大なるを思い、従来の方針の徹底を期するため、すでに十数年以前より志して来た計画を慎重審議この際断然実行することにした。吾人は範をかのレクラム文庫にとり、古今東西にわたって文芸・哲学・社会科学・自然科学等種類のいかんを問わず、いやしくも万人の必読すべき真に古典的価値ある書をきわめて簡易なる形式において逐次刊行し、あらゆる人間に須要なる生活向上の資料、生活批判の原理を提供せんと欲する。この文庫は予約出版の方法を排したるがゆえに、読者は自己の欲する時に自己の欲する書物を各個に自由に選択することができる。携帯に便にして価格の低きを最主とするがゆえに、外観を顧みざるも内容に至っては厳選最も力を尽くし、従来の岩波出版物の特色をますます発揮せしめようとする。この計画たるや世間の一時の投機的なるものと異なり、永遠の事業として吾人は微力を傾倒し、あらゆる犠牲を忍んで今後永久に継続発展せしめ、もって文庫の使命を遺憾なく果たさしめることを期する。芸術を愛し知識を求むる士の自ら進んでこの挙に参加し、希望と忠言とを寄せられることは吾人の熱望するところである。その性質上経済的には最も困難多きこの事業にあえて当たらんとする吾人の志を諒として、その達成のため世の読書子とのうるわしき共同を期待する。

昭和二年七月

《ドイツ文学》〔赤〕

- ニーベルンゲンの歌 全二冊 相良守峯訳
- 若きウェルテルの悩み ゲーテ 竹山道雄訳
- ヴィルヘルム・マイスターの修業時代 全三冊 ゲーテ 山崎章甫訳
- イタリア紀行 全三冊 ゲーテ 相良守峯訳
- ファウスト 全二冊 ゲーテ 相良守峯訳
- ゲーテとの対話 全三冊 エッカーマン 山下肇訳
- スペインの太子 ドン・カルロス シルレル 佐藤通次訳
- 改訳 オルレアンの少女 シルレル 佐藤通次訳
- ヒュペーリオン —希臘の世捨人 ヘルデルリーン 渡辺格司訳
- 青い花 ノヴァーリス 青山隆夫訳
- 夜の讃歌・サイスの弟子たち 他一篇 ノヴァーリス 今泉文子訳
- 完訳 グリム童話集 全五冊 金田鬼一訳
- 黄金の壺 ホフマン 神品芳夫訳
- ホフマン短篇集 池内紀編訳
- O侯爵夫人 他六篇 クライスト 相良守峯訳
- 影をなくした男 シャミッソー 池内紀訳
- 流刑の神々・精霊物語 ハイネ 小沢俊夫訳
- 冬物語 —ドイツ ハイネ 井汲越次訳
- 芸術と革命 他四篇 ワーグナー 北村義男訳
- ブリギッタ・森の泉 他一篇 シュティフター 宇多五郎 高安国世訳
- みずうみ 他四篇 シュトルム 関泰祐訳
- 村のロメオとユリア ケラー 草間平作訳
- 沈鐘 ハウプトマン 阿部六郎訳
- 地霊・パンドラの箱 ルル二部作 F・ヴェデキント 岩淵達治訳
- 春のめざめ F・ヴェデキント 酒寄進一訳
- 花・死人に口なし 他七篇 シュニッツラー 番匠谷英一 山本有三訳
- ゲオルゲ詩集 手塚富雄訳
- リルケ詩集 高安国世訳
- ドゥイノの悲歌 リルケ 手塚富雄訳
- ブッデンブローク家の人びと 全三冊 トーマス・マン 望月市恵訳
- トオマス・マン短篇集 実吉捷郎訳
- 魔の山 全二冊 トーマス・マン 関泰祐 望月市恵訳
- トニオ・クレエゲル トオマス・マン 実吉捷郎訳
- ヴェニスに死す トオマス・マン 実吉捷郎訳
- 車輪の下 ヘルマン・ヘッセ 実吉捷郎訳
- 青春はうるわし 他三篇 ヘッセ 関泰祐訳
- 漂泊の魂 クヌルプ ヘルマン・ヘッセ 相良守峯訳
- デミアン ヘルマン・ヘッセ 実吉捷郎訳
- シッダルタ ヘッセ 手塚富雄訳
- ルーマニア日記 カロッサ 高橋健二訳
- 幼年時代 カロッサ 斎藤栄治訳
- 指導と信従 カロッサ 国松孝二訳
- ジョゼフ・フーシェ —ある政治的人間の肖像 シュテファン・ツワイク 高橋禎二 秋山英夫訳
- 変身・断食芸人 カフカ 山下肇 山下萬里訳
- 審判 カフカ 辻瑆訳
- カフカ短篇集 池内紀編訳
- カフカ寓話集 池内紀編訳
- 三文オペラ ブレヒト 岩淵達治訳
- ドイツ炉辺ばなし集 —カレンダーゲシヒテン ヘーベル 木下康光編訳
- 悪童物語 ルウドキヒ・トオマ 実吉捷郎訳

ウィーン世紀末文学選　池内　紀編訳
ティル・オイレンシュピーゲルの愉快ないたずら　阿部謹也訳
チャンドス卿の手紙 他十篇　ホフマンスタール　檜山哲彦訳
ホフマンスタール詩集　川村二郎訳
インド紀行 全二冊　ボンゼルス　実吉捷郎訳
ドイツ名詩選　生野幸吉　檜山哲彦編
聖なる酔っぱらいの伝説 他四篇　ヨーゼフ・ロート　池内　紀訳
ラデツキー行進曲 全二冊　ヨーゼフ・ロート　平田達治訳
暴力批判論 他十篇 ―ベンヤミンの仕事1　ベンヤミン　野村　修編訳
ボードレール 他五篇 ―ベンヤミンの仕事2　ベンヤミン　野村　修編訳
パサージュ論 全五冊　ヴァルター・ベンヤミン　今村仁司・三島憲一　大貫敦子・高橋順一　塚原　史・細見和之　村岡晋一・山本　尤　横張　誠・與謝野文子　吉村和明　訳
ジャクリーヌと日本人　ヤーコプ　相良守峯訳
ヴォイツェク ダントンの死 レンツ　ビューヒナー　岩淵達治訳
人生処方詩集　エーリヒ・ケストナー　小松太郎訳
第七の十字架 全二冊　アンナ・ゼーガース　山下　肇　新村　浩訳

《フランス文学》〔赤〕

ラブレー第一之書 ガルガンチュワ物語　渡辺一夫訳
ラブレー第二之書 パンタグリュエル物語　渡辺一夫訳
ラブレー第三之書 パンタグリュエル物語　渡辺一夫訳
ラブレー第四之書 パンタグリュエル物語　渡辺一夫訳
ラブレー第五之書 パンタグリュエル物語　渡辺一夫訳
ピエール・パトラン先生　渡辺一夫訳
ロンサール詩集　ロンサール　井上究一郎訳
エセー 全六冊　モンテーニュ　原　二郎訳
ラ・ロシュフコー箴言集　二宮フサ訳
ブリタニキュス ベレニス　ラシーヌ　渡辺守章訳
ドン・ジュアン ―石像の宴　モリエール　鈴木力衛訳
いやいやながら医者にされ　モリエール　鈴木力衛訳
守銭奴　モリエール　鈴木力衛訳
完訳ペロー童話集　新倉朗子訳
ラ・フォンテーヌ寓話 全二冊　ラ・フォンテーヌ　今野一雄訳
カンディード 他五篇　ヴォルテール　植田祐次訳

ルイ十四世の世紀 全四冊　ヴォルテール　丸山熊雄訳
美味礼讃 全二冊　ブリアーサヴァラン　関根秀雄　戸部松実訳
アドルフ　コンスタン　大塚幸男訳
近代人の自由と古代人の自由・征服の精神と簒奪 他一篇　コンスタン　堤林　剣　堤林　恵訳
恋愛論 全二冊　スタンダール　杉本圭子訳
赤と黒 全二冊　スタンダール　桑原武夫　生島遼一訳
ゴプセック・毬打つ猫の店　バルザック　芳川泰久訳
艶笑滑稽譚 全三冊　バルザック　石井晴一訳
レ・ミゼラブル 全四冊　ユーゴー　豊島与志雄訳
ライン河幻想紀行　ユーゴー　榊原晃三編訳
ノートル＝ダム・ド・パリ 全二冊　ユーゴー　辻　昶　松下和則訳
モンテ・クリスト伯 全七冊　アレクサンドル・デュマ　山内義雄訳
三銃士 全二冊　デュマ　生島遼一訳
エトルリヤの壺 他五篇　メリメ　杉　捷夫訳
カルメン　メリメ　杉　捷夫訳
愛の妖精（プチット・ファデット）　ジョルジュ・サンド　宮崎嶺雄訳
ボオドレール 悪の華　鈴木信太郎訳

ボヴァリー夫人 全二冊　フローベール　伊吹武彦訳
感情教育 全二冊　フローベール　生島遼一訳
紋切型辞典　フローベール　小倉孝誠訳
サラムボー 全二冊　フローベール　中條屋進訳
未来のイヴ 全二冊　ヴィリエ・ド・リラダン　渡辺一夫訳
風車小屋だより　ドーデー　桜田佐訳
パリ風俗 サフォ　ドーデ　朝倉季雄訳
プチ・ショーズ ―ある少年の物語　ドーデ　原千代海訳
少年少女　アナトール・フランス　三好達治訳
テレーズ・ラカン 全二冊　エミール・ゾラ　小林正訳
ジェルミナール 全三冊　エミール・ゾラ　安士正夫訳
獣人 全二冊　エミール・ゾラ　川口篤訳
氷島の漁夫　ピエール・ロチ　吉氷清訳
マラルメ詩集　渡辺守章訳
脂肪のかたまり　モーパッサン　高山鉄男訳
メゾンテリエ 他三篇　モーパッサン　河盛好蔵訳
モーパッサン短篇選　高山鉄男編訳

わたしたちの心　モーパッサン　笠間直穂子訳
地獄の季節　ランボオ　小林秀雄訳
対訳 ランボー詩集 ―フランス詩人選(1)　中地義和編
にんじん　ルナアル　岸田国士訳
ぶどう畑のぶどう作り　ルナアル　岸田国士訳
ジャン・クリストフ 全四冊　ロマン・ローラン　豊島与志雄訳
トルストイの生涯　ロマン・ロラン　蛯原徳夫訳
ベートーヴェンの生涯　ロマン・ロラン　片山敏彦訳
フランシス・ジャム詩集　手塚伸一訳
三人の乙女たち　フランシス・ジャム　手塚伸一訳
狭き門　アンドレ・ジイド　川口篤訳
法王庁の抜け穴　アンドレ・ジイド　石川淳訳
精神の危機 他十五篇　ポール・ヴァレリー　恒川邦夫訳
ドガ ダンス デッサン　ポール・ヴァレリー　塚本昌則訳
シラノ・ド・ベルジュラック　ロスタン　辰野隆・鈴木信太郎訳
地底旅行　ジュール・ヴェルヌ　朝比奈弘治訳
八十日間世界一周　ジュール・ヴェルヌ　鈴木啓二訳

海底二万里 全二冊　ジュール・ヴェルヌ　朝比奈美知子訳
死霊の恋・ポンペイ夜話 他三篇　ゴーチエ　田辺貞之助訳
火の娘たち　ネルヴァル　野崎歓訳
パリの夜 ―革命下の民衆　レチフ・ド・ラ・ブルトンヌ　植田祐次編訳
牝猫(めすねこ)　コレット　工藤庸子訳
シェリ　コレット　工藤庸子訳
シェリの最後　コレット　工藤庸子訳
生きている過去　レニエ　窪田般彌訳
ノディエ幻想短篇集　ノディエ　篠田知和基編訳
フランス短篇傑作選　山田稔編訳
シュルレアリスム宣言・溶ける魚　アンドレ・ブルトン　巖谷國士訳
ナジャ　アンドレ・ブルトン　巖谷國士訳
ジュスチーヌまたは美徳の不幸　サド　植田祐次訳
とどめの一撃　ユルスナール　岩崎力訳
フランス名詩選　安藤元雄・入沢康夫・渋沢孝輔編
繻子の靴 全二冊　ポール・クローデル　渡辺守章訳
A・O・バルナブース全集 全二冊　ヴァレリー・ラルボー　岩崎力訳

心変わり　ミシェル・ビュトール　清水徹訳
悪魔祓い　ル・クレジオ　高山鉄男訳
楽しみと日々　プルースト　岩崎力訳
失われた時を求めて　全十四冊　プルースト　吉川一義訳
子ども　全二冊　ジュール・ヴァレス　朝比奈弘治訳
シルトの岸辺　ジュリアン・グラック　安藤元雄訳
星の王子さま　サン＝テグジュペリ　内藤濯訳
プレヴェール詩集　小笠原豊樹訳
ペスト　カミュ　三野博司訳

《別冊》

増補 フランス文学案内　渡辺一夫　鈴木力衛
増補 ドイツ文学案内　手塚富雄　神品芳夫
ことばの花束 —岩波文庫の名句365　岩波文庫編集部編
ことばの贈物 —岩波文庫の名句365　岩波文庫編集部編
愛のことば —岩波文庫から—　岩波文庫編集部編
世界文学のすすめ　大岡信　奥本大三郎　川村二郎　小池滋　沼野充義編

近代日本文学のすすめ　大岡信　加賀乙彦　菅野昭正　曾根博義　十川信介編
近代日本思想案内　鹿野政直
近代日本文学案内　十川信介
ポケットアンソロジー この愛のゆくえ　中村邦生編
スペイン文学案内　佐竹謙一
一日一文 英知のことば　木田元編
声でたのしむ 美しい日本の詩　大岡信　谷川俊太郎編

岩波文庫の最新刊

カール・ポパー著／小河原誠訳
開かれた社会とその敵
第一巻 プラトンの呪縛(上)

ポパーは亡命先で、左右の全体主義と思想的に対決する大著を執筆した。第一巻では、プラトンを徹底的に弾劾、民主主義の基礎を解明していく。(全四冊)
〔青N六〇七-一〕 定価一五〇七円

シェイクスピア作／桒山智成訳
冬物語

妻の密通という〈物語〉にふと心とらわれたシチリア王は、猛烈な嫉妬を抱き……。シェイクスピア晩年の傑作を、豊かなリズムを伝える清新な翻訳で味わう。
〔赤二〇五-一一〕 定価九三五円

持田叙子編
安岡章太郎短篇集

安岡章太郎(一九二〇-二〇一三)は、戦後日本文学を代表する短篇小説の名手。戦時下での青春の挫折、軍隊での体験、父母への想いをテーマにした十四篇を収録。
〔緑二二八-一〕 定価一一〇〇円

……今月の重版再開……

宮崎安貞編録／貝原楽軒刪補／土屋喬雄校訂
農業全書
〔青三三-一〕 定価一一六六円

エラスムス著／箕輪三郎訳
平和の訴え
〔青六一二-一〕 定価七九二円

定価は消費税 10% 込です　2023. 2